U0909494

SHERLOCK HOLMES
福尔摩斯探案集

新探案

〔英国〕亚瑟·柯南·道尔 著
隗静秋 译

译林出版社

目　录

序　言

我担心福尔摩斯先生会变成像一些颇受欢迎的男高音歌唱家一样，在他们的艺术生涯已经走到尽头的时候，还要再三地向溺爱他们的观众鞠躬谢幕。这必须结束了，不管是真有其人还是想象出来的，福尔摩斯必须离开了。有人喜欢这样认为，最好是有一个奇妙的阴间来专门存放虚构的人物，在这样一个不可思议的又不可能存在的地方，菲尔丁[1]的花花公子仍然可以向理查森[2]的佳人求爱，司各特[3]的英雄们依然是趾高气扬，狄更

① 亨利·菲尔丁（Henry Fielding，1707—1754），18 世纪英国戏剧家和杰出的小说家。著有《汤姆·琼斯》《约瑟夫·安德鲁斯》等。——译者注

② 塞缪尔·理查森（Samuel Richardson,1689—1761），18 世纪英国著名小说家，最成功的作品《克拉丽莎》是一部书信体小说。

③ 沃尔特·司各特（Walter Scott，1771—1832），英国著名的历史小说家，欧洲历史小说的创始者。出生于爱丁堡一个古老家族，1832 年 9 月 21 日卒于阿伯茨福德。他终生辛勤笔耕，写作了大量诗歌、小说、历史评论等。——译者注

斯[1]笔下令人愉快的伦敦佬们仍然是欢声笑语，萨克雷[2]的势利小人们仍旧无法无天。或许就在这样一个神话的殿堂里，福尔摩斯和他的华生医生也许可以暂时在某一偏僻的角落里找到他们的一席之地，而此时，某个更机敏的侦探和某个甚至更不精明的伙伴可以站到他们腾出来的那个舞台上。

福尔摩斯的事业已经有不少年头了，尽管这样说可能有些夸大其词了。如果有些老先生走近告诉我说，他至今阅读的冒险故事还是儿童时代所读的福尔摩斯探案故事的话，那他们不会看到他们期待的感激之辞的。没有人愿意把关于个人年纪的事情让人如此不友好地编排。而冷酷的事实是，福尔摩斯是在《血字的研究》和《四签名》里崭露头角的，这是两本小册子，它们在 1887 年和 1889 年之间出版。此后问世的一系列短篇故事，1891 年出版的《波希米亚丑闻》是后续一系列短篇故事的第一篇，它发表在《海滨杂志》上。公众似乎对此很是欢迎，期盼更多这样的故事。于是从那时起已经有三十九年了，期间

---

① 查尔斯·狄更斯（Charles Dickens，1812—1870），19 世纪英国伟大的批判现实主义作家，一生创作了大量作品，广泛描写了 19 世纪英国维多利亚时代的社会生活，揭露了资产阶级金钱世界的种种罪恶。他是继莎士比亚之后对世界文学产生巨大影响的英国作家。代表作有《匹克威克外传》《双城记》等。——译者注

② 威廉·麦克皮斯·萨克雷（William Makepeace Thackeray，1811—1863），19 世纪英国批判现实主义文学的代表作家之一。代表作有《名利场》《潘登尼斯》等。——译者注

断断续续写了一些故事，已不下五十六篇，编集为《冒险史》《回忆录》《归来记》和《最后的致意》。这些在过去几年出版的剩余十二篇，现收编为《新探案》。福尔摩斯开始他的冒险生涯是在后维多利亚时代的中叶，经历了短暂的爱德华时期，在那动荡不安的多事之秋，他也设法继续着自己的事业。因此，当那些在年轻时就阅读这些小说的读者们现在又看到他们已长大成人的孩子又在同一杂志上阅读同样的探案故事，这样的说法也会是真实的。由此大不列颠民众的耐心与忠实也可见一斑了。

我已经完全下定决心在写完《回忆录》之后就让福尔摩斯的生命也随之结束，因为我觉得我的文学才能不能太多地限于一个方面。这个面色苍白、轮廓清晰、四肢懒散的形象占去了我的想象力一个不适当的比例。于是我就结束了他的生命。但是幸运的是，没有验尸官对他的遗体进行检验，因此，经过长时间的间隔后，为响应读者热情的要求，我还能不必煞费苦心地解释我当初的鲁莽行为。我对此从未感到后悔，因为，我在实际的实践中还没有发现，写这些轻松的故事妨碍了我钻研历史、诗歌、历史小说、心理学以及戏剧等等各种文学形式，并在这些钻研之中我认识到自己的才力之有限。如果福尔摩斯从来就没存在过的话，我可能也不会有更大的成就，尽管他的存在可能有点妨碍了人们认识到我更多的严肃文学作品。

所以，读者朋友们，还是让福尔摩斯和诸位说再见吧！对各位以往的长久信任我非常感激，作为回报，我希望能给诸位提供一种消遣的方式，可以排遣生命的忧虑并刺激思想的改变，这些只能出现在浪漫的童话世界里。

阿瑟·柯南·道尔谨启

显贵的主顾

“现在不会造成伤害了。”这就是夏洛克·福尔摩斯先生的回答。在这十年里当我第十次要求他允许我披露下面这段故事时，他如此答复我。由此我终于得到许可，把我朋友的一段经历——从某种意义上来说，这是他一生中最为重要的经历——公之于世。

福尔摩斯和我都有洗土耳其浴的癖好。在那个令人愉快而又懒散的蒸气弥漫的更衣室里，我发觉他比在其他地方都不再少言寡语，也变得更富有人情味了。在诺森伯兰郡大街浴室的楼上，有一个隔离开来的角落，那里并排放着两只躺椅。那是一九〇二年九月三日，那天就是我们故事的开始。当时我们就躺在椅子上，我问他是否有些令人感兴趣的案子。他突然从裹着他的被单中伸出他那瘦长而有力的胳臂，从挂在旁边的大衣内口袋里抽出一个信封来作为回答。

“这可能是个自寻烦恼、妄自尊大的笨蛋，但也可能是个生死攸关的事情，”他边说边把纸条递给了我，“除了信上说的，我就不知道什么了。”

这封信来自卡尔顿俱乐部，上面的日期是头天晚上。上面写道：

> 詹姆斯·戴默雷爵士谨向夏洛克·福尔摩斯先生致以问候：兹定于明日下午四点半登门拜访，将有非常紧迫的要事相商，烦请不吝赐教。若能应允，请致电卡尔顿俱乐部告知。

“华生，我当然已经同意他的请求了，”当我把信递回福尔摩斯时，他说道，“你知道戴默雷这个人的一些情况吗？”

“只知道这个名字在社交界是人尽皆知的。”

“好吧，我可以告诉你多一点。他一向以善于处理那些不宜见诸报端的微妙的问题而出名。你可能还会记得在办理哈默福特遗嘱一案时他与刘易士爵士的协商吧。他老于世故并且天生具有交际手腕。因此，我敢说这不会是他在虚张声势，他真的需要我们的帮助。”

“我们的？”

“是啊，如果你愿意的话，华生。”

“非常荣幸。”

“那么你要记住这个时间——四点半。在此之前，我们暂可以不去考虑这个问题。”

那时我住在安妮王后街，但在那个时间到来之前，我已经开始在贝克街来回转悠了。刚好在四点半，上校詹姆斯爵士出现了。几乎不需要怎么去描述他，因为许多人都会记得他那开朗坦率而又正直的性格，宽阔而且剃刮得干净的面庞，尤其是他那令人愉快而又圆润的嗓音，他那灰色的爱尔兰眼睛闪烁着坦诚的光芒，他那两片灵活带着微笑的嘴唇充满了幽默感。他那光鲜的礼帽，黑色的燕尾服……总之，他身上的每一个细节，从黑色绸缎领带上别着的珍珠别针到明亮的皮鞋上的淡紫色的鞋罩，都显示出他那出了名的一丝不苟的着装。这位高大、有着主人派头的贵族完全统治了这个小房间。

“当然，我已经准备好在这儿见华生医生了，”他彬彬有礼地鞠躬说道，“他的合作将会非常有必要，福尔摩斯先生，因为在这个时候我们要对付的是一个惯用暴力的人，毫不夸张地说，是一个毫无顾忌的家伙。我可以说，在欧洲也没有比他更危险的人物了。”

“我过去已经有好几个对手享有过人们对他们的这个尊称了。”福尔摩斯微笑着说道，“你不吸烟吗？如果我点燃烟斗，请你不要介意。如果你说的这个人比已故的莫里亚蒂教授，或者是比还健在的塞巴斯蒂恩·莫兰上校更加危险的话，那他确实值得一会。敢问他尊姓大名？”

“你听说过格鲁纳男爵吗？”

“你是指那个奥地利的杀人犯吗？”

戴默雷上校脱掉他的羊皮手套大笑着说：“什么事都逃不过你的眼睛，福尔摩斯先生！太让人感到惊奇了，这么说你已经把他当作一个杀人犯了？”

“关注大陆上的犯罪是我的工作。只要读到过布拉格事件报道的人，都不会对这个人的罪行产生任何的怀疑！只不过是因为一条纯技术的法律条款和一位目击者不明不白的死亡才救了他！当史普卢根峡谷发生了那个所谓‘意外事件’后，我完全可以肯定就是他杀害了他的妻子，就好像我亲眼看见了一样。我也知道他已经到了英国，而且有种他早晚会给我找点事做的预感。好了，格鲁纳男爵现在怎样了？我估计这次不会是这个昔日悲剧的重演吧？”

“不是，比那要更严重。惩罚犯罪很重要，但预防更重要。福尔摩斯先生，眼看着一件可怕的事情就要发生，真是一件恐怖的事情，一个凶残的情形就要出现在你的眼前，完全明白这会导致什么后果却又无能为力，太可怕了。还有比一个人身处这样的境地更难受的吗？”

“可能没有。”

“那你就会同情我代表的这位主顾了。”

“我没有想到你只是一个中间人。那委托你的人是谁？”

“福尔摩斯先生，我必须请你不要追问这个问题，我必须确保他的高贵的名字不会牵连到这件事情上去，这点是非常重要的。他的动机绝对是高尚而正义的，但是他不愿意让人知道。我不必说你的酬金也绝对是有保证的，并且你有完全的行动自由。那么这位主顾真实的名字就无关紧要了吧？”

“很抱歉，”福尔摩斯说，“我只习惯我办的案子的一端是个谜，但是如果两头都是谜，那就太令人困惑了。詹姆斯爵士，我恐怕自己只能谢绝去行动了。”

我们的客人变得非常慌张，他那宽大而敏感的脸因为激动和失望变得阴沉起来。

“你还没有认识到你这样做会有什么后果，福尔摩斯先生，”他说道，“你使我感到非常左右为难了。我可以完全肯定，如果我把真实的情况告诉你，你会很骄傲地承办这个案子。但是诺言又不允许我直言不讳。至少，我可以把我能说的都告诉你。”

“好吧，就是有点你必须明白，我并没有对你承诺过什么。”

“这点我明白。首先，你肯定听说过德·梅尔维尔将军吧？”

“在开伯尔战役中出了名的梅尔维尔吗？是的，我听说过他。”

“他有个女儿，叫维奥莱特·德·梅尔维尔，年轻，富有，漂亮，多才多艺，各个方面都是一个非凡的女人。她就是我们要想方设法从魔鬼手掌中救出来的人，将军的女儿，一个可爱又天真的姑娘。”

“那么，格鲁纳男爵在某种程度上控制住了她？”

“对女人来说是所有控制中最强有力的——爱的控制。这个家伙，就像你听说过的那样，非常英俊，举止迷人，语调温和，又具有女人想要的浪漫而神秘的神态。据说所有女人都对他死心塌地，他也充分利用了这一点。”

“但是像他这样的一个人又怎么能够和维奥莱特小姐这样有身份的淑女碰面呢？”

“那发生在一次乘游艇在地中海旅行时。游客参加时都是经过筛选的，但都是自己承担旅费。毫无疑问，举办者很难意识到这位男爵的性格，知道时已经晚了。这个恶棍缠上了这位小姐，结果是他完全彻底地赢得了她的芳心。说她爱他是远远不足以表达的，她对他非常痴情；她已经被他深深地迷住了，仿佛这世界上除了他别人都不存在了。她一点也听不进别人说他的坏话，我们已经用尽一切办法来治疗她的疯狂，但是徒劳无功。总而言之，她准备在下个月嫁给他。由于她已经到了法定年龄并且铁了心，我们真不知道该如何阻止她。”

“她知道奥地利的那件事了没？”

“这个狡猾的魔鬼已经把他过去所有道德败坏的社会丑闻都告诉她了，但是他总是把自己说成一个无辜的受害者。她完全相信了他的说法，对别人的话充耳不闻。”

“天啊！但是你肯定已经不经意地泄露了你那主顾的名字了吧？毫无疑问就是梅尔维尔将军了。”

我们的客人坐立不安起来。

“我本来可以这样说来瞒过你，福尔摩斯先生，但是事实并非如此。梅尔维尔已经一败涂地了，这位坚强的军人已经完全被这件事弄得垂头丧气了，他已经失去了勇气，而这在战场上是从来不会发生的。他变成了一个虚弱的心力衰竭的老人，完全没有能力和这样一个聪明有力的奥地利的恶棍斗争了。我的主顾是将军的一位老朋友，他和将军已经熟识多年，在这个年轻的姑娘穿着短小的连衣裙的时候就像父亲般关怀着她，他不能眼看着这个悲剧发生而不想方设法去阻止它。苏格兰场又无法插手这样的事，是他亲自提议请你来承办这个案子。但是，我刚才已经说过，他有一个明确的约定，就是他个人不能牵涉到这个案子里去。我毫不怀疑，福尔摩斯先生，以你巨大的力量，你能很轻松地通过我查出我背后的主顾是谁，但是我请求你以名誉保证，千万不要这样做，不要打破他隐姓埋名的愿望。”

福尔摩斯古怪地笑了一下。

“我想我可以承诺这一点。”他说，“我还要说你的案子让我很感兴趣，我准备进行调查此事了。我该如何和你保持联系呢？”

“在卡尔顿俱乐部可以找到我。如果有紧急情况，这有个秘密的电话号码：‘××—31’。”

福尔摩斯把这记了下来并又坐下，仍然微笑着，把打开的通讯录放在膝盖上。

“请问男爵现在的地址是——”

“弗尔诺宅邸，在金斯敦附近，是很大的一座房子。这家伙不知背地里干了什么投机的勾当，侥幸变成了富人，这自然使他变成了一个更加危险的敌手。”

“他目前在家吗？”

“是的。”

“除了你刚才告诉我们的，你能给我提供一些更多的关于此人的情况吗？”

“他有一些奢华的嗜好。他是个养马爱好者，曾经在赫林汉打过马球，当他那个布拉格事件变得沸沸扬扬以后，他就离开了。他还收藏书籍和绘画，很有艺术细胞。我知道，他在中国陶器方面是一个公认的权威，而且还写了一部这方面的著作。”

“一个复杂的头脑，”福尔摩斯说，“所有有名的罪犯都有这种头脑。我的老朋友查理·皮斯是一个小提琴演奏家，文莱特也是一位小有成就的艺术家，我还可以列举出更多这样的人。好吧，詹姆斯爵士，请你告诉你的主顾，我会花心思来研究格鲁纳男爵的。别的我就不多说了，我有一些自己的情报来源，我确信我们会找到一些办法来打破僵局的。”

在我们的来访者离开之后，福尔摩斯坐在那里陷入了长时间的沉思之中，好像已经忘记了我的存在。终于，他一下子清醒了过来。

“嗯，华生，你有什么看法？”他问。

“我认为你最好和这位小姐本人见上一面。”

“我亲爱的华生，如果她那可怜的伤透了心的老父亲都不能使她感动，我一个陌生人又能怎样呢？当然，如果别的方法行不通，这个建议不妨试一试的。但是我认为我们必须从另一个角度入手。我倒觉得欣韦尔·约翰逊可能会有点帮助。”

在福尔摩斯回忆录里，我还没有机会提到欣韦尔·约翰逊这个人，因为我很少从我朋友后期的生涯来取材。约翰逊是在本世纪初成为福尔摩斯的一个得力助手的。我很遗憾地告诉诸位，约翰逊的出名是因为他是一个非常危险的恶棍，并在巴克赫斯特监狱两度服刑。后来他痛改前非，为福尔摩斯效力，在巨大的伦敦黑社会里充当他的密探，他提供的情报往往被证明是至关重要的。如果约翰逊是警方的“线民”的话，他很快就会暴露了，但是他参与的案子从来不直接上法庭，所以他的活动从来没有被同伙察觉。由于他有过两次服刑的历史，他可以随意出入伦敦的任何一家夜总会、小客栈和赌场，而且他观察锐敏、头脑灵活，这使他成为一个收集情报的理想密探。现在福尔摩斯准备找的人就是他。

由于我还有我自己的事情急需处理，不可能及时跟上我朋友当时采取的步骤。但是有一天晚上我们约好在辛起森餐馆见面。我们坐在靠窗户的一张小桌旁，俯瞰着斯特兰大街上川流不息的人群，他告诉我了一些最近的情况。

“约翰逊正暗中四处打听，”他说，“他在黑社会的阴暗角落里有可能打听到一点消息，因为只有处在罪犯阴暗的底层，我们才能搜寻到这个人的秘密。”

“但是既然这位小姐连大家都知道的事实都不信，即使你有什么新的发现，又怎么能使她回心转意呢？”

“谁又知道呢，华生？女人的心思对男人来说，就是难以解决的谜。杀人罪也许能得到原谅或辩解，但小小的冒犯也许就会招致怨恨，格鲁纳男爵对我说——”

“他对你说？”

“噢，的确是这样的，我还没告诉你我的计划。是啊，华生，我喜欢和我的对手紧密地纠缠在一起。我喜欢面对面地观察他究竟是个什么货色。在我给了欣韦尔一些指示后，我就乘了一辆马车直奔金斯敦，见到了这位有着非常友善面孔的男爵。”

“他认出你了吗？”

“那可并不困难，因为我递上了我的名片。他是一个出色的敌手，冷静如冰，声音柔和轻缓，就像是你的一位上流社会的顾问医师，但也如同眼镜蛇般阴险毒辣。他有着良好的教养，是个真正的犯罪贵族，在浅薄如喝下午茶的社交礼仪下，隐藏着坟墓般的残忍。是的，我很高兴有人要我来对付格鲁纳男爵。”

“你说他很友善？”

“就像一只感觉要逮住耗子喵喵叫的猫。某些人的和蔼可亲比粗鲁人的残暴更加可怕。他的问候非常独特，‘福尔摩斯先生，我早料到我们迟早会见面的。’他说，‘毫无疑问，你是梅尔维尔将军雇来阻止我和他女儿的婚事的，是这样吧？’

“我默许了。

"'先生,'他说,'你这样做只会毁了自己受之无愧的大名,这个案子你不可能成功的,你将会白费周折,更不要说还会招致危险。我强烈建议你还是及早抽身吧。'

"'这真是巧合,'我说,'这恰恰就是我来想给你的劝告。我尊重你的才智,男爵先生,在我了解了你的人品后,这种尊重也丝毫没有受到影响。让我还是直截了当地和你说吧,没有人想把你过去的事抖出来让你变得非常不舒服。过去的就过去了,现在你是一帆风顺,但是如果你坚持这门婚事的话,你就会树立一大群劲敌,他们绝不会善罢甘休,直到你在英国毫无立锥之地。还值得这样去赌一把吗?你如果更明智的话,还是把这位小姐放开为好。如果你过去的事情传到她耳朵里,这会使你变得非常不愉快的。'

"这位男爵的鼻子下有两条油黑的胡须,就像是昆虫的两个短触角,当他听我说话的时候,这触角轻松地抖动着,最后他咯咯地笑出声来了。

"'请原谅我的笑声,福尔摩斯先生,'他说,'看着你手里没牌还要赌一把,这真是太好笑了。我想任何人都不会比你把它做得更好,但结果都一样,都是可悲的。你连一张花牌也没有,福尔摩斯先生,只有小得不能再小的牌了。'

"'只不过你以为如此。'

"'我知道如此。我还是把事情说明了吧,因为我手上的牌实在太好了,告诉你也无妨。我已经幸运地得到了这位小姐全部的爱，尽管我已经把我过去所有不幸的事都清楚告诉了她。我还告诉她肯定会有某些居心不良的人——我希望你有自知之明——会来向她告密，我已经警示她怎样去对付这种人。你听说过催眠术暗示吧，福尔摩斯先生？那么，你会看到这会起到什么样的作用，对于一个有个性的人来说，可以使用催眠术而不必去采取那些粗俗的手段和愚蠢的做法。所以她对你是有准备的，我敢肯定，她也会和你见面的，因为她对她父亲的意志非常顺从——除了这件小事之外。'

"你看，华生，这样就没必要多说了，所以我就尽可能泰然自若地告辞了。但是，当我的手放在门把上的时候，他叫住了我。

"'顺便说一句，福尔摩斯先生，'他说，'你知道勒布伦吗？那个法国侦探。'

"'知道。'我说。

"'你知道他出了什么事吗？'

"'我听说他在蒙马特区被一些地痞流氓打伤，变成终身残废。'

"'一点不错，福尔摩斯先生，这事也很凑巧，在那一周前他还在调查我的案子来着。不要插手这事，福尔摩斯先生，这可不是一件什么好事，好几个人都已经尝到苦头了。我对你的最后忠告是：你走你的独木桥，我走我的阳关道，我们井水不犯河水。再见！'

“你瞧，华生，就是这些情况，现在你知道事情是怎么一回事了吧。”

“这家伙看起来很危险。”

“非常危险。我对他的吓唬一点也不在意，不过他是手段比言语要厉害很多的那种人。”

“你必须要插手吗？他和这样的一个女人结婚到底有什么关系呢？”

“鉴于他的确谋杀了他的前妻，我看这事关系重大。此外，还有一个多么不平常的主顾啊！好了，好了，我们不再说这个了。喝完咖啡，你最好能和我一起回家，因为欣韦尔还在那儿等着汇报呢。”

我们果然见到他了，他是一个身材巨大、粗鲁、红面、患坏血病的人，一双充满生气的黑眼睛是他那内在的狡猾头脑的唯一外部标识。看来他好像刚刚一头扎进过他那特有的世界，又带上来一个人，就是坐在他身旁的身材瘦长、急躁如火的年轻女人。她面色苍白而紧张，罪恶和忧伤却使得她看起来异常憔悴，让人一眼就看出可怕的岁月在她脸上留下的道道伤痕。

“这是吉蒂·温德小姐，”欣韦尔说，他摆动了下他那胖手，算是介绍，“没有她不知道的——好吧，还是让她自己来说吧。接到你的消息不到一小时，福尔摩斯先生，我就把她找到了。”

“我很容易被找到，”那个年轻女人说，“我每时每刻都在伦敦的地狱，胖子欣韦尔也是同样的地址。我们是老伙伴了，胖子，你和我。可是，他妈的！如果这个世界还有半点公道的话，有那么一个人就应该下到比我们还低的地狱，他才是你要找的人，福尔摩斯先生。”

“我看你是对我们寄予厚望了，温德小姐。”福尔摩斯微微一笑。

“如果我的帮助能让他得到应有的下场，那我就老老实实听你的。”这位来客充满仇恨地说道。在她那苍白而又凝固的脸上和火一般的眼睛里有一种非常强烈的仇恨，这种仇恨只有极少数女人才能达到，而男人则永远达不到。“你用不着去问我的过去，福尔摩斯先生，那都是无关紧要的。但是我现在的一切都是格鲁纳给我造成的。要是我们把他拉下来该多好啊！”她两手疯狂地向空中抓着，“天啊，我真希望能把他拉到那个他往里推下了不知多少人的深渊去啊！”

“你知道他现在的情况了吧？”

“胖子欣韦尔已经告诉我了。这次他是要对另一个可怜的傻瓜下手了，还要跟她结婚，你是想阻止他。你当然很清楚这个混蛋，一定要阻止任何一个精神正常的清白女孩和他接触。”

“她精神已经不正常了。她爱他爱得疯狂，她已经被告知关于他的一切，但她一点也不在乎。”

“也告诉她那个谋杀事件了？”

“是的。”

“我的天，她可真是胆大！”

“她认为这一切都是诽谤。”

“你为什么不把证据放在这个傻瓜的眼皮子底下让她瞧瞧？”

“就是这样，你能帮助我们这样做吗？”

“我自己不就是一个证据吗？如果我站在她眼前告诉她那人是怎样对我的——”

“你会这样做吗？”

“为什么不会？”

“也好，这倒值得一试。但是他已经向她坦白了他的大部分罪恶了，并已经得到她的宽恕，据我了解她是不会再谈这个问题的。”

“我敢说他一定不会把一切都告诉她，”温德小姐说，“除了那件轰动一时的谋杀案外，我还知道一点他的另外一两件谋杀事件。他总是习惯用柔和腔调谈到某人，然后紧盯着我的眼睛说：‘在一个月之内他就死了。’这些话不是空穴来风。但是我什么也不在乎——你瞧，我自己在那个时候也爱上他了。那时他做的一切对我来说就像对目前这个可怜的傻瓜一样！但是有那么一件事使我很受震动。是的，妈的，如果不是他那张充满迷药和假话连篇的嘴皮子不停地解释和安慰我，我当晚就会离开他了。他有一个日记本——一个带锁的黄皮本子，外面有他金质的家徽。我看他在那天夜里十有八九是喝醉了，否则他绝不会把那个东西给我看。”

“那究竟是什么？”

“告诉你吧，福尔摩斯先生，这家伙收集女人，而且引以为豪，就像有人收集蝴蝶标本一样。他把什么都收集在那个本子里，照片，姓名，细节，关于这些女人的一切。这是一本极其下流禽兽不如的本子，凡是人——即便是一个来自贫民窟的人，也绝不会把这样的坏事干尽。但是，阿德尔伯特·格鲁纳却仍然有这样一个本子。‘我所毁灭的灵魂’，如果他愿意的话，他完全可以在本子外面题上这样的话。不过，这都无关紧要，因为这个本子对你也没什么用，即使有用，你也得不到它。”

“它在什么地方？”

“我又怎么能够告诉你它现在在什么地方呢？我已经离开他一年多了，我只知道那时他把它放在某个地方。他在许多方面都像是一只严谨整洁的猫，所以它现在也许仍然被放在内书房一个旧橱柜的格子里头。你知道他的房子吗？”

“我到过他的书房。”福尔摩斯说。

“你已经去过了？如果你是从今天早晨才开始调查的，那你的动作可真够快的。我看这次格鲁纳遇见真正的对手了。外书房是摆放中国瓷器的那间——在两个窗口之间有一个大玻璃柜。在他的书桌后面有一个门直接通到内书房——一个他放文件一类东西的小房间。”

“他不怕窃贼吗？”

“他不是一个胆小鬼，即使最恨他的敌人也不会这样说他。他有能力保护自己，晚上有防盗的警铃。再说，对一个窃贼来说又有什么可偷的呢，除非偷走那些花哨的瓷器？”

“毫无用处，”欣韦尔以一个专家的口气肯定地说道，“收买赃物的人没有谁会要这种既不能融化又不能换钱的东西。”

“确实如此。”福尔摩斯说，“好吧，现在，温德小姐，如果你明天下午五点钟能过来下，我会考虑是否按照你的建议安排你和这位小姐见上一面。非常感谢你的合作，不用多说，我的主顾会大方地考虑……”

“根本不需要，福尔摩斯先生，”这个年轻女人大声说道，“我并不是为了钱才来的。只要让我亲眼看到这个人掉到臭屎堆里，这就是我得到的最好报酬了——掉在臭屎堆里，我再往他该死的脸上踏上一脚，这就是我的出价。只要你在追踪他，我明天或者任何一天都可以来。胖子会告诉你在什么地方可以找到我。”

直到第二天晚上，我们又一次在斯特兰大街的餐馆共进晚餐时我才见到了福尔摩斯。当我问他这次他的会面运气如何时，他耸了耸肩膀，然后他把情况告诉了我，我就把这记录了下来。他那有点生硬枯燥的叙述需要稍加编辑一番才符合生活的本来面貌。

“安排会面没有遇到什么困难，”福尔摩斯说，“这位小姐竭力想在所有不重要的事情上表现出对她父亲的服从，因为她想弥补在终身大事上不从父命。将军打电话来说所有都安排就绪，火爆的温德小姐也按时到来了，于是在下午五点半一辆马车就把我们送到了贝克莱广场104号——老将军的住所。那是一座使人敬畏的让教堂都自愧弗如的灰色伦敦古堡。仆人把我们引进一间挂着黄色窗帘的很大的会客室，那位小姐就在那儿等着我们，她严肃认真，脸色苍白，泰然自若，就像山上的一座雪人那样遥远不可侵犯。

“华生，我不知道该如何把她向你描述清楚，也许在这个案子完结以前你可以见到她，那你就可以使用你那语言天赋来描述了。她很美丽，但那是一个心思完全在上帝那儿的狂热的信徒才有的仙女之美。我曾在中世纪大师的画上看见过这样的脸，我简直无法想象一个畜牲般的流氓是怎么把他那肮脏的爪子放到这样一个人身上的。你可能已经注意到两个极端互相吸引的现象了吧，像精神对于肉体，野蛮人对于天使。但你再也不会看到比这更糟糕的情况了。

“她当然已经知道我们的来意了——那个恶棍早已不失时机地给她灌输毒药来让她对我们反感了。我想温德小姐的到来让她有点吃惊，但她还是挥手叫我们各自坐下，就像一位可敬的女修道院院长在接见两个肮脏的乞丐。华生，如果你的脑袋想要发涨的话，可得好好向维奥莱特·德·梅尔维尔小姐学习学习。

“‘好吧，先生，’她以一种仿佛来自冰山的冷风般的声音说道，‘我已经熟知你的大名。在我看来，你是来诋毁我的未婚夫格鲁纳男爵的。我仅仅是遵从父命才会见你的，我提前告诉你，

你所能够说出的一切不会对我产生丝毫影响。’

“华生，我为她感到难过。在那一刻我对她的感觉就像是对自己女儿一样。我并不是一个富有口才的人，我用的是我的头脑，不是情感。但是那天我用我内心所能用到的一切真切的话来请求她。我向她描述了一个在婚后才发现男人真相的女人处在一个多么可怕的境地，她不得不屈服于沾血的双手的拥抱和淫荡的双唇的亲吻。我对她没有任何隐瞒——将来可能面临的羞辱，恐惧，极度的痛苦，所有的一切我都说了。但是我所有热切的话语都没能使她那乳白色的脸颊上增添一丝血色，没能使她那心不在焉的目光中闪现出一丝感情。我想起那个恶棍说的催眠作用，一个人可以完全确信她是生活在远离尘世的着迷的梦中。但是她的回答却是毫不含糊其词。

“‘福尔摩斯先生，我已经耐心地听你讲完了，’她说，‘其效果完全和预期的一样。我对我的未婚夫阿德尔伯特是非常清楚的，他一生波折，使他招致了某些强烈的仇恨和不公平的中伤，你是这一连串在我面前诽谤他的最后一个人。也许你是出于好意，但是我知道你是一个受雇用的侦探，反对男爵和维护他对你来说是一样的。但无论如何，我希望你彻底明白：我爱他，他爱我，世界上所有的意见对我来说就像窗外鸟儿的叽叽喳喳，毫无用处。如果说他的高贵品质曾一时降低，我可能就是上帝特意派来帮助他恢复真正的高尚品质的。我不清楚，’这时她的目光落在我同伴的身上，‘这位小姐是谁？’

“我正准备回答，不曾想这个女人像旋风一样开了腔。如果说你曾看过冰与火是如何针锋相对的，那就是这两个女人了。

“‘我来告诉你我是谁吧。’她叫喊着从椅子上跳了起来，在盛怒之下她的嘴气得都歪了，‘我是他的最后一个情妇，我是那成百个被他引诱、利用、糟踏、抛弃到垃圾堆里的人之一，就如同他会对你做的那样。你那垃圾的残渣的最后归宿很可能是坟墓，也许这还算是最好的。我告诉你，你这个蠢女人，如果你嫁给这个男人，他就会置你于死地，也许使你心碎，也许扭断你的脖子，他带给你的不是这个就是那个结果。我不是出于对你的爱护才说这个话的，对于你的死我根本不在乎。我纯粹是出于对他的仇恨，是为了报仇，以牙还牙。但是横竖一个样，而你也不必这么瞪着我，我的大小姐，过不了几天你也许会变得比我更不值钱。’

“‘我认为没有谈下去的必要了，’德·梅尔维尔小姐冷冷地说，‘我最后再说一遍，我知道我未婚夫一生中曾有三次被狡猾的女人纠缠，我确信即便他做过什么错事也早已诚恳悔改了。’

“‘三次！’我的同伴尖叫起来，‘你这个傻瓜！十足的蠢货！’

“‘福尔摩斯先生，我请求你结束这次会面。’那冰冷的声音说，‘我已经遵从父亲的意愿来见你，但是我不是来听这个人疯叫的。’

“温德小姐怒吼着猛然蹿上前去，要不是我一把抓住了她的手腕，她早已揪住那位让人恼怒的女子的头发了。我把她拽到了门口，幸运的是，没有在公众面前大吵大闹就把她拉上了马车，因为她已经出离愤怒了。实话对你说吧，华生，虽然我表面冷静，但是也很恼怒，因为在这个我们试图拯救的女人的极端自信和冷静里面，实在有一种难以形容的令人反感的东西。你现在明白我们的处境了吧。显然我不得不另想办法了，因为这一招没有用了。我会和你保持联系的，华生，很有可能你还会派上用场呢。不过下一步也许是由他们走而不是我们走。”

的确如此。他们的打击来了——确切地说是他的打击，因为我始终无法相信那位小姐也参与了这件事。我还能清楚地指出那天我是站在便道的哪一块方砖上。我站在那里，当我的目光落在一个广告牌上，一阵恐怖感穿心而过。那个地方是在大旅馆与查林十字街车站之间，一个单腿的卖报人正在那里摆放他的晚报，日期正是上次交谈后的两天。报纸上用黄底黑字写着那可怕的大标题：

福尔摩斯遭受袭击

我记得我呆若木鸡地站在那里好一会儿，然后浑浑噩噩地抓了一张报纸，也忘记了付钱，还被卖报人抱怨了几句，最后我站在一家药店门口翻到了那段可怖的电文，写的是：

我们遗憾地获悉著名私人侦探福尔摩斯先生今天

上午遭受致命性的袭击，处境危险，至今未得到详细报道。据传时间在十二时左右，发生在里金大街罗亚尔咖啡馆门外。福尔摩斯先生头部及身上受到两名持棍者的袭击，据医生描述，其伤势十分严重。他当即被送进查林十字街医院，随后他本人坚持要求将其送回了贝克街的住宅。袭击他的两个恶棍看起来穿着讲究，肇事后从旁观者中穿过罗亚尔咖啡馆向葛拉斯豪斯街逃去。毫无疑问，凶手属于经常因福尔摩斯精明侦查而屡遭侦破的犯罪团伙。

我来不及看完新闻就跳上一辆马车直奔贝克街而去。我在门厅遇到了著名的外科医生莱斯利·奥克肖特爵士，他的马车在门外等他。

“还没有什么直接危险，”这是他的回答，“有两处头皮裂伤和几处严重淤血。必要的已经缝过针了，吗啡也打过了，现在安静休息十分必要，但是几分钟的谈话也不是绝对禁止的。”

在得到允许后我蹑手蹑脚走进黑暗的卧室。患者完全醒着，我听到一个嘶哑的微弱的声音在叫我的名字。窗帘放下了四分之三，但是有一线斜阳射进来，正好照在这个受伤的人裹着绷带的头上，白色的纱布上浸透出一片殷红的血迹。我在他旁边坐下，低下脑袋。

“好了，华生，不要看起来如此害怕，”他用一种非常微弱的声音喃喃道，“情况并不像表面看起来这么严重。”

“谢天谢地！”

“你知道，我还算得上是棍击运动家，我完全可以对付那些棍击。第二个人上来我才难以招架。”

“我能做点什么，福尔摩斯？当然是那个该死的混蛋让他们干的。只要你说句话，我立刻就去把他的皮给剥了！”

“好华生，我的老伙计！不，我们可不能那样做，除非是警察要抓他们。但是他们早已准备好逃脱法网了，这一点我们可以肯定。等着瞧吧，我自有打算。要做的第一件事就是要夸大我的伤势。他们会到你那里打探消息的，你要大吹特吹，华生，什么能再活一周就算万幸啦，脑震荡啦，精神错乱啦——随你怎么说，越夸大越好。”

“但是莱斯利·奥克肖特爵士怎么应对？”

“哦，他那儿很好办。他将会看到我病情最严重的一面，我会寻找办法的。”

“还有别的事情吗？”

“是的，告诉欣韦尔·约翰逊，让那个女人躲一躲，那些家伙就要找她呢。他们当然知道在这个案子里她和我是一起的，既然他们敢来动我，看起来也不会放过她。事情紧迫，今晚务必要办。”

“我马上就办。还有别的事吗？”

“把我的烟斗放在桌上——还有装烟叶的拖鞋。好！每天上午到这里来，我们将讨论我们的作战计划。”

当天晚上我和约翰逊当即把温德小姐送往偏僻的郊区，确保她度过这次危险。

六天以来，在公众的印象中福尔摩斯已经濒临死亡。病情报告书上描述得十分严重，报纸上也有一些不祥的报道。但是我持续不断的探望使我确信情况并不是那样糟糕，他那坚硬的身体和坚强的意志正在创造奇迹。他康复得很快，我有时候有点怀疑他实际感受到的康复速度甚至比他对我装出来的还要快。他有一种爱保密的倾向，这引起了很多戏剧性的效果，但是往往甚至是他最亲密的朋友也不得不去猜测他真正的计划是什么。他把这个格言推到了极致：只有独自谋划的人才是安全的策划者。没有人比我更接近他了，但我还是经常感到我和他之间有一种隔膜。

虽然报纸上报道说他得了丹毒，但是到第七天伤口已经拆线。在同一份晚报上有一条消息我必须去告诉他，不管他是真病假病。这条消息报道得很简单，说在星期五由利物浦出发的丘纳德轮船卢里塔尼亚号的旅客名单中有阿德尔伯特·格鲁纳男爵，他在美国有重要财产事宜需要处理，归来后就将举办与维奥莱特·德·梅尔维尔小姐——这个独生女——的结婚典礼等。福尔摩斯在听这个消息的时候，他那苍白的脸上显出一种冷冷的、全神贯注的神情，他的样子告诉我他受到了不小的打击。

“星期五？！”他大声说道，“只有整三天了。我确信这恶棍是想躲过危险。但是他不可能得逞的，华生，我保证他绝不可能！现在，华生，我想请你替我办点事。”

“我来这儿就是这个目的，福尔摩斯。”

“那好，那你接下来的二十四小时就全心全意研究中国瓷器。”他什么也没有解释，我什么也没问。长期的经验让我学会了服从的智慧。但是当我离开他的房间走到贝克街上的时候，我的脑子开始琢磨，究竟该如何去执行这样一道奇怪的命令。最后我坐车跑到圣詹姆斯广场的伦敦图书馆，把这个问题交给我的朋友洛马克斯图书馆副管理员，然后我就夹着一本大部头书回到我的住所了。

据说那种仔细将案情死记硬背下来能在星期一就质问证人的律师，不到星期六就把他恶补学来的知识忘记得一干二净了。当然，我还不能摆出一副陶瓷学权威的架势，但是那天整整一个晚上，是整整一夜，除了中间的短暂休息，以及接下来的整整一上午，我确实是在勤学苦记大批名词。我记住了著名烧陶艺术家的印章、神秘的甲子纪年法、洪武的标志和永乐的美丽、唐寅的书法，以及宋元时期的鼎盛历史等。当我第二天晚上来看福尔摩斯的时候，我的脑子里已经装满了这一切知识。他已经没有躺在床上了，可是从报纸的报道中你是不可能猜出这种情况的。他用手支着他那缠满了绷带的脑袋，将整个身体深深坐进他最喜欢的安乐椅里。

“呵，福尔摩斯，”我说，“如果相信报纸上说的话，你已经生命垂危了。”

“那个，”他说道，“正是我打算造成的印象。现在，华生，你学得怎样了？”

“至少我已经竭尽全力了。”

“很好。你可以就这个问题进行内行的谈话了？”

“我想是可以的。”

“那你把壁炉架上那个小匣子递给我。”

他打开盖子，拿出一个用东方丝绸严实包裹着的小物件。他又打开一层包裹，露出一个极为精致的深蓝色小茶碟。

“这东西必须小心翼翼地拿好。这是个货真价实的明朝雕花瓷器，即使找遍整个克里斯蒂市场[①]，也没有一件比这好的了。这样的一整套可是价值连城——但实际上除北京紫禁城之外是否还有一整套还很难说。内行人只要看上一眼就会发疯的。”

“我要用它干什么呢？”

福尔摩斯递给我一张名片，上面印着：希尔·巴顿医生，半月街369号。

“这就是你今天晚上的名字，华生，你将去拜访格鲁纳男爵。我了解一点他的生活习惯，晚上八点半左右他是有空闲的。可以事先给他写封信告诉他你要来访，并和他说你将带给他一

---

① 克里斯蒂市场是当时伦敦买卖艺术品的一个市场。——译者注

件独一无二的明朝瓷器。你最好还是自称医生，因为这个角色你假扮的时候不会表里不一。这次你是个收藏家，碰巧得到这套宝物。你曾听说男爵对这方面很感兴趣，而且你对在一个合适的价格出售也不会反对。”

“什么价钱呢？”

“问得好，华生，如果你不知道你自己货物的价钱，那就会大大失败了。这个碟子是詹姆斯爵士拿给我的，我想这是他主顾的收藏品。如果你说它是举世无双的，也不过分。”

“我可以建议由专家来估价。”

“太好了！华生，你今天真是灵光闪现。可以提出克里斯蒂或者索斯比，不好自己提出价钱。”

“如果他不见我呢？”

“会的，他会见你的，他对收藏的狂热已到了如痴如狂的地步，尤其是在这一方面，在这方面他是一个公认的权威。坐下来，华生，我来口述这封信的内容，无须回信，只要说明你会来访和来访的原因。”

这是一封非常绝妙的信函，简短，彬彬有礼，而又能刺激收藏者的好奇心。街道送信人被恰当安排好送了过去。就在同一天晚上，我手里拿着珍贵茶碟，口袋里揣着巴顿医生名片，就开始自己的这场冒险了。

华美的房子和庭园显示出格鲁纳相当富有，就像詹姆斯爵士说的那样。一条长长曲折蜿蜒的甬道，两旁栽种着稀有的灌木，直通饰有雕像的铺满碎石的广场。这座宅子原是南非一个金矿大王在其最鼎盛时期修建的，那带角楼的低矮狭长的房子，尽管在建筑学上就像噩梦一样的阴沉，但其规模和坚固性却让人印象深刻。一个可以增添主人光彩的男管家把我领到大厅，转交给一个身穿华丽长毛绒衣服的男仆，他又引导我来到男爵面前。他正站在位于两扇窗子之间的一个敞开的大柜橱前面，里面摆放着他的部分中国陶瓷。我进屋时，他转过身来，手里还拿着一个棕色花瓶。

“医生，请坐，”他说，“我正在检查我自己的收藏，想知道我是否还出得起高价来增添它们的数量。你瞧，这个小花瓶是唐朝时期的珍品，七世纪的古物，这也许会引起你的兴趣，我相信你从来没见过比这更精的手工和更美的瓷釉了。你把你说的那个明朝碟子带来了吗？”

我小心翼翼地打开包裹并递给了他。他在书桌前坐了下来，因为天色越变越暗，他把灯拉近，并开始仔细鉴赏。由于黄色灯光照在他脸上，我可以从容地端详他的容貌。

他确实是一个引人注目的英俊男人。他在欧洲享有美男子的盛名也确实名不虚传。他虽然中等身材，但是体态优雅而灵活。他的脸黑黝黝的，几乎就像东方人，有着一双黑亮又忧郁的大眼睛，对女性极具诱惑力。他的头发和胡须都十分乌黑，胡须短而且尖，并精心修饰过。他五官端正而且迷人，只有平坦而单薄的嘴唇有些例外。如果我看到过一个杀人犯的嘴的话，那就是这个——它是脸上的一道残酷的硬生生的切口，双唇紧闭，冷酷无情，令人恐惧。他把胡子向上留起而露出嘴角是不明智的，因为这成了天然的危险标志，使他的受害者警觉。他声调迷人，举止倜傥。我看他在年纪上至多不过三十出头，而事后通过他的档案了解到他已经四十二岁。

“太好了——实在是太好了！”他终于说道，“你是说你有六个配成一套？让我奇怪的是我居然没有听到过这样奇妙的珍品。我知道在英国只有一个能和它相配，但那是绝不可能出现在市场上的。恕我冒昧问一句，巴顿医生，你是如何得到它的？”

“这又有什么关系呢？”我尽量用一种最无所谓的口气说道，“你能看得出它是真品，至于价格，我要求让专家来评估。”

“太不可思议了，”他的乌黑大眼睛里闪过狐疑的目光，“就如此珍贵物品进行交易，人们当然想知道关于交易的全部了。它确实是真货，对这一点我一点也不怀疑。但是假如——我不得不把每种可能性都考虑进去——事后证明你没有权利出卖呢？”

“我保证没有任何人对它有权利。”

“当然，这又引出另一个问题，就是你的保证又有什么价值。”

“我的信用银行会回答这个问题。”

“那自然。但是整个交易让我感到太稀奇古怪了。”

“成不成交悉听尊便，”我漠不关心地说，“我首先考虑到你，是因为我知道你是有名的鉴赏家，但我在别处成交也不会有什么困难的。”

“谁告诉你我是个鉴赏家？”

“我知道你写过这方面的一本著述。”

“你读过那本书吗？”

“没有。”

“好家伙，这让我越来越摸不着头脑了。你自称是一个鉴赏家和收藏家，你的收藏中有一件稀世珍品，而你却不愿花点心思去查阅一下唯一能告诉你所持有珍品价值的著作，你怎么解释呢？”

“我是一个大忙人，我是个开业医生。”

“这并不是答案。如果一个人真有癖好，他会认真钻研的，不管他别的业务是什么。而在信里你说你是鉴赏家。”

“的确如此。”

“我能否问你几个问题来试试你？我不得不实话跟你说，医生——如果你确实是一名医生的话——情况变得越来越让人怀疑了。请问，你知道圣武天皇吗？你认为他和奈良附近的正仓院又有什么关系吗？怎么，你感到茫然吗？那么请你讲一讲北魏王朝并说说它在陶瓷史上的地位。”

我假装发怒地跳了起来。

“先生，这简直无法忍受！”我说，“我来这里是给你恩惠的，而不是当学生让你来考试的。我这方面的知识也许和你差得不远，但我不能回答如此无礼的提问。”

他紧紧盯着我，眼中的慵懒全然不见了。他的目光突然锋利起来，残忍的嘴唇之间的牙齿突然一闪。

“玩什么把戏？你是个奸细，你是福尔摩斯的探子，你是在欺骗我。我听说这家伙快完蛋了，于是他就派个奸细来刺探我。你未经允许就闯入了我的住宅。好哇！你进来容易，出去难！”

他一下子跳了起来，我退了一步防备他来进攻，因为他已经气过头了。可能他一开始就对我产生怀疑了，也有可能是来回的提问使我露了马脚，总之再骗他是没指望了。他把手伸到一个小抽屉里去狂怒地乱翻着。这时，他站在那里竖起耳朵倾听着，有什么动静传到他的耳朵里了。

“哎呀！”他大声喊道，“天啊！”他一下子冲进身后那间小屋。

我一个箭步冲到门口。我一辈子也不会忘记那个景象，通往花园的窗户大开着，在窗前，福尔摩斯就像一个恐怖的幽灵般站着，他头上缠着血迹斑斑的绷带，脸色煞白。转眼间他已不见，我听见了他身子穿过灌木丛的声音。宅院的主人大吼一声也冲到了窗口。

就在那时，只是一瞬间，我清楚地看到，一只手臂——一只女人的手臂——从树丛中猛挥了下手。与此同时，只听男爵发出一声可怕的惨叫——我的记忆里会经常响起这声惨叫。他两手猛烈拍打着脸满屋乱跑，头在墙壁上疯狂地乱撞，然后他倒在地毯上痛苦地翻滚着，一声声的惨叫在屋内回响。

“水！看在上帝的分上，我要水！”他叫着。

我从茶几上抄起一个玻璃水瓶朝他奔去。与此同时，男管家和几个男仆也从大厅赶了来，当我跪下一条腿把受伤者可怕的脸转向灯光时，我记得他们中的一个晕倒了。硫酸正在腐蚀整个面孔，并从耳朵和下巴往下滴，一只眼已经泛白并且变得呆滞，另一只变得红肿起来。几分钟以前我还在欣赏的五官，如今就像一幅美妙的油画被画家用又脏又湿的海绵乱抹了一通。它们已经变得模糊不清、失去色泽、没了人形、令人恐惧。

就他们关心的泼硫酸的袭击，我简短地解释了一下发生的情况。有几个仆人爬过了窗口，有的已经冲到了草地上，但是天色已暗，又下起雨来。男爵在嚎叫之余痛骂着那个复仇者。

“一定是那个女魔温德！”他大叫着，“天啊，她这个魔鬼，她会为此付出代价的！一定会的！我的天哪，我疼得受不了了！”

我用油把他的脸清洗了下，并用药棉包扎了起来，还给他注射了一针吗啡。在这样的冲击下，他对我的怀疑全都消失了，他紧紧攥着我的手，仿佛我有能力把他那呆滞望着我的死鱼般的眼睛救转过来似的。要不是想起他那咎由自取的罪恶一生，我也许会对这样的毁坏事件流下同情的泪水。而此时我对被他那发烫的手抓着只感到十分厌恶，所以当他的家庭医生和紧随其后的专家前来接替我的时候，我感到一阵轻松。一个巡警也赶了来，我递上了我的真实名片——再使用假名既是无用的也是愚蠢的，因为在苏格兰场，人们对我的面貌几乎和福尔摩斯一样熟悉。然后我就离开了这座阴森可怕的住宅，不到一小时便回到了贝克街。

福尔摩斯正坐在他常坐的安乐椅中，看起来面色苍白筋疲力尽。除了他的伤情外，甚至他那钢铁般的神经也被今天晚上的事件震惊了，他悚然地听我叙述男爵的毁容。

“这就是罪恶的报应，华生，罪恶的代价！”他说道，“这迟早会到来的。天晓得，这个人真是恶贯满盈。”他补充说道，并从桌上拿起一个黄色的本子，“这就是那个女人所说的本子，要是这个本子还不能终止这场婚事的话，那就再也没有办法了。但是这个本子会的，华生，一定会的，这是任何一个有自尊心的女人都不能忍受的。”

“这是他的恋爱日记吗？”

“不如称作他的淫乱日记，怎么说都可以。当那个女人告诉我们的那一刻，我就意识到如果我们能拿到它，这会是一个很有力的武器。当时我什么也没说，就是担心这个女人可能会走露风声。但我一直在思考这事。后来他们把我打伤让我感到有机会让男爵认为对我没有再防备的必要了。这都是有利的。我原本打算多等几天，但他的去美国的行程迫使我马上行动。他绝不会把如此暴露的文件留在家里，因此我们必须立即行动。夜间去偷窃是不可能的，他有所防范，但是如果在晚上能把他的注意力引开，那就是一个机会。这就需要你和你的蓝色茶碟儿了。但我必须弄清这个本子的位置。我知道我只有几分钟的时间去行动，因为我的时间受你关于中国陶瓷知识的限制。所以，最后我还是找来了这个女人。我又怎么会知道她偷偷藏在怀里的小包儿是什么呢？我还以为她是为我的事情而来呢，哪曾想她还有自己的特殊任务。”

“他已猜到我是你派过来的了。”

“我就担心这个。但是你缠住他的时间让我拿到日记已经足够了，只是还不够让我神不知鬼不觉地逃走。哦，詹姆斯爵士，欢迎，欢迎！”

这位温文尔雅的客人已经应邀过来了，他全神贯注地倾听福尔摩斯讲述所发生的事情。

“你已经创造了奇迹，绝对的奇迹！”当他听完之后大声说道，“但是如果伤势就像华生医生描述的那样严重，我们即使不用日记也能够阻止这场婚姻了。”

福尔摩斯摇了摇头。

“像德·梅尔维尔这种女人是不会这样做的。她会把他当作一个毁了容的受难者而更加爱他。不，绝不，不是他的外形，而是他的道德，那才是我们要毁坏的。这本日记会使她清醒过来，除此之外我想再没有别的东西了。这是他亲笔写的，她不可能不以为意的。”

詹姆斯爵士把日记和那个珍贵茶碟都拿走了。由于我还有自己的事要去办，就同他一同走到了街上。一辆马车在等着他，他跳上车，匆忙地对戴帽徽的车夫发了句话，就快速地驾车离开了。他把半边大衣挥出窗外来遮住车箱上的家徽，但我仍然借着从我们扇形窗射来的灯光看清楚了。我大吃一惊，转身就冲到楼上回到福尔摩斯的房间。

“我发现我们的主顾是谁了，”我大声喊出我的爆炸消息，“你当是谁，福尔摩斯，原来就是——”

“是一位忠实的朋友和慷慨的绅士，”福尔摩斯举了下手示意我打住，“不必多说了。”

我不知道这本作为罪证的日记是怎样被利用的，可能是詹姆斯爵士办的，更可能是把这个微妙的事情交给这位小姐的父亲去办了，无论如何，效果就像期望的那样圆满。三天之后，晨报上的一则报道说阿德尔伯特·格鲁纳男爵与维奥莱特·德·梅尔维尔小姐的婚礼已经取消了。同一份报纸也刊载了刑事法庭对吉蒂·温德小姐受到的泼硫酸的严重指控第一次开庭。但在审讯过程中出现了种种情有可原的情形，结果只判了这类犯罪的最轻徒刑。夏洛克·福尔摩斯有受到盗窃指控的威胁，但是当目的是好的而主顾又十分显赫时，连刻板的英国法庭也变得富有同情心和弹性了。我的朋友始终没被传讯。

变白的军人

我朋友华生的想法尽管数目有限，但是却极其固执。长久以来他一直怂恿我自己写一次办案经历。或许在一定程度上是我自找的，因为我经常借机指出他的叙述是多么肤浅，并指责他一味迎合公众口味，而不顾严格准确的事实和数据。“你自己试试吧，福尔摩斯！”他总是这样反驳道。而当我拿起笔来的时候，不得不承认，我开始意识到内容必须这样，才能够吸引读者。下面的这件案子肯定能够让读者感兴趣，因为它是我的收录中最稀奇的一件事情，然而碰巧华生没有在他的记录里记下它。讲到我的老朋友兼传记作者华生，我要借此机会说明一下，我之所以在我各种各样不足挂齿的调查中不怕负担地带一个伙伴，并不是出于感情用事或者异想天开，而是因为华生有一些不同寻常的独特之处，他承认他的谦虚以及没有注意到对我工作过高的评价。一个能预知到你结论和一系列行动的同伴总是有危险的，可是每一个进展都让他惊讶不已，而且对他来说未来总是一个未揭开的秘密，那么，这的确是一个理想的帮手。

据我笔记簿上的记载，那是在一九〇三年的一月，即布尔战争[1]刚刚结束后，詹姆斯·M.多德先生来拜访我。他是一个高大、精神饱满、皮肤黝黑、性格正直的英国人。那时，忠实的华生因为结婚而离开了我，这是在我们交往中我所能记得的他唯一的自私行为。

所以我是一个人。我的习惯是背靠窗户坐，而让我的客人们坐在对面的椅子上，从而光线正对着他们。詹姆斯·M.多德先生稍微有些不知所措，不知该如何开场。我也无意去帮助他，因为他的沉默给了我更多的时间去观察他。我发现让客人们感受到我的个人魅力是明智的，因此我就把我的一些观察结论告诉了他。

“先生，我感觉你是从南非回来的。”

“是的，先生。”他带着几分惊讶回答道。

“皇家义勇兵，我猜想。”

“完全正确。”

“很可能是米德尔塞克斯军团。”

“正是这样。福尔摩斯先生，你简直是个巫师。”

我对他迷惑的表情笑了笑。

---

① 布尔战争（1899—1902），英国人与布尔人之间的战争。布尔人指殖民南非的荷兰移民的后裔。——译者注

“当一位有强壮体魄的绅士进到我的屋里，脸色棕黄，而英国的太阳绝对晒不到那个程度，手帕是放在袖筒里而不是放在口袋里，那就不难确定他来自哪里。你蓄着短胡须，表明你不是正规军。你穿着骑手制服样式的衣服。至于米德尔塞克斯，你名片已经向我表明你是来自思罗格莫顿街的股票经纪人，你还会加入其他军团吗？”

“你全都看出来了。”

“我看见的并不比你多，只是我训练我自己去留意我所观察到的东西而已。不过，多德先生，你今天上午来拜访我当然不是来跟我讨论观察的科学的。图克斯伯里老庄园那里发生了什么事？”

“福尔摩斯先生！你——”

“我亲爱的先生，这没什么神秘的诀窍。你来信上的标题是那里的，另外你约见我是如此紧迫，那显然是发生了什么紧急而重要的事情了。”

“是的，的确如此，但是信是下午写的，后来又发生了很多事情。如果不是埃姆斯沃斯上校把我踢出来的话——”

“把你踢出来？”

“唉，差不多。他是个硬心肠难对付的家伙，就是埃姆斯沃斯上校，他是当年最厉害的军官。那也是一个讲粗话的年代，要不是因为戈德弗雷，我早已经不会容忍上校了。”

我点燃烟斗，靠在椅背上。

“或许你应该解释一下刚才你所说的话。”

我的客人顽皮地笑了笑。

“我已经习惯于假定不用告诉你，你已经知道所有事情了，”他说道，“那么我还是把实情都告诉你吧，我非常希望你能够告诉我它们是什么意思。我一夜都没睡，脑子里很困惑，我越想越觉得这件事情不可思议。

“我入伍的时候是一九〇一年一月——刚好是两年前——年轻的戈德弗雷·埃姆斯沃斯和我是一个中队。他是埃姆斯沃斯上校唯一的儿子，埃姆斯沃斯上校是克里米亚战争[①]中维多利亚十字勋章[②]的获得者，他把好战的血统传给了他的儿子，所以难怪他加入了志愿兵。在整个团里再也找不到比他出色的小伙子了。我们成了好朋友，那种只有在有福同享，有难同当中才能形成的友谊。他是我的伙伴——那意味着在军队中这是非常不错的事情。我们同甘共苦历经了一年的艰苦战斗生活。后来在比勒陀利亚[③]外部的钻石山附近的一次行动中，他被猎象枪击中了。我从开普敦和南安普顿医院各收到一封信，从此一直就没有关于他的任何消息了。福尔摩斯先生，六个多月没有消息，而他是我最亲密的朋友。

---

① 克里米亚战争（1853—1856），俄国与英国、法国、土耳其、撒丁王国之间的战争。——译者注

② 英国维多利亚女王于1856年颁发的铜质勋章，授予有杰出功勋的英国军人。——译者注

③ 南非共和国首都——译者注

“好啦，战争结束后，我们全都回来了，我写信给他的父亲询问戈德弗雷在什么地方，没有回复。我等了一段时间，接着又写了一封信。这次我收到了回信，简短而冷淡：戈德弗雷航海环游世界去了，一年之内可能都不会回来。就这些。

“我并不满意，福尔摩斯先生，整个事情好像十分反常。他是一个热心的小伙子，绝不会随便丢下一个朋友的，这不像他。然后，我又碰巧知道了他是一大笔财产的继承人，还有他的父亲和他并不是一直那么合得来。有时候这位父亲有些霸道，而戈德弗雷又年轻火盛。不，我并不满意，然后我下定决心要追根究底。然而恰巧由于这两年不在家，我有很多事情需要处理，所以只有到这个星期我才开始继续着手戈德弗雷这件事情。但是，既然我已经开始办这件事情了，我的意思就是把其他事都放在一边，目的就是为了把它做到底。”

詹姆斯·M. 多德先生看起来是那种最好跟他做朋友而不是做敌人的人。他的蓝色眼睛显得很坚决，说话的时候方形的下巴有些僵硬。

“哦，那么你都做了些什么？”我问道。

“我首先采取的行动是去他家——贝德福德附近的图克斯伯里老庄园——亲自看看究竟是怎么回事。我给他母亲写了一封信——因为我已经受够了他那个坏脾气的父亲——开门见山说我是戈德弗雷的好友，我能告诉她很多我们共同经历的有趣事情，我有可能路过附近，如果不介意能否拜访一下以及其他等等。我收到一封热情洋溢的回信，并且愿意留我住宿。这样我星期一就过去了。

“图克斯伯里老庄园，穷乡僻壤，无论从什么地方下车都还有五英里的路。车站也没有马车，所以我只能提着手提箱步行，接近傍晚的时候我才到达。那是一所坐落在一个相当大的园子里面的非常巨大绵延的房子。我看它是一座包含了各个时代不同风格的建筑，从伊丽莎白一世时代的半砖木结构地基开始，到维多利亚时代的柱廊。里面到处都是镶板、挂毯和褪了色的老画，真是一座阴森诡秘的屋子。有个老管家拉尔夫，看起来像这座房子一样古老，还有他的妻子，可能更老一些。她以前是戈德弗雷的保姆，我曾经听他说过她，他对她在感情上仅次于他的母亲，所以尽管她外表古怪，我还是对她有好感。我也喜欢他的母亲——一个温和、小巧、脸色苍白和羞怯的女人。只有上校看起来不顺眼。

“我们见面就小吵了一架。我本来想回车站，如果不是我觉得这样做正合他心意的话，我肯定走了。我被直接带到他的书房。他坐在凌乱的书桌后面，我看到一个身材魁梧的男人，驼背，烟灰色的皮肤，乱七八糟的灰色胡子，红筋突出的鹰钩鼻子，两只灰色凶狠的眼睛从浓密的眉毛下面瞪着我。我马上明白了为什么戈德弗雷很少提起他的父亲。

“‘先生，’他以一种粗粝刺耳的声音说，‘我倒是对你来这儿的真正原因感兴趣。’

“我回答说在给他妻子的信中已经说明白了。

“‘是的，是的，你说你在非洲认识戈德弗雷。当然，我们只是听你这么一说。’

“‘我口袋里有他写给我的信。’

“‘请让我看一看。’

“他朝我递给他的两封信看了一眼，然后就把它们扔了回来。

“‘好吧，那又怎样呢？’

“‘先生，我是您儿子戈德弗雷的好朋友，共同经历的很多记忆把我们联系在一起，可是他突然没有音讯了，我对此感到惊讶，希望知道他发生了什么事情难道不是很自然的吗？’

“‘先生，我记得已经和你通过信，并且已经告诉过你他去航海环游世界了。从非洲回来后，他的健康情况不大好，他的母亲和我都认为他需要彻底休息，换换环境。请你把这个情况转告给任何其他关心这件事情的朋友们。’

“‘当然，’我说，‘但是请你告诉我他乘坐的轮船和航线的名称，还有日期，说不定我可以和他通信。’

“我的请求看起来让主人伤脑筋又感到不安，他浓密的眉毛落到双眼上面，很不耐烦地用手指敲着桌子。他终于抬起眼来，就像一个棋手发现对手走了威胁性的一步，然后他要决定如何去走。

“‘多德先生，’他说，‘你可恶的固执会让很多人感到生气的，并且会被认为已经达到了忍无可忍的地步。’

“‘请您务必原谅我，先生，我是真心关心您的儿子。’

“‘正是如此。我已经考虑到每一个细节，然而，我必须请你停止这些打听。家家都有本难念的经，不可能总是向外人解释，不管出于多么善意。我妻子十分想听到你能够讲讲戈德弗雷过去的事，可是我请求你不要管现在和将来的事，这种打听没有任何益处，只会让我们的处境更加困难。’

“就这样我碰到了死胡同，福尔摩斯先生，根本没办法绕过去。我只好假装接受他的观点，并且暗暗发誓查不清我朋友的情况绝不罢休。那天晚上非常枯燥无味，我们三个人在一间昏暗褪色的旧房间里平静地吃着饭。那位女士急切地向我询问关于她儿子的事情，但是那个老头子却似乎一直闷闷不乐。我对整个过程感到十分无聊，所以礼貌地找了一个借口尽早回到我的卧室。那是楼下一间和房子里其他房间一样阴暗空荡的大房间。对我而言，经过一年草原露宿，对住处也就不会十分讲究了。我拉开窗帘，朝花园里望去，外面是晴朗的夜空，半边的月亮挂在天空。然后我坐在熊熊燃烧的火炉旁边，身旁桌子上放着一盏灯，我尽力读一本小说来分散我的心思。然而我被老管家拉尔夫打断了，他带来一些新鲜的煤炭。

“‘先生，我担心你夜里煤不够烧。天气很冷，这些房间都不暖和。’

“他离开房间前犹豫了一下，当我转过身看他的时候，他正站在那里看着我，布满皱纹的脸上欲言又止的样子。

“‘请您原谅，先生，晚餐的时候我忍不住听您谈论了一些关于戈德弗雷少爷的事情。您知道，我妻子曾经是他的保姆，所以我几乎可以说是他的养父，自然我们都很关心他。您说他表现很好吗，先生？’

“‘全军团里再也没有比他更勇敢的人了。有一次他把我从布尔人的枪林弹雨中拖了出来，否则我可能就不会在这儿了。’

“老管家搓着他骨瘦如柴的双手。

“‘是的，先生，就是，戈德弗雷少爷就是如此。他一直都很勇敢。先生，园子里的每一棵树他都爬过。什么都拦不住他。他过去是个好孩子，哦，先生，他曾经是一个优秀的小伙子。’

“我一下子跳了起来。

“‘听着！’我大声说道，‘你说他“曾经是”。你说话的口气好像他已经死了的样子。究竟有什么秘密？戈德弗雷究竟发生了什么事情？’

“我抓住那个老头儿的肩膀，可是他畏缩地退开。

“‘先生，我不知道您在说些什么。关于少爷戈德弗雷的事情请您问主人吧，他知道。我不能管这事。’

“他正要离开房间，可是我拉住了他的胳膊。

“‘听着，’我说，‘在你离开房间之前必须回答我一个问题，否则我会整晚拉住你不放。戈德弗雷死了吗？’

“他不敢正视我的眼睛，就像一个被催了眠的人一样。他回答得非常勉强，这是个可怕的、令人意想不到的回答。

“‘我倒希望他死了！’他喊着挣开我，就冲出房间了。

“福尔摩斯先生，你能想象得到，我回到我刚才坐的椅子上，心情再也好不起来了。在我看来，老头说的话只有一种解释，显然我可怜的朋友是被卷入了某些犯罪事件，或者至少是关乎家庭名誉的什么不光彩的事情，于是严厉的父亲就把儿子送走，藏了起来与世隔绝，以免丑闻曝光。戈德弗雷是一个鲁莽的家伙，很容易受周围人的影响，很可能他是落入了坏人之手并被引向了毁灭之路。如果确实是这样的话，那是非常可惜的事情，可是即便如此我也有责任努力找到他，看能不能给他一些帮助。我正在这样不安地思考着，猛地一抬头，发现戈德弗雷就站在我面前。”

我的客人停了下来，就像一个陷入沉思的人一样。

“请你继续讲下去。”我说，“你的案子是有些不同寻常的地方。”

“福尔摩斯先生，他是站在窗户外面的，脸贴着玻璃。我已经告诉过你，我曾向外面看过夜空，我把窗帘半开着，他就对着打开的地方。因为是落地窗，所以我可以看见他的全身，但是让我惊讶的是他的脸，异常苍白，我从没有见过一个人这样白过，我想幽灵看起来就是那个样子。可是他看着我的眼睛，那是一双活人的眼睛。当他发现我看着他的时候，就往后一跳，消失在黑暗之中了。

“这个人有些让人感到震惊的东西，福尔摩斯先生，不仅仅是他那张黑暗中如奶酪一样苍白可怕的脸，而是更加难以捉摸的东西——一种偷偷摸摸、鬼鬼祟祟的东西。这不是我熟悉的那个直率的小伙子，我心里感到有些恐惧。

“一个当了一两年兵，整天跟布尔人打交道的人，是行动迅速且从不会怯阵的，并且戈德弗雷几乎刚消失，我就跳到窗户边。开关很难操作，我花了一点时间才把它推开，然后快速穿出去，来到花园的小路上，朝着我认为他可能跑的方向追去。

“这条小路很长，光线也不是很好，可是我总感觉有东西在我前面跑。我继续向前跑着，喊着他的名字，可是没有用。当我跑到小路的尽头，发现这里有好几条岔道通向几个小屋。我站在那里犹豫了一下，这时候我清楚地听见一声关门的声音。这不是从我背后屋子传来的，而是从黑暗中的某处传来的。福尔摩斯先生，这足以让我相信我看到的不是幻觉。戈德弗雷的确从我跟前逃走了，并且关上了一扇门，这是确定无疑的。

“我无能为力了。整夜心神不宁，脑子里一直翻来覆去地想着这件事情，想找到可以解释它的原因。第二天我发现上校缓和了很多，因为他的妻子说附近有几个好玩的地方，我就趁机询问如果再待一晚是否有什么不便。那个老头勉强默许了，这样我就有一整天的时间去观察。我已经非常肯定戈德弗雷就躲在附近的某个地方，但是在什么地方和为什么躲在这儿还有待解决。

“这所房子是如此之大，布局又如此杂乱无章，即使在里面藏上一个军团也没人知道。如果秘密是在这里的话，我是很难去揭示它的。可是我听到的关门声不是在这座房子里面，所以我必须到园子里去探究，看看能否发现这个秘密。这并没有什么困难，因为那些老人都在忙自己的事情，这样我就能实施我的计划了。

“花园里有几个小屋，花园的尽头有一座稍具规模的独立房屋——大得足够园丁或者看守人居住了。难道是从这个地方发出的关门声吗？我装作漫不经心，就像随便散步一样朝它靠了过去。这时有一个矮小利落、留着胡子、穿着黑色大衣、头戴圆顶硬礼帽的男人，完全不像园丁的样子，从那所房子里走了出来。让我感到惊讶的是，他出来后就把门锁上，把钥匙放在口袋里面了。然后他看见我，脸上显得有些惊讶。

“‘你是这里的客人吗？’他问道。

“我解释说我是的，并且说我是戈德弗雷的一个朋友。

“‘真遗憾他去旅行了，因为他会非常想见到我的。’我继续解释道。

“‘真是如此，是的，’他多少有些心虚地说道，‘或许再改个合适的时间来吧。’然后就走开了。但是当我转身的时候，发现他正藏头露尾地躲在园子尽头的月桂树后面盯着我。

“当我经过时，我仔细观察了这座小房子，可是窗户被厚厚的窗帘挡住了，至少在别人看来，它是空的。如果我过于冒失的话，可能会打草惊蛇，甚至可能被赶出去，因为我意识到我正在被人监视着。所以我就回到屋内，等到晚上再继续调查。到夜阑人静的时候，我就从窗户里溜了出去，悄悄地向那座神秘的住宅走去。

“我已经说过它被厚厚的窗帘遮住了，但是现在我发现百叶窗也关着。然而，有一扇窗户透出了灯光，所以我就把注意力集中在这里。还算走运，因为窗帘还没有完全拉上，百叶窗上有个裂缝，所以我可以看见屋内的情景。这是个非常温暖的地方，灯光明亮，炉火熊熊，对面坐着我上午遇到的那个矮个男人，他正抽着烟读报纸。”

“什么报纸？”我问。

我的客人对我打断他的叙述有些不高兴。

“那有什么关系？”他反问道。

“至关重要。”

“我真的没有注意到。”

“或许你注意到了那是大张的报纸还是类似周刊之类的小本了吧？”

“现在你这么一提醒，好像它不是大张的，可能是《观察家》。可是，我实在顾不上这些细节了，因为还有一个人背对着窗户坐着，我敢肯定他就是戈德弗雷。我看不见他的脸，可是我熟悉他肩膀的斜度。他用肘支着头，姿态十分忧郁，身体前倾着靠近火。我正犹豫要做什么的时候，突然有人重重地拍了拍我的肩膀，原来上校已经站在我身边了。

"'这边走，先生！'他小声说道，接着一声不吭地走回房子。我跟着他一直走到我的卧室里，他路过门厅时拿了一张时刻表。

"'八点半有一班去伦敦的火车，'他说，'马车八点钟在门外等候。'

"他气得脸色发白。我则感到自己处境非常尴尬，我只能结结巴巴语无伦次地说了几句道歉的话，试图用对我朋友的担心来给自己辩解。

"'这件事情不必再讨论了，'他毫不客气地说，'你非常无耻地侵犯了我的家庭隐私。你来这儿是作为客人，可是却变成了间谍。先生，除了不想再见到你外，我对你没有什么好说的了。'

"福尔摩斯先生，这下我也发了脾气，说了些过火的话。

"'我已经看见你儿子了，我确信你是为了自己的目的把他藏起来与世隔绝。我不知道你这样做的原因是什么，可是我确定他已经没有自由了。我提醒你，埃姆斯沃斯上校，除非我确信我的朋友是平安和健康的，否则我是绝不会停止弄清事情的原委的，当然我也绝不会被你的任何言行吓住。'

"这个老家伙看起来像恶魔一样，我真以为他正准备动手呢。我已经说过他是一个骨瘦如柴、凶狠的个子高大的老家伙，尽管我不是个弱者，对付他也很可能会陷入困境。然而，他怒目而视了半天后就转身走出房间了。至于我，第二天早晨我就按时乘火车走了，我的打算就是直接来找你寻求你的建议和帮助，这就是我写信与你见面的原因。”

以上就是我的访客摆在我面前的问题。或许精明的读者已经看出来了，解决这个案子并没有多少困难，因为只有非常有限的可供选择的答案可以解释问题的根本原因。虽然简单，却有些有趣和新颖的地方，因此我才冒昧地把它记下来。现在我就用我熟悉的逻辑分析来缩小可能的解答。

我问：“屋子里有多少仆人？”

“依我看，只有老管家和他的妻子。他们的生活看起来相当朴素。”

“那么那间独立的房子里就没有仆人了？”

“一个也没有，除非留胡子的那个小个子是仆人。可是看起来他的身份要高得多。”

“这很有启发性。你注意过任何从一所房子向另一所房子送食物的迹象吗？”

“你这么一说，我确实看到老拉尔夫提着一个篮子朝这所房子的方向往园子里走去。当时我并没有想到是食物。”

“你在当地进行任何打听了没有？”

“是的，我做了。我和车站站长及村里的旅馆老板谈过，我只是简单地询问他们是否知道我的老战友戈德弗雷的情况，他们都说他航海环游世界去了。他曾经回过家，然后紧接着就再次外出了。看来这种说法已经被普遍接受了。”

“你提起过你的任何猜疑吗？”

“完全没有。”

“这非常明智。这件事情是需要调查的，我要跟你一起去图克斯伯里老庄园。”

“今天？”

碰巧当时我正在处理一桩案子，就是我朋友华生叙述过的那起格雷明斯特伯爵被深深卷入的修道院学校案。我还受到土耳其君主的委托，需要立刻行动，如果疏忽的话，将会产生严重的政治后果。因此，直到下个星期初，按照我日记的记录，我才在詹姆斯·M. 多德先生陪同下踏上去贝德福郡的行程。在路过伊斯顿区的时候，我们让一位神情严肃、沉默寡言、脸色铁青的绅士上了车，这是我已经和他约定好的。

“这是一位我的老朋友，”我对多德说，“他在场可能是完全多余的，但是另一方面，也许是至关重要的。目前的状况不需要进一步讨论这件事情。”

华生的叙事很可能已经让读者习惯于这种事实，就是在思考一件案子的过程中我是不会费口舌或者说出我的想法的。多德看起来有些惊讶，但是没有多说什么，我们三个就一起继续赶路。在火车上我又向多德问了一个问题，我想让我们的那个同伴听到。

“你说你从窗户里非常清楚地看到你朋友的脸，那么显然你确定就是他本人？”

“关于这一点我没有任何怀疑。他的鼻子贴着玻璃，灯火正照在他脸上。”

“会不会是其他长得像他的人呢？”

“不会，不会，就是他。”

“可是你说他的样子变了？”

“只是脸色变了。他的脸是——我该怎么说呢？——就是那种鱼肚白色，是白色的。”

“每个地方都同样的苍白吗？”

“我想不是。我看得最清楚的是他的前额，因为他是压着玻璃的。”

“你叫他了吗？”

“当时我是太震惊和害怕了。然后我去追他，正如我已经告诉过你的那样，毫无结果。”

这件案子事实上已经完成了，只再需要一个小动作就可以圆满结束了。

经过一番长距离的旅行，我们终于抵达了我的顾客所描述的那所奇怪的布局凌乱的老房子。开门的是那位老管家拉尔夫。我已经将马车全天租了下来，并且告诉我的老朋友先待在车里，直到我们通知他下来。拉尔夫是一个矮小、布满皱纹的老头，穿着传统的黑上衣和灰白相间的裤子，只有一点非常特别，他戴着褐色的皮手套，一看见我们他就马上脱了下来，当我们经过门厅桌子时他把它们放在上面了。我这个人，正如我朋友华生评论的那样，有着异常灵敏的感觉能力。显然这里有一种微弱，但是刺鼻的气味，它好像就是从门厅桌子上发出来的。我转身把我的帽子放在上面，又把它弄落到地上，然后弯腰去捡它，勉强把我鼻子靠近离手套不到一英尺的地方。没错，毋庸置疑，这种奇怪的味道就是从这儿发出来的。我继续走进书房，侦查工作已经结束。哎呀，我自己讲述故事就这么直接！华生正是用隐去这样的环节的方法让他叙述的结尾那样引人入胜。

上校埃姆斯沃斯不在房间里，但是一收到拉尔夫的通报就立刻赶来了。我们听到楼道里传来他那急促而沉重的脚步声。门被猛地推开了，他横眉瞪眼地就冲了进来，我确实从来没有见过如此凶狠的老头。他手里拿着我们的名片，然后把它们撕碎扔在地上，接着踩在上面。

“我不是已经告诉过你，你这个无耻的爱管闲事的家伙，不准你来我家！你这该死的家伙胆敢再来这里，如果你再敢擅自进来的话，我就有权用暴力，我会毙了你的，先生！上帝做证，我一定会的！至于你，先生，”他转向我，“我同样警告你，我了解你这种卑鄙的职业，请你到其他地方去显摆你的本事吧，这里用不着你。”

“我不能离开，”我的客人坚决地说，“除非戈德弗雷亲口告诉我他没有受到监禁。”

我们的这位主人随手拉响了铃铛。

“拉尔夫，”他说，“给县里的警察局打电话，告诉局长派两名警察来，就说这里有窃贼。”

“稍等，”我说，“多德先生，你应该知道，埃姆斯沃斯上校可以行使他的权利，我们没有权利进入他的房子。另一方面，他也应当意识到你的行动完全是出于对他儿子的关心。我冒昧地希望，如果允许我和埃姆斯沃斯上校交谈五分钟的话，我肯定可以改变他对这件事情的看法。”

“我不是那么容易改变的，”老上校说，“拉尔夫，快去做，还在等什么？快给警察局打电话！”

“绝不要那样做，”说着我往门上一靠，“警察一介入就正好带来你所担心的灾难。”我拿出笔记本在一张活页上潦草地写了一个字。“这就是我们到这儿的原因。”说着我把它递给埃姆斯沃斯上校。

“你是怎么知道的？”他喘着气重重地坐到椅子上说道。

“我的职业就是弄清事情，这是我的生意。”他坐在那里沉思着，骨瘦如柴的手捋着蓬乱的胡子。然后他做了一个无可奈何的手势。

“好吧，如果你们真想见戈德弗雷，就见吧。这事与我无关，是你们逼我做的。拉尔夫，告诉戈德弗雷先生和肯特先生，我们五分钟后会见他们。”

五分钟后我们穿过花园小路，来到那座神秘屋子前面。一个留着胡子的矮个儿男人站在门口，脸上显得相当惊愕。

“这太突然了，埃姆斯沃斯上校，”他说道，“这会打乱我们的计划的。”

“我也无能为力，肯特先生，我们也是不得已而为之。戈德弗雷先生能见我们吗？”

“是的，他正在里面等着。”他转身把我们领进一间宽敞、陈设简单的房屋，一个人正背对着壁炉站在那里。一看见他，我的客人马上伸出手跳上前去。

“啊！戈德弗雷，老伙计，见到你真是太好了！”

可是对方挥手示意他后退。“别碰我，吉米，保持距离。是的，你非常震惊！我看起来已经完全不是中队那个整洁的准下士埃姆斯沃斯了，是吗？”

他的外貌的确非常奇怪。可以看出来他原来是一个棱角分明、被非洲太阳晒黑的英俊男人，可是现在棕黑的皮肤间有些奇怪的发白的斑块，这让他的皮肤变白了。

“这就是为什么我不见访客的原因，”他说，“见你我倒不介意，但是我不想见你的同伴。我知道你是出于好意，可是你已经让我处于很不利的地位了。”

“我只想确定你是否平安，戈德弗雷。那天晚上你朝我的窗户里张望的时候，我看见你了，我不甘心事情就这么过去，一定要把情况弄清楚。”

“老拉尔夫告诉我你在这儿，我禁不住想偷看一下你。我希望你没看见我，当我听到开窗户的声音时，我只好跑回我的藏身之处。”

“可是这到底是怎么回事呢？”

“好吧，事情也不复杂，”他说着点燃一支香烟，“你还记得那天早晨在布弗斯普鲁发生的战斗吗？就在比勒陀利亚外边的铁路东线上。你听说我被枪击中了吗？”

“是的，我听说了，可是不知道具体情况。”

“我们有三个人和其他人分散了，有辛普森，就是我们叫他秃头辛普森的家伙，安德森，还有我。那是个地势起伏剧烈的地方。我们正在追赶一个布尔人，可是他潜伏了起来，并击中了我们。其他两个人都被打死了，我的肩膀中了猎象枪子弹。然而我拼命抓住马鞍，飞奔了几英里才昏倒掉下马来。

“等我苏醒过来，已经是黄昏了。我挣扎着站起来，感到异常虚弱和疼痛。让我惊讶的是不远处就有一座非常大的房子，有着宏伟的门廊和很多窗户。天气致命地寒冷，你知道是那种通常在夜晚袭来的让人失去感觉的寒冷，一种致命的，令人难以忍受的冷，跟那种清新和有益的霜冻完全不同。我感到寒冷刺骨，唯一的希望就是能够到达那座房子里。我努力站起来，拖着自己前进，身体差不多已经失去知觉了。我只模糊记得我缓慢地爬上台阶，穿过一扇大开的门，进入一间摆着几张床的大房间，就满足地哼了一声倒在其中的一张床上。床还没有铺好，可是我顾不了那么多了，我把被子往我颤抖的身体上一拉，立刻就睡熟过去了。

“当我醒来时已经是早晨了。在我看来，我并没有来到一个健康的世界，反而进入了一个非常奇怪的噩梦之中。非洲的阳光从宽大、没有窗帘的窗户射进来，让这间粉刷成白色的空敞的集体宿舍显得异常清楚明亮。我面前站着一个矮小的像侏儒一样的人，长着一个硕大、球根状的脑袋，嘴里兴奋地叽叽喳喳地说着荷兰话，挥动着一双可怕的在我看来像褐色海绵一般的手。在他身后站着的一群人，好像对眼前这种情形感到很有意思，可是我一看他们却不禁打了一个寒战。没有一个人是正常的，每一个人要么是扭扭歪歪，要么就是臃肿变形，或者是以其他奇怪的方式被毁容了。这些怪物的笑声听起来真是太可怕了。

“好像他们没有人会讲英语，可是情况必须解释清楚，因为那个长着大脑袋的人越说越生气，最后完全变成了野兽般的吼叫。然后他用那双丑陋的手抓住我就往下拉，根本不管我鲜血直流的伤口。这个小怪物强壮得像一头牛，如果不是一个上了年纪的人被屋里的骚动引了过来，我真不知道他会对我做些什么。这个人显然是这里的负责人，他用荷兰语说了几句严厉的话，那人就躲开了。接着他转向我，异常惊讶地瞪着我。

“‘你到底是怎么到这儿的？’他惊异地问道，‘等一下！我知道你已经精疲力竭了，你肩膀上的伤口需要处理，我是大夫，我马上就给你包扎。但是，哎呀！你在这里比你在战场上的任何时候都要危险得多。你是在麻疯病医院里，并且你已经在一

个麻疯病人的床上睡过。'

"还需要我告诉你更多的吗，吉米？好像是因为战争的来临，这些可怜的家伙在头天都疏散了。然后，由于英国军队到达，他们又被那位医疗负责人重新带回这里。他向我保证，尽管他认为他对这种疾病有免疫力，也绝不敢像我那样做。他把我放在一个独立的房间里，细心照料我。大约过了一个星期，我就被送到比勒陀利亚的总医院。

"你瞧，这就是我的悲剧。我抱有一线希望，可是直到我回家，就像你看到的，我脸上的这些可怕症状告诉我，我没有能够逃脱。我该怎么办呢？我就躲在这间人迹罕至的屋子里。我们有两个能够绝对信任的仆人，这是一个可以居住的房子。肯特先生是一名外科医生，在保证不泄密的情况下才为我服务。这样处理非常简单，而另外一条路则是极其可怕的：和陌生人一起被终身隔离，永远没有希望被释放。可是必须严格保密，否则即使在冷清清的乡下也会引起轩然大波的，我一定会在劫难逃的。甚至你，吉米，甚至连你都不能告诉。我搞不清楚为什么我父亲会让步。"

埃姆斯沃斯上校指了指我。

"是这位先生迫使我这样做的。"说着他打开了那张我写着"麻疯病"的纸张，"依我看，如果他已经知道了这么多，那么更安全的办法就是全告诉他。"

"正是如此，"我说，"谁知道除了有好处之外，还会带来什么呢？照我理解，只有肯特先生看过患者。请问，先生，你是不是这种病的专家呢？因为，据我了解，这是一种热带或亚热带疾病。”

“我是受过良好教育、有知识的医生。”他说话有些僵硬。

“先生，我毫不怀疑你是完全能够胜任的，可是想必你会同意在这种情况下听听由第二位专家提出的意见也是有用的。我认为，你之所以避免这个，是因为担心迫于压力而让你隔离病人。”

“就是这样。”埃姆斯沃斯上校说。

“我预料到这种情况了，”我解释道，“我已经带来一位朋友，他的慎重是完全可以信任的。我曾经为他提供过专业服务，他愿意作为一个朋友而不是专家来提供意见。他的名字是詹姆斯·桑德斯爵士。”

肯特先生脸上立刻流露出惊喜激动的表情，简直就像刚刚提升的中尉要会见远征军司令那样。

“我确实感到很荣幸。”他低声说道。

“那么我就请詹姆斯爵士到这儿，他现在正在门外的马车上等着。与此同时，埃姆斯沃斯上校，我们或许可以到你的书房会合，我会做些必要的解释。”

到这里我就想念我的华生了。通过巧妙的提问和意想不到的悬念，他就能夸耀我那简单的技巧了，把本来只是系统常识夸成了奇才。当我自己叙述时，就没有这种手段了。我只好把我思考的过程讲述出来了，就像在埃姆斯沃斯上校书房里对着我的几个听众说的那样，其中还包括戈德弗雷的母亲。

“这个过程，”我说，“开始于这样一种假设：当你排除了所有的可能性后，那么无论剩下的是什么，不管它多么不可能，也必定是真相。完全有可能剩下的是几种解释，在这种情况下，就要反复加以验证，直到它们其中的不管哪一个有足够的支撑来解释。我们现在就应用这个原理来解释这个案子。当它第一次呈现到我的面前时，有三种可能性可以解释这位先生为什么在他父亲庄园的外屋里被隔离或软禁起来。一种情况是他因为犯罪而躲起来；或者是他疯了，而他们希望能避免住到精神病院；或者是因为他得了某种疾病而被隔离起来。我想没有其他合理的解释了。那么，就需要把它们加以筛选和相互斟酌。

“犯罪的假设显然不成立。此地区没有尚未告破的犯罪报告，这一点我可以断言。如果是某些尚未暴露的罪行，那从家族的利益考虑应该是把犯罪的人弄走送到国外，而不是藏在家里。我看不出这条思路有任何可以解释的地方。

“精神错乱的可能性更大些。屋里出现的第二个人可能是看守人。他出来后把门锁上的事实加强了上述假定，表明是拘禁。从另一方面看，这种拘禁不可能是严格的，否则这个年轻人就不会有条件去看一眼他的朋友了。你记得，多德先生，我曾寻找根据，比如向你询问肯特先生读的是什么报纸。如果是《柳叶刀》或《不列颠医学杂志》的话，那会对我有帮助的。然而，只要有医生照料，并及时通报当局，把疯子留在家里是不违法的。那么，为什么要这样不顾一切地保守秘密呢？我再次无法解释这种假说。

“这就剩下第三种可能性了，确实有些稀奇和不可能，但是一切都非常吻合。麻疯病在南非很常见，不知道什么原因，这个年轻人可能已经感染了。这样他的家人处境就非常糟糕，因为他们不愿意将他隔离。为了阻止谣言流传和随之而来的官方干涉，必须绝对保密。如果给足够的报酬，很容易找到一位专职的医生来照顾患者。也没有理由在天黑后限制病人的自由。皮肤变白是这种疾病的一般症状，这种情况就非常充分了，以至于我决定就按它事实上已经被证实了的那样行动。一到达这里，我就注意到送饭的拉尔夫戴着浸过消毒剂的手套，这样我最后的疑问也消除了。先生，只向你展示一个词，就说明你的秘密已经被发现了，我宁愿写而不是说出来，是向你证明，你可以相信我的谨慎。”

我正要结束这个案件的小小分析时，门被打开了，那位一丝不苟的著名皮肤病学家被带了进来。但是这次他那狮身人面像般的表情放松了些，双眼里流露出仁慈温暖的目光。他朝埃姆斯沃斯上校走过去并同他握了手。

“我时常带来噩耗，少见好消息，”他说，“这次可要受欢迎了。不是麻疯病。”

“什么？”

“显然是类似麻疯的病，或者就是鱼鳞癣，会让皮肤产生鳞状的疾病，不雅观，顽固，可是有治愈的可能性，完全没有传染性。是的，福尔摩斯先生，的确十分巧合。但只是巧合吗？就没有一些我们知之甚少的微妙因素在起作用吗？我们能确信是这位年轻人在患病之后由于担心而产生了一种生理作用，模仿了他所畏惧的病症吗？无论如何，我以我的职业名誉发誓——那位女士昏倒了！我想最好由肯特先生照顾她，直到她从这次惊喜过度的休克中恢复为止。”

王冠宝石案

对华生医生来说能再次回到贝克街第二层那间凌乱的房间里是件愉快的事情，如此众多不同寻常的冒险都是从这里开始的。他环顾四周，墙壁上粘贴着科学图表，屋里摆放着被酸液烧焦的化学药品架子，墙角立着一个小提琴盒子，煤斗里放着烟斗和烟草。最后他的眼光落到毕利那张生机勃勃微笑的脸上。他虽然很年轻，但是却非常聪明和懂事，有他在，多少可以填补一些这位著名侦探那由于孤独和与世隔绝而形成的阴郁的性格所造成的空缺。

“看起来什么都没变，毕利。你也没什么变化。我希望他也是老样子。”

毕利有些担忧地看了一眼那关着的卧室门。

“我想他是上床休息了吧。”毕利说。

那是一个明媚夏天的傍晚七点钟，华生医生非常熟悉他的老朋友不规律的生活习惯，对这个回答丝毫不感到奇怪。

“我猜想，那意味着目前有个案子喽？”

“是的，先生，他现在对那个案子相当投入。我很担忧他的健康，他变得越来越苍白和瘦弱了，并且他什么东西都不吃。赫德森太太总是问他：‘福尔摩斯先生，您想什么时候吃饭？’而福尔摩斯总是回答：‘后天七点半。’您是知道他专心办案的时候是什么样子的。”

“是的，毕利，我知道。”

“他正在跟踪一个什么人。昨天他打扮成一个正在找工作的工匠，今天他就变成一个老太太。他差点把我也给骗了，到如今我算是熟悉他的习惯了。”

毕利咧着嘴笑着，用手指着靠着沙发的一把非常皱的女士太阳伞说道：“这是扮演老太太的道具之一。”

“毕利，但是那是关于什么的呢？”

毕利压低了声音，就好像一个正在讨论国家最高机密的人似的：“告诉你没有什么关系，先生，可是只能到这儿。就是那个王冠宝石的案子。”

“什么——就是那件十万英镑的入室盗窃案吗？”

“是的，他们一定要拿回来。嘿，首相和内政大臣都来过，就坐在那个沙发上。福尔摩斯先生非常礼貌地接待了他们，他很快就让他们平静下来，并且答应他会尽全力的。然后那个坎特米尔勋爵……”

“啊！”

“是的，先生，您知道那意味着什么。如果要我说的话，他就是个僵尸。我能和首相和睦相处，我也不讨厌内政大臣，他是个平易近人、乐善好施的人。可是我就是无法忍受这个勋爵大人，福尔摩斯先生也是。您知道，他根本不信任福尔摩斯先生，非常反对请他承办此案。他巴不得他失败。”

“那么福尔摩斯先生知道这个吗？”

“哪有福尔摩斯先生不知道的。”

“好吧，那我们希望他不会失败，让坎特米尔勋爵见鬼去吧。但是我依然要说，毕利，挡着窗户的那个帘子是用来干什么的？”

“福尔摩斯先生三天前挂上的，后面有个非常有趣的东西。”

毕利走上前去把遮着弓形窗户凹室的帘布拉开了。

华生医生不禁惊奇地叫了一声。那是他的老朋友的蜡像，穿着睡衣，他的脸微微向下看着窗户，好像正在读一本隐形的书，而身体深深地躺在扶手椅里。毕利把头拿下来举在空中。

“我们把头放在不同的角度，以便看起来更像真的。如果不是窗帘挡着，我才不敢碰它。但是拉开窗帘，你在街对面就能看到它。”

“以前我们也用过一次类似的东西。”

“在我来之前，”毕利说，他把窗帘拉开向街上张望着，“在那边更远的地方有人在监视我们。我现在就看见窗户旁边有个家伙，你过来瞧瞧。”

华生刚向前迈了一步，这时卧室的门打开了，露出福尔摩斯那瘦高的身材，他脸色苍白而疲惫，然而脚步和举止依然像以前一样矫健。他一个健步跳到窗户边，又把窗帘拉上了。

“那样就行了，毕利。”他说道，“你刚才有生命危险，我的孩子。恰好现在我还用得着你。哦，华生，真高兴又在老地方见到你了。你来得正是时候。”

“我想也是。”

“毕利，你可以走了。这孩子是个问题，华生，我要说多少才能让他明白我们正处在危险之中呢？”

“什么危险，福尔摩斯？”

“突然死亡的危险。我估计今天晚上会出事。”

“什么事？”

“被谋杀，华生。”

“不，不，你在开玩笑，福尔摩斯！”

“虽然我的幽默感有限，但也不会开这样的玩笑。不过现在我们还是先放松一下吧，可不可以？酒可以吗？苏打水和雪茄都放在老地方。让我看看，你还是坐你原来的那把安乐椅吧。我希望你不要介意我的烟斗和我的可悲的烟草吧？它们已经取代了我的三餐。”

“但是为什么不吃饭呢？”

“因为饥饿可以提高人体的机能。为什么呢？当然，作为一个医生，我亲爱的华生，你必须承认，消化过程的供血量就是脑袋失去的血量。我就是大脑，华生，我的其他部分仅仅是附件而已。所以，我必须先考虑大脑。”

“但是这危险是怎么回事，福尔摩斯？”

“啊，是的。以防万一，或许你把凶手的名字和地址记下来会有好处的。你可以连同我的问候和临别祝福一起交给苏格兰场，名字是塞尔维亚——内格雷托·塞尔维亚伯爵。把它写下来，老兄，写下来！摩尔斯德花园街西北136号。记下来了吗？”

华生那忠厚的脸由于焦虑不安已经抽搐起来了，他非常清楚福尔摩斯冒的是多么大的危险，也清醒地意识到他刚才说的更多的是保守而不是夸大其词。华生一向是个实干家，非常善于对付紧急情况。

“把我算上，福尔摩斯，这一两天我也没有什么事情可做。”

“华生，你的品德可一点都没有长进啊，还多了一个撒小谎的恶习。你明明是一个繁忙的医生，每小时都有人来拜访。”

“那些都不是什么要紧的病。但是你为什么不把这个家伙抓起来呢？”

“是的，华生，我可以那么做。这正是让我担心的原因。”

“可是你为什么不那样做呢？”

“因为我还不知道宝石在什么地方。”

“啊！毕利告诉过我——是丢失的王冠宝石。”

“是的，就是那颗巨大的发黄光的蓝宝石。我已经把网撒下了，而且也抓住鱼了，但是我还没有拿到宝石，把他们抓来有什么用呢？我们可以给他们戴上镣铐，让社会更干净些。可是那不是我的目的，我要的是宝石。”

“那么这个塞尔维亚伯爵也是你的一条鱼了？”

“不错，而且他是鲨鱼，他会咬人的。另一个是塞姆·莫顿，拳击手。塞姆倒不是一个坏家伙，但是被伯爵利用了。塞姆不是一条鲨鱼，他可是一条巨大、可笑、固执的白杨鱼。不过他同样在我的网里扑腾呢。”

“这个塞尔维亚在什么地方呢？”

“整个上午我都在他身边。你也看见过我扮成老太太的样子，华生，我从来没有这样逼真过。事实上他还替我撑了一次遮阳伞。‘请原谅，夫人。’他说。他有一半意大利血统，你知道，在他心情高兴的时候带有南方人的风度，可是在其他时候就是个魔鬼的化身。生命真是充满了各种古怪的事情，华生。”

“它可能也是个悲剧。”

“嗯，是有可能。我一直跟踪他到了米诺里斯街的老斯特劳本齐商店。斯特劳本齐是做气枪的，我知道他做得相当棒，现在我就可以看见街对面有一支。你已经看过假人了吗？当然，毕利已经给你看过了，它漂亮的脑袋随时都可能被子弹打穿。啊，毕利，怎么啦？”

那个孩子手里拿着一个托盘，上面放了一张名片走了进来。福尔摩斯皱起眉头看了它一眼，显现出被逗笑的面容。

“那个人自己送上门了，我倒是没有预料到这个。迎难而上！真是个有胆量的家伙。华生，你可能也听说过他在一个大型比赛当中作为射击手的名声吧。如果他也能把我当作他异常成功的运动记录里的一次，那确实是一个胜利的结束。这表明他已经感觉到我已经跟在他脚后跟了。”

“去叫警察！”

“我可能会的，可不是现在。华生，你能不能小心地从窗户向外看一下，看看街上是否有人在闲逛？”

华生谨慎地从窗帘边上向四周望了望。

“是的，有个粗鲁的家伙就在门口附近。”

“那就是塞姆·莫顿——忠实而愚蠢的塞姆。毕利，那位先生在哪里？”

“在客厅，先生。”

“当我一按铃，就带他上来。”

“是的，先生。”

“如果我不在房间里，仍然带他进来。”

“是的，先生。”

华生等到毕利出去关上门后，接着就对福尔摩斯认真地说：“听着，福尔摩斯，这绝对不行。他是个亡命之徒，什么都干得出的，他可能是来暗杀你的。”

“我毫不奇怪。”

“我坚持要跟你在一起。”

“你会非常碍事的。”

“碍他的事？”

“不，我亲爱的伙计，是碍我的事。”

“那我也不能离开你。”

“不，华生，你可以，你会走的，因为你从来没有在游戏中失败过。我相信你会做到底的。这个人是为了自己的目的而来的，但是却能为我的目的服务。”福尔摩斯拿出他的笔记本，匆匆写了几行字，“坐马车去苏格兰场，把这个交给刑警二人组的约尔，然后跟警察一起回来，就可以逮捕这个家伙了。”

“我非常乐意去做。”

“在你回来之前我刚好有足够的时间去找到宝石的下落。”说着他按了一下铃，“我想我们最好从卧室出去。这第二个出口相当有用。我非常想看看我的鲨鱼没有看见我会怎么样，你记得我有自己的办法。”

于是，一分钟后，毕利把塞尔维亚伯爵带到那间空屋子里。这位著名的射击手、运动员和久经世故的人是一个高大魁梧、黝黑的男人，留着令人畏惧的黑胡须，遮掩着下面残忍的薄嘴唇，上面长着一个长长的鹰钩鼻子。他衣着华丽，可是他那耀眼的领带以及发光的别针和戒指给人一种浮夸的感觉。当他身后的门关上后，他就带着凶狠和惊讶的目光四处张望，好像一个怀疑处处都有陷阱的人似的。当他看见窗户旁边的扶手椅上一动不动的脑袋和睡衣领子时，他猛地吃了一惊。开始他的表情完全只是惊愕，接着他那乌黑的凶残的眼睛里闪现出一种可怕的目光。他向四周多看了几下，见这里没有任何人可以做证，于是就踮起脚，半举着他沉重的手杖，悄悄地靠近那个人。当他正蹲下来准备猛跳过去的时候，突然从打开的卧室门后面传出一个冷静而嘲笑的声音："不要打坏它，伯爵！不要打！"

行刺者吓得猛地一缩，抽搐的脸上充满了惊恐的神色。他一下子又半举起那根加重过的手杖，好像要从对蜡像转到对本人行凶似的，可是福尔摩斯那坚定老练的灰白色眼睛和嘲弄的微笑又让他的手放了下来。

"这个小玩意儿很好玩，"福尔摩斯说着朝蜡像走过去，"这是法国塑像家塔沃尼做的。他擅长制作蜡像，就像你的朋友斯特劳本齐擅长做气枪一样。"

"气枪！先生，你在说什么？"

"把你的帽子和手杖放在靠墙的桌子上。谢谢！请坐。你愿意把你的手枪也放在那儿吗？哦，好吧，如果你愿意带着坐也行。你的拜访来得十分凑巧，因为我也很想找你稍微谈上几分钟。"

伯爵把他那浓厚、可怕的眉毛一皱。

"我也是，想和你说些话，福尔摩斯，这就是我为什么来这里的原因。我不否认刚才我是想突袭你。"

福尔摩斯动了动靠近桌边的腿。

"我或多或少看出来你脑袋里的这种想法了，"他说，"不过，这和我本人有什么关系呢？"

“因为你专门和我捣乱，因为你派出爪牙跟踪我。”

“我的爪牙？我向你保证没有那回事！”

“胡说！我已经让人跟踪他们了。那一套不仅你会，我也会的，福尔摩斯。”

“那是个小问题，塞尔维亚伯爵，但是请你和我说话时要加上称呼。你能理解的，因为在我的日常工作中，只有警察局里的案犯相片陈列室的那些和我半熟的人才那样叫我。你会同意不符合常规是错误的吧。”

“好吧，那就叫福尔摩斯先生吧。”

“非常好！但是我向你保证你所谓我的爪牙的事情是不对的。”

伯爵轻蔑地笑了笑。

“别人也会像你一样注意到的。昨天是一个爱好运动的老头，今天是一个老太太。他们跟了我一整天。”

“说实在的，先生，你可恭维我了。昨天晚上道森老男爵还坚持说，以我的能力去干法律，可真是演艺界的损失。那么现在你也来抬举我小小的化装术了？”

“那是你——你本人吗？”

福尔摩斯耸了耸肩。“你可以看看墙角那把女式遮阳伞，就是在你开始怀疑之前在敏诺街如此斯文地替我撑过的。”

“如果我知道是你的话，你可能永远不会……”

“再回到这个简陋的家了。这个我很清楚，我们都非常后悔错过了机会。碰巧，你不知道，所以我们又见面了。”

伯爵那凶狠眼睛上的浓眉皱得更紧了。“你所说的只会让事情更糟糕。不是你的爪牙而是你装扮的，你这个爱管闲事的家伙！你承认你跟踪过我。为什么？”

“得了吧，伯爵，你过去常常在阿尔及利亚打狮子吧。”

“那又如何？”

“为什么？”

“为什么？运动，刺激，冒险。”

“那么，毫无疑问，也是为国除害吧？”

“正是。”

“简而言之这就是我的理由！”

伯爵跳了起来，他的手不由自主地朝裤子的后口袋伸去。

“坐下，先生，坐下！还有一个更实际的理由，我要那颗发黄光的宝石。”

塞尔维亚伯爵狞笑着往椅背上一靠。

“终于说实话了！”他说道。

“你知道我是为那个跟踪你的。你今天晚上来我这儿的真实目的是想知道关于那件事情我究竟知道多少，还有让我消失的必要性有多大。好吧，我得说，从你的角度来看，那是完全有必要的，因为我全都知道，仅有一点我不知道，那是你将要告诉我的。”

“哦，是吗？那么请问，你是不知道什么呢？”

“王冠宝石现在在什么地方。”

伯爵眼睛尖锐地看着他："哦，你是想知道那个，是吗？可是我为什么要告诉你它在什么地方呢？"

"你能，并且你会这样做的。"

"哦？"

"你欺骗不了我，塞尔维亚伯爵。"福尔摩斯两眼盯着他，就像伯爵盯着他一样，越来越发亮，直到变成了两个可怕的威力无比的亮点。"你绝对是一块厚玻璃板。但我能看清你脑子里面想的是什么。"

"那么，自然你已经看出宝石在什么地方了。"

福尔摩斯乐得拍起手来，接着伸出一个手指头嘲弄道："那么你确实知道了，你已经承认了。"

"我什么也没有承认。"

"好，伯爵，如果你放明白些，我们可以合作，否则，你会受伤的。"

塞尔维亚伯爵眼睛望着天花板。"你还在虚张声势！"他说道。

福尔摩斯若有所思地看着他，就像一位象棋大师正在沉思着他最关键的一步。然后他打开抽屉取出一本很厚的笔记本。

"你知道我在这里面都保留了些什么吗？"

"不，我不知道。"

"你！"

"我？"

“是的，先生，正是你！你的所有——你的每一件卑鄙险恶的勾当。”

“该死的，福尔摩斯！”伯爵双眼里冒着火喊道，“我的耐性是有限度的！”

“全都在这儿，伯爵。哈罗德老太太的死亡真相，她把布莱默财产都留给了你，但是你马上就赌光了。”

“你在做梦吧！”

“以及米妮·沃伦德小姐的全部生平事迹。”

“哈！这些算什么！”

“这还有很多，伯爵。这是一八九二年二月十三日在里维埃拉头等列车上抢劫的记录，这是同一年在里昂伪造签字的支票来骗取银行的款项。”

“不，这个你说得不对。”

“那么，其他的我都说对了！嘿，伯爵，你现在是一个玩牌的人。在其他人拿到了全部王牌时，扔掉你的牌是最节省时间的了。”

“所有这些你谈的事情和你说的宝石有什么关系？”

“放松点，伯爵，心急吃不了热豆腐。让我按照我自己一般的方式把这些说清楚。我所掌握的都对你不利，但是，首要的是，我还掌握着对你和你那个好战的恶霸在王冠宝石案中的不利的情况。”

“哦！”

“我知道驾车带你到怀特霍尔街的出租马车车夫，也知道带你离开的出租马车车夫。我知道在靠近出事点看见过你的门卫。我还知道艾奇·桑德斯，他拒绝为你切割宝石。艾奇已经自首了，事情已经暴露了。”

伯爵额头上的青筋都鼓起来了，他那发黑多毛的双手紧紧地攥在一起，努力克制住自己的情绪。他想说话，但是却说不出来。

“这就是我手中的牌，”福尔摩斯说，“我把它都放在桌面上。可是缺一张牌，就是方块K。我不知道宝石在什么地方。”

“你永远不会知道了。”

“是吗？伯爵，放聪明点，考虑一下形势。你会被关押二十年，塞姆·莫顿也一样。你即使得到宝石又有什么用呢？毫无用处。可是如果你把它交出来的话，我们就私了。我们要的不是抓住你或者塞姆，我们要的是宝石。把它交出来，只要将来你行为规矩些，我的意见就是放你走，如果你再被抓住的话，那就是最后一次了。但是这次我的目的是拿回宝石，而不是你。”

“如果我拒绝呢？”

“那么，哎呀，只能抓住你而不是拿回宝石。”

这时毕利听到铃声走了进来。

“伯爵，我想不如把你的朋友塞姆也叫来一起讨论，毕竟，他可以代表他的利益发言。毕利，前门外有一个大块头、难看的先生，把请他上来。”

“如果他不想来呢，先生？”

“不要强迫，毕利，对他不要粗鲁。就告诉他塞尔维亚伯爵找他，他一定会来的。”

“你现在打算怎么办？”毕利离开后，伯爵问道。

“刚才我的朋友华生和我在一起，我告诉他，我网里捉到一条鲨鱼和一条白杨鱼。现在我准备收网了，它们会一起浮上来的。”

伯爵从椅子上站了起来，把手伸到背后。福尔摩斯握住睡衣口袋里半鼓起的东西。

“你不会善终的，福尔摩斯。”

“我经常也有同样的想法。这件事情很重要吗？毕竟，伯爵，你自己倒可能是横着退场而不是竖着。可是预测未来是不利的，为什么不让自己尽情享受眼前的生活呢？”

突然这个高智商罪犯那乌黑险恶的眼睛里射出一道野兽般的目光。当他愈发紧张和戒备时，福尔摩斯则似乎愈发高大了。“我的朋友，动手枪是没有用的。”福尔摩斯平静地说道，“你完全明白，即使给你时间去拔枪，你也不敢开枪的。手枪，很吵的东西，伯爵。比起气枪来还是用手杖好些。啊，我想我已经听见你可敬的伙伴轻盈的脚步声了。日安，莫顿先生，在街上很无聊吧，是吗？”

这位职业拳击手是一个身体非常结实的小伙子，长着一张愚蠢、固执的扁平的脸，笨拙地站在门口，迷惑地向四周张望着。福尔摩斯这种愉快而自得的态度是他从来没有见过的，尽管他模糊地意识到这是怀有敌意的，但是他不知道如何去对付它。于是他就求助他那位更狡猾的伙伴了。

“伯爵，现在玩的是什么游戏？这个家伙想干什么？怎么回事？”他的声音低沉而沙哑。

伯爵耸耸肩，倒是福尔摩斯接上了话。

“莫顿先生，我可以极其简单地概括一下情况，你们的事情全都败露了。”

这位拳击运动员依然还是和他的伙伴说话。

“这小子是在开玩笑吧，或者不是？我现在可没心情开玩笑。”

“不，我看不是，”福尔摩斯说，“我想我可以向你们保证，越到晚上你们越不会感到好笑了。喂，听我说，塞尔维亚伯爵，我是个大忙人，我不想浪费时间，我要回卧室了。我不在场，请你们放自在些，你可以毫无拘束地把目前的情况介绍给你的朋友听。我想试着拉一首莫尔顿的《威尼斯船歌》。五分钟后我会回来听你最后的答复，你最好抓紧选择，好吧？我们是抓你，还是拿回宝石？”

然后福尔摩斯就离开了，经过墙角时他顺手拿走了小提琴。过了一会儿，就从关着门的卧室里隐约传来悠长连绵的曲调。

“那么，这是怎么回事？”当他的伙伴刚转向他，莫顿就焦急地问道，“难道他知道宝石的事情啦？”

“他妈的，他知道的实在是太多了。我不确定他是否全都知道了。”

“我的上帝！”这位拳击手苍白的脸色变得更加阴沉苍白了。

“艾奇出卖了我们。”

“是他，真的吗？即使被判了绞刑，我也非打死这个家伙！”

“那对我们没有任何帮助。我们必须决定我们应该怎么办。”

“等一下，”拳击手怀疑地朝卧室门看了看，“他是个很精明的小子，得提防他监视，我怀疑他在偷听。”

“他正在奏曲，怎么可能偷听呢？”

“那倒也是。说不定有人正躲在窗帘后面呢，这屋子里的幕帘也太多了。”说着他环顾了一下，突然他第一次发现了窗户旁边的蜡像，他站在那里目不转睛地用手指着它，吃惊得连话都说不出来了。

“嗨，那是蜡像！”伯爵说。

“假的，是吗？哦，吓我一跳。跟杜莎夫人蜡像馆里一样，简直太逼真了，还穿着睡衣哪。可是这些帘子，伯爵！”

“哦，别管什么帘子了！我们正在浪费时间，剩下的时间不多了。他马上就可以因为这个宝石把我们给关押起来。”

“他敢！”

“可是我们只要告诉他宝石的下落，他就会放我们走的。”

“什么！交出来！交出十万英镑？”

“不是这个，就是那个。”

莫顿用手挠着自己的平头。

“他一个人在这儿，我们把他干掉。如果这家伙闭上了眼，我们就什么都不需要怕了。

伯爵摇了摇头。

“他有枪，而且是有准备的。如果我们开枪打他，在这样的地方也很难逃走的。另外，很可能警察已经知道他掌握的不管什么样的证据。嘿！那是什么？”

好像从窗户那边传来一声模糊的声音。这两个人立刻转过身来，可是一切都安安静静，除了那个奇怪的蜡像坐在椅子上，这个房间肯定没其他人。

“是街上的东西。”莫顿说，“现在听我说，先生，你很聪明，你当然能想出一个解决的办法。如果动武没用，那么都听你的了。”

“比他更厉害的人也被我骗过，”伯爵回答道，“宝石就在我的秘密口袋里，我不能冒险把它乱放在别处。今天晚上它就可以离开英国，在星期天以前在阿姆斯特丹就可以把它切成四块。他对范·塞达尔还一无所知。”

“我还以为塞达尔下个星期才走呢。”

“本来是的，但是现在他必须乘下一班船动身。我们中间必须有一个人带着宝石偷偷溜走去莱姆街告诉他。”

“但是假底座还没准备好呢。”

“啊！那他也必须带着它，碰碰运气，一分钟也不能再耽搁了。”他再次像一个运动员感到危险来临时那样，停下来仔细看了看窗户。是的，刚才的微弱的声音的确是从街上传来的。

“至于福尔摩斯，”他接着说道，“我们可以毫不费力地骗过他。你瞧，这个该死的傻瓜只要能拿到宝石就不会逮捕我们。那好，我们就答应给他宝石，告诉他错误的线索，在他发现上当之前，我们已经离开这个国家到荷兰了。”

“听起来真不错！”莫顿咧嘴笑着喊道。

“你去告诉那个荷兰人赶快行动，我来对付这个大傻瓜，假装忏悔一番。我会告诉他宝石在利物浦。那该死的鬼哭狼嚎一样的音乐，真让我不安！等到他发现宝石不在利物浦的时候，它已经切成四块了，我们也在蓝色的大海上啦。到这儿来，避开那个锁眼。宝石在这儿。”

“你真敢带着它。”

“除了这儿还有哪儿更安全吗？我们能把它从白厅拿出来，别人当然也能把它从我的房间拿走。”

“让我看一眼。”

塞尔维亚伯爵稍微有些蔑视地朝他的伙伴看了一眼，并没有理会那只伸过来的脏手。

“怎么？你以为我会从你那儿抢吗？我警告你，先生，我对你那一套有点厌烦了！”

“好啦，好啦，没有冒犯你的意思，塞姆。这个时候我们可不能吵架。如果你想好好地欣赏的话，到窗户旁边来，把它对着光，给你！”

“谢谢你！”

福尔摩斯从放蜡像的椅子上一骨碌跳起来，一下子就抓住了那颗珍贵的宝石。他一只手紧攥着宝石，另外一只手拿手枪指着伯爵的脑袋。这两个恶棍异常惊愕地向后倒退了几步，还没等他们反应过来，福尔摩斯已经按响了电铃。

“别动武，先生们，不要动武，我请求你们，看在这些家具的面上！你们一定非常清楚你们的形势已经是插翅难飞了，警察就在楼下等着。”

伯爵的迷惘已经超过了他的愤怒和恐惧。

“可是你究竟是怎么……”他喘着气说道。

“你的惊讶是很自然的。你没有注意到，这儿还有一个门从我的卧室通向这窗帘后面。我想当我移走蜡像的时候你肯定已经听到我了，可是命运之神在支持我。这就给了我聆听你们不雅对话的机会，要是你们知道我在这儿的话，那就会相当地拘束了。”

伯爵做了一个放弃的手势。

“我们全听你的，福尔摩斯。我相信你就是撒旦本人。”

“至少离他不远了吧。”福尔摩斯谦虚地笑着说。

塞姆·莫顿迟钝的头脑逐渐猜明白是怎么回事。直到外面楼梯上响起沉重的脚步声了，他才打破了沉寂。

“依法逮捕！”他说道，“可是，我说，这个虚假的琴声是怎么回事？我现在还能听到！”

“嘘，嘘！”福尔摩斯答道，“你十分正确。让它还放吧！这些最新的留声机的确是一种非同凡响的发明。”

警察蜂拥而入，给罪犯们铐上手铐后就把他们带到等待的马车上去了。华生留下来，祝贺福尔摩斯为他的破案史又添了新的一页。他们的谈话再次被打断，沉着的毕利拿着卡片屉进来了。

“坎特米尔勋爵驾到，先生。”

“请他上来，毕利。这就是那位代表最高当局的知名贵族，”福尔摩斯说道，“他是一个杰出和忠诚的人，可是过于守旧。我们要不要捉弄一下他？冒昧地开个小玩笑如何？我推测，他应该对刚才发生的事情一无所知。”

门开了，进来一位清瘦的一丝不苟的人，消瘦的脸上垂着维多利亚中期的光滑黑亮的胡须，这和他的圆形凸肩以及虚弱的步伐颇不相称。福尔摩斯殷勤地迎上前去握住那双毫无反应的手。

“坎特米尔勋爵，您好！每年的这个时候总是冷得难受，但是室内很暖和，我是否可以为您脱下大衣？”

“不必了，谢谢你，我不想脱。”

可是福尔摩斯硬是拽住袖子不放手。

“请您不必客气！我的朋友华生医生可以向您保证，如今气温的变化是十分有害的。”

这位爵爷有些不耐烦地挣脱开。

“我很舒服，先生！我没必要待在这儿。我只是过来打听一下你自作主张的案子进行得怎么样了。”

“棘手——非常棘手。”

“我就担心这个。”这位老朝臣语气当中有一种明显的讥笑。“每个人都是有局限性的，福尔摩斯生生，可是至少它可以治疗我们自鸣得意的毛病。”

“是的，先生，我已经非常迷糊了。”

“毫无疑问。”

“特别是有一点。或许您可以帮助我？”

“你求我指点也有些太晚了。我原以为你自己有足够的办法呢。但是，我还是准备帮助你。”

“你知道，坎特米尔勋爵，毫无疑问我们可以对实际盗窃者进行起诉了。”

“那是在你抓住他们之后。”

“完全正确。可问题是——我们怎么起诉收赃者呢？”

“这个问题是不是提得太早了？”

“把我们的计划制订周密点好。那么，依您看来，对收赃者最不利的证据是什么呢？”

“实际占有宝石。”

“据此您会拘捕他吗？”

“毋庸置疑。”

福尔摩斯几乎很少笑出声来，但是这次却是他老朋友华生能够记得的笑出声的一次。

“如果是那样的话，我亲爱的先生，我将会很伤脑筋考虑逮捕您的必要性。”

坎特米尔勋爵十分生气，他那苍白的脸颊显现出那种老年人的怒火。

“你真是太大胆了，福尔摩斯先生，在我五十年的行政生活中从来没遇到这种情况。先生，我是个忙人，责任重大，我没有时间和兴趣来开这种愚蠢的玩笑。坦白告诉你，我从来就没有相信过你的能力，我一直认为让正规警察去办这件案子要安全得多。你的行为已经证实了我的全部结论。先生，晚安。”

福尔摩斯迅速地站到勋爵和门之间。

“等一会儿，先生，”他说，“事实上把蓝宝石带走比暂时占有它将会构成更严重的犯罪。”

“先生，这简直让人无法忍受了！让我过去！”

“把您的手放进大衣的右边口袋里。”

“你是什么意思，先生？”

“快，快，照我说的做。”

片刻之后，这位惊讶的贵族目瞪口呆地站在那里，颤抖的手上放着那颗硕大的发着黄光的宝石。

“什么！什么！这是怎么一回事，福尔摩斯先生？”

“可惜，坎特米尔勋爵，可惜！”福尔摩斯大声说道，“我的这位老朋友可以告诉你我有个爱搞恶作剧的臭毛病。另外，我真是难以抗拒那种戏剧性效果。我大胆地——非常大胆地——在我们刚见面的时候把宝石放在您口袋里了。”

这位老贵族瞪着宝石，接着又瞪着福尔摩斯那张微笑的脸。

“先生，我很困惑。但是，是的，这是蓝宝石。福尔摩斯先生，我们非常感谢你。你的幽默感，正如你承认的那样，确乎有些不合适，而且出现的时机也很不对，可是至少我收回刚才对你那令人惊异的专业才能的评论。但是怎么……”

“案件只完成一半，详细情况以后再说。坎特米尔勋爵，很可能您现在很乐意向上级报告这个成功的消息了吧，这总可以多少弥补我的恶作剧了吧。毕利，送这位阁下出去。另外，告诉赫德森太太，如果她能尽快送来两个人的晚饭，我将会很高兴。”

三角墙山庄

我想在我与福尔摩斯经历的任何冒险中，再也没有比这次更突然和富有戏剧性的了，那就是我经历的三角墙山庄案件。我已经有些日子没有见过福尔摩斯了，也不知道他的兴趣是否已经转移了方向。然而那天早晨他滔滔不绝，他刚刚让我坐在火炉旁边低矮的旧沙发上，而他则衔着烟斗把身体蜷作一团躺在对面的椅子上，就有访问者来了。如果我说是一头发疯的公牛来了的话，会更加清楚地说明所发生的事情给我留下的印象。

门砰地一声被打开了，一个高大的黑人闯了进来。如果他不是让人感到可怕的话，可能会被当作一个滑稽演员，因为他穿着一身招眼的灰格成套西装，系着一条橙红色领带。他那宽大的脸和扁平的鼻子奋力向前伸着，两只乌黑阴沉的眼睛冒着掩饰不住的怒火，来回打量着我们。

“你们两位先生谁是福尔摩斯？”他问道。

福尔摩斯无精打采地笑着把烟斗举了下。

“啊，是你，是不是？”我们的来访者说着就以一种使人不快的鬼鬼祟祟的脚步绕过桌角，“听着，福尔摩斯，请你不要再多管闲事，让别人自己管自己的事。你听明白了吗？”

“继续说下去，”福尔摩斯说，“挺好的。”

“哦，挺好的，是吧？”这个野蛮人咆哮道，“如果我修理你一顿，你就不觉得这该死的挺好的了。以前我对付过你这种人，当我收拾过之后，他们看起来就不会那么好了。看这个，福尔摩斯！”

他伸出一只巨大的鼓起的拳头在我朋友鼻子底下晃了晃。福尔摩斯饶有兴趣地仔细看着他的拳头。“你生来就是这个样子吗？”他问道，“还是逐渐变成这个样子的？”

可能是我朋友那出奇的冷静，或者是由于我抄起了拨火铁棒发出轻微的咔嗒声的缘故，不管怎样，我们这位来访者的脾气不再那么蛮横跋扈了。

“好，我已经警告过你了，”他说，“我有个朋友对哈罗那边感兴趣——你知道我说的是什么——他不愿意你多管闲事，明白吗？你不是法律，我也不是法律，如果你掺和进来，我就对你不客气，你可要记住。”

“我想见你了有段时间了，”福尔摩斯说，“我不要求你坐下来，因为我不喜欢你身上的味道。你不就是斯蒂夫·迪克西，那个拳击手吗？”

“那是我的名字，福尔摩斯，如果你嘴硬的话，我肯定不会让你好受的。”

“当然那是你希望不要发生的，”福尔摩斯盯着我们那位客人极其丑陋的嘴脸说，“可是你在霍尔朋酒吧外面杀死小伙子珀金斯的事——怎么！你要走啦？”

这个黑人猛地缩了回去，面色铁青。“我不想听这些废话。”他说，“我和这个珀金斯有什么关系？这个家伙出事的时候我正在伯明翰斗牛场训练呢。”

“是的，你可以对地方法官这么说，斯蒂夫，”福尔摩斯说，“我一直在监视你和巴内·斯托克代尔——”

“我的天啊！福尔摩斯——”

“够了，不要再说了，等我需要你说的时候再说吧。”

“那好，福尔摩斯，我希望你不要介意这次拜访。”

“除非你告诉我是谁派你来的。”

“哦，这没什么可保密的，福尔摩斯。就是你刚才提到的那个人。”

“那么又是谁指使他的呢？”

“饶了我吧，我不知道，福尔摩斯先生。他只说：‘斯蒂夫，你去找福尔摩斯先生，告诉他如果他要是去哈罗就性命不保。’这是全部实情。”没等再问他其他的问题，我们的客人就急急忙忙退出房间，几乎和他进来时一样快。

福尔摩斯偷笑着磕去烟斗里的灰。

“华生，我很高兴你没有敲破他那糊涂的脑袋。我注意到你拿拨火铁棒的动作了。其实他只是一个没什么危险的家伙，虽然浑身都是肌肉，但却是个愚蠢、虚张声势的小孩子，很容易被唬住，就像你看到的那样。他是斯宾塞·约翰犯罪团伙的人，参与了一些可耻勾当，等我有时间再来收拾他们。他的上司巴内，是一个非常狡猾的家伙，他们专干偷袭、胁迫等勾当。我想知道，在这个案件中，谁是他们的幕后人？”

“可是他们为什么要来恐吓你呢？”

“就是这个哈罗森林案子。这倒使我下决心调查这个案子了，因为如果它值得这么多人为此不怕麻烦的话，这里面必有文章。”

“这是怎么回事呢？”

“我正准备告诉你的时候，就发生了这个滑稽的事情。这是麦伯利太太的来信。如果你愿意跟我来的话，我们就给她发一封电报，马上动身。”

我展开信，读道：

亲爱的福尔摩斯先生：

最近发生了一连串奇怪的事情，都和我的房子有关，我非常希望能够得到您的建议。明天任何时候您都可以来访。房子距离哈罗车站很近。我想我已故的丈夫莫提梅·麦伯利是您曾经的顾客之一。

玛丽·麦伯利谨启

地址是：三角墙山庄，哈罗森林。

“就是这样！”福尔摩斯说，“那么，华生，如果你有时间的话，我们就上路吧。”

经过短暂的铁路和马车旅程后，我们到达了那所房子。这是一座砖木混合的别墅，坐立在属于它自己的一英亩天然草坪上。上层窗户投下三个小阴影，也算是勉强能表明它名字的来历。后面是一片郁郁葱葱的小松树林，给人总的印象是贫瘠和令人忧愁的。可是室内装修豪华，接待我们的是一位风韵犹存的上了年纪的夫人，谈吐举止都明显透着高贵和良好的教养。

“我还很清楚地记得您的丈夫，”福尔摩斯说，“多年前我替他办过一件微不足道的事情。”

“可能您对我儿子道格拉斯的名字更熟悉些。”

福尔摩斯带着极大的兴趣看着她。

“我的天啊！您就是道格拉斯·麦伯利的母亲？关于他我只知道一点。可是当然啦，在伦敦谁不认识他。他曾经是一位多么高贵的人啊！他现在在什么地方呢？”

“死了，福尔摩斯先生，死了！他是驻罗马的大使馆专员，上个月患肺炎死在那里了。”

“非常抱歉。谁会把死亡和他这样一个人联系起来呢。我从来没见过一个像他那样充满生命力的人。他活得如此有激情，浑身充满了活力！”

“激情过度了，福尔摩斯先生，就是那毁了他。你只记得他愉快自信和辉煌的一面，可是你没见过他变成一个愤怒和闷闷不乐的人时的情形。他伤透了心。仅仅在一个月内我就看着我活泼的孩子变成了一个疲惫不堪愤世嫉俗的人了。”

“是恋爱的事情吗——一个女人？”

“或者一个魔鬼。好了，我请你来并不是为了讨论我可怜的孩子，福尔摩斯先生。”

“华生医生和我都在听候您的吩咐。”

“近来发生了一些非常奇怪的事情。我在这座房子里已经住了一年多了，因为我想过清静的生活，所以和邻居交往不多。三天前有一个自称是房地产经纪人的男人来访，他说这所房子非常适合他的一个客人，如果我愿意卖掉的话，价钱不成问题。在我看来非常奇怪，因为附近有几栋同样条件的房子都在出售。当然我对他所说的还是很感兴趣，所以我出了一个比我买的时候价钱高五百英镑的价格，他竟然立刻答应了。可是他接着说他的客人也想买下这里的家具，问我是否愿意出个价格。这里有些家具是我从老家带来的，正如你们看到的那样，都是非常上等的家具，于是我就要了一个相当可观的价。这个他也马上同意了。我原来一直想去旅行，而这笔买卖是非常赚钱的，看来我以后的生活确实是会富裕了。

“昨天这个人把写好的合同带来了。幸好我把它拿给我住在哈罗的律师苏特罗先生看过。他对我说：‘这是一份十分奇怪的合同。你意识到没有，如果你在上面签了字，你就不能合法地拿走房子里的任何东西了——即使你的私人物品也不行。’当天晚上那个人再来的时候，我把这一点指出来，我说我的意思只是卖家具。

“‘不，不，是所有东西。’他说。

“‘但是我的衣服，我的珠宝呢？’

“‘好啦，好啦，你的私人物品会做些妥协的。可是一切物品不经检查绝对不能拿出房子。我的主顾可是一个十分慷慨的人，但是他有他的癖好和做事风格。对他来说，要么是全部，要么就什么都没有。’

“‘那么，肯定是什么都没有了。’我说。然后这件事就这样放下了。可是在我看来，整个事情太不寻常了，我想——”

说到这儿发生了一次意外的中断。

福尔摩斯举起手来示意安静，然后他大步穿过房间，猛地把门打开，拖进来一个高大瘦弱的女人。他抓着她的胳膊，她笨拙地挣扎着，就像一只被抓出鸡笼的大母鸡那样扯着嗓子咯咯直叫。

“放开我！你在干什么？”她尖叫道。

“哦，苏珊，怎么回事？”

“夫人，我正准备进来问客人是否留下来吃午饭，突然这个男人就向我扑来了。”

“我听见她已经在那儿有五分钟了，可是我不希望打断您非常有趣的陈述。苏珊，你呼吸有些喘气声，是不是？干这种工作你的呼吸太重了。”

苏珊转过身绷着脸，吃惊地看着捉住她的那个人。“你是谁？不管怎么说，你有什么权利这样扯住我？”

“我只是想当面问一个问题。麦伯利太太，您对任何人提到过给我写信寻求帮助的事情吗？”

“没有，福尔摩斯先生，我没有。”

“是谁寄出的信？”

“苏珊寄的。”

“这就对了。苏珊，你写信或者报信给谁说你的女主人要找我？”

“你胡说，我没报信。”

“苏珊，气喘的人也许活不长，你是知道的。撒谎是件缺德的事情。你究竟对谁说了？”

“苏珊！”她的女主人叫道，“我看你是个靠不住的坏女人。我现在想起来了，我看见你曾在树篱旁边和一个人说话。”

“那是我自己的事情。”那个女人不高兴地说道。

“假如我告诉你，那个和你说话的人是巴内会怎么样？”

“哦，如果你知道的话，那你还问什么？”

“我本来是不能肯定的，可是现在知道了。好吧，苏珊，如果你告诉我巴内的幕后指使人是谁，价值十英镑。”

“那是一个会用一千英镑压倒你十英镑的人。”

“这样啊，一个富裕的男人？不，你笑了，那么是一个富有的女人。现在我们已知道这么多了，你不如说出名字挣这十英镑。”

“我会先看你下地狱的！”

“哦！苏珊！说什么话！”麦伯利太太叫道。

“我会离开这儿的。我已经受够你们了。明天我会叫人来拿我的箱子的。”说着她夺门而出。

“再见，苏珊，别忘了用樟脑阿片酊……那么，”当门一关上，福尔摩斯立刻严肃起来，他接着说道，“这个团伙要干一笔大买卖了。看他们行动多紧张，你寄给我的信是上午十点钟的邮戳，可苏珊就马上向巴内报信，巴内立刻去找他的主人请示，他或者她——我倾向于后者，因为当我说错时苏珊笑过——制订了计划。黑人斯蒂夫被叫来，次日上午十一点我受到警告。你看，这是多么迅速的动作。”

“可是他们想要得到什么呢？”

“是的，这就是问题所在。在你之前这所房子是属于谁的？”

“一位叫费格斯的退休海军上校。”

“这个人有什么特别之处吗？”

“我从来没有听说过。”

“我怀疑他是否在这儿埋了什么东西。当然，现在人们都把金银财宝藏在邮政银行里面，可是总有一些疯子不这么干。如果没有他们，世界将会很单调的。起初我的想法是埋了一些贵重物品，然而，如果是那样的话，他们为什么要你的家具呢？

你不会碰巧有拉斐尔[1]或莎士比亚的手笔而自己不知道吧？”

“没有，我想除了一套皇家德比茶具外，没有比它更值钱的东西了。”

“那几乎不需要弄得这么神秘。还有，为什么他们不公开说明他们想要的东西呢？如果他们想要你的茶具，直接出钱买就是了，没必要把你的东西像什么锁、日用品和桶之类的都买下来。不对，依我看，这里是不是有些连你都不知道自己有的东西，如果你知道的话，绝对不会松手的。”

“我也是那么想的。”我说道。

“华生医生也同意了，那就确定无疑了。”

“那么，福尔摩斯先生，它会是什么呢？”

“让我们看看只用心理分析可不可以得到细节。你在这所房子已经住了一年了？”

“快两年了。”

“这样更好。在这么长的一段时间内没有人向你要任何东西。现在，突然在三四天内，你遇到了迫切的需要者。从中你能推断出什么呢？”

“那只能说明，”我说，“不管那个东西是什么，它是刚刚进

---

① 拉斐尔（1483—1520），意大利文艺复兴时期杰出的画家，和达·芬奇、米开朗琪罗并称文艺复兴时期艺坛三杰。主要作品有梵蒂冈宫中的壁画《圣礼的辩论》和《雅典学派》，其他代表作有《西斯廷圣母》《基督显圣容》等。——译者注

入这所房子的。”

“太对了！”福尔摩斯说，“那么，麦伯利太太，有任何东西刚刚进来吗？”

“没有，今年我没有买任何新东西。”

“是吗？这就太不寻常了。好吧，我想我们最好还是静观其变，直到能够取得更多信息。你的律师是一个有能力的人吗？”

“苏特罗先生是非常有能力的。”

“你还有其他女仆吗？或者只有那个刚才摔门的苏珊？”

“我还有一个年轻的女人。”

“争取让苏特罗在这里住一两个晚上。你可能需要保护。”

“提防谁呢？”

“谁知道呢，事情目前还很不明朗。如果不能发现他们在找什么，我就必须从事情的另一头下手，找到主谋。这个房地产经纪人有没有留下什么地址？”

“只留下了他的名片和职业。海恩斯·约翰逊，拍卖商兼评估人。”

“我想我们在人名地址录里是找不到他的，诚实的商人是不会隐瞒他们的营业地址的。好吧，如果有任何新的进展，请通知我。我已经接手了你的案子，所以你尽管放心，我会帮你渡过难关的。”

当我们经过门厅的时候，福尔摩斯那不会放过一切的眼睛发现了角落里堆放着几个箱盒，上面贴着闪亮的标签。

"'米兰'，'卢塞恩'，它们是从意大利来的。"

"那些都是可怜的道格拉斯的东西。"

"你还没有打开过它们吧？什么时候到的？"

"上个星期到的。"

"可是你刚才说——唉，想必这可能就是那缺少的一环。我们怎么知道里面有没有珍贵东西呢？"

"这是不可能的，福尔摩斯先生，可怜的道格拉斯只有工资和一小笔养老金，他能有什么值钱的东西？"

福尔摩斯陷入思考。

"不能再耽搁了，麦伯利太太。"他最后说道，"把这些东西抬到你楼上的卧室里去，尽快检查一下，看看里面有什么东西。我明天过来听你的结果。"

非常明显，三角墙山庄处在异常严密的监视之下，因为我们刚刚拐过小路尽头的高篱笆时，就看见那个黑人职业拳击手站在阴暗处。我们是非常突然地碰上他的，在这个人迹罕至的地方他看起来更加无情和险恶。福尔摩斯用手拍了拍口袋。

"在找你的手枪吗，福尔摩斯先生？"

"不，是找我的香水瓶，斯蒂夫。"

"你真有意思，福尔摩斯先生，是不是？"

"如果我追捕你的话，斯蒂夫，你就不会觉得那么有趣了。今天上午我已经严重警告过你了。"

"是的，福尔摩斯先生，我确实考虑过你所说的话，我希望不要再提起珀金斯那件事了。假如我能帮助你，我会的。”

“好，那么，告诉我谁是这个案子的幕后主谋。”

“上帝帮帮我吧！福尔摩斯先生，以前我告诉你的都是实话，我真的不知道。我的老板巴内给我命令，就这些。”

“好，斯蒂夫，那你要记牢了，这座房子里的太太以及屋子里的一切东西，都是受到我的保护的。别忘了。”

“好，福尔摩斯先生，我会记住的。”

“华生，为了避免遭殃，我真的把他给彻底吓住了，”我们继续走的时候福尔摩斯说，“我想如果他真知道主谋是谁的话，他是会出卖他的。幸好我知道一点斯宾塞·约翰团伙的情况，而斯蒂夫是其成员之一。现在，华生，这个案件用得上兰代尔·派克，我现在去找他。等回来的时候我可能会对事情更清楚一些。”

后来一整天我都没再见过福尔摩斯，可是我能清楚地想象出他是怎么度过的。兰代尔·派克是所有社会传闻方面的活参考书。这位古怪懒散的人只要醒着就会待在圣詹姆斯大街一家俱乐部的弓形窗内，在这里接收传发伦敦的一切流言蜚语。据说，他有四位数字的收入，全都是每个星期给那些垃圾报纸投稿所得，专门迎合那些爱打听别人隐私的人。在伦敦这个鱼龙混杂的地方，只要有一点波纹或者旋涡，都会被这个人滴滴答答地自动准确无误地记录下来。福尔摩斯总是小心地帮助兰代尔获得情报，有时也会接受他的帮助。

第二天一大早，我来到福尔摩斯房间，从他的态度上看，我知道事情进展顺利，可是依然有一个非常不愉快的意外在等着我们，就是下面的这封电报：

请即刻前来。客户住宅夜间被盗。警察在场。

苏特罗

福尔摩斯吹起了口哨：“戏剧到了决定性的时刻了，并且比我想象得要快。华生，这件案子的背后有一股强大势力，对此我不感到惊讶，这和我听到的相符。这个苏特罗当然是她的律师。我恐怕犯了一个错误，没有要求你昨晚留在那里守卫。这个家伙明显是一个不可靠的人。现在除了到哈罗走一趟没有其他办法了。”

我们发现三角墙山庄跟昨天井然有序的样子大不一样了。花园门口堵着一小群闲人，有两个警察正在检查窗户和天竺葵花坛。进到房间，我们遇见一位头发灰白的老绅士，他介绍说自己是律师，跟他一起的还有一位红光满面、忙忙碌碌的警官，就像一个老朋友那样跟福尔摩斯打招呼。

“嗨，福尔摩斯先生，恐怕这个案子你没机会了，只是普通的入室行窃，一般老练的警察就完全可以应付了，不需要什么专家过问。”

“我当然确信这件案子是在可靠的人手里，”福尔摩斯说，

“你是说，只是一起普通的盗窃案吗？”

“正是如此。我们非常清楚是谁做的案，而且知道能在什么地方找到他们。就是那个巴内·斯托克代尔团伙，还有那个大黑个——有人在附近看见过他们。”

“好极了！他们都偷了些什么东西？”

“哦，看来他们并没有得到什么东西，麦伯利太太被麻醉了，房子被——啊！这位女士来了。”

昨天接待我们的朋友现在看起来非常苍白和虚弱，她被一个年纪很小的女仆搀扶着走了进来。

“福尔摩斯先生，你给了我好心的建议，”她苦笑着说，“哎呀，我却没有考虑它。我不希望麻烦苏特罗先生，结果毫无防备。”

“我是今天早上才听说的。”律师说。

“福尔摩斯先生建议我请朋友留宿守卫，我忽视了他的建议，结果我付出了代价。”

“你看来非常虚弱，”福尔摩斯说，“也许你还承受得了告诉我发生了什么事吧。”

“不是明摆着的吗。”警官晃着一本沉重的笔记本说，“不过，如果夫人还不是那么筋疲力尽的话——”

“事实上也没有什么好说的。我毫不怀疑是那个缺德的苏珊为他们引路。他们肯定对这所房子非常熟悉。蘸了氯仿的破布突然塞在我的嘴里，我只清醒了片刻就晕过去了，可是我不知道我昏迷了多久。当我醒来的时候，有一个人在旁边，而另一个人手里拿着一捆东西从我儿子的行李堆里站起来，已经打开了一部分，地上弄得乱七八糟。在他逃掉之前，我跳起来抓住了他。”

“你这样太冒险了。”警官说。

“我紧紧抓住他，但是他甩开了我，另一个人或许打了我，因为我什么都记不起来了。女仆玛丽听到喧哗声，开始对着窗外尖叫起来，警察就来了，可是流氓已经逃走了。”

“他们拿走了什么？”

“哦，我想，没有什么值钱的东西丢掉。我肯定我儿子的行李箱里没有什么东西。”

“这些人没留下什么线索吗？”

“有一张纸可能是我从那个我抓住的男人手里撕下来的。它掉在地板上，皱得很，是我儿子的字迹。”

“那意味着它几乎没有什么用处，”警官说，“如果是那个窃贼的——”

“一点不错，”福尔摩斯说，“多么重要的常识！我依然很好奇地想看一看它。”

警官从他的笔记本里拿出一张折叠的大页书写纸。

“我从来不会放过任何东西，不管它多么微不足道，”他带着几分炫耀说，“这也是我对你的忠告，福尔摩斯先生。在二十年的经历中，我已经学会了很多东西，总有可能发现指纹或者其他什么的。”

福尔摩斯检查了那张纸。

“警官，你怎么想？”

“看起来像一本古怪小说的结尾。”

“它也许就是一个奇怪故事的结局，”福尔摩斯说，“你已经注意到纸上方的页数了吧，是二百四十五。那么剩下的二百四十四页去哪了呢？”

“嗯，我想是窃贼拿走了它们。对他们有什么用处呢？”

“闯进房子里就是为了偷这样一张纸，看起来太奇怪了。警官，它有没有给你任何提示？”

“是的，先生，这说明这些流氓在匆忙之中抓住什么就是什么。我希望他们为他们得到的东西高兴。”

“为什么他们要去翻我儿子的东西呢？”麦伯利太太问道。

“哦，他们在楼下没有发现什么值钱的东西，所以就到楼上碰碰运气。这就是我所分析的。你有什么看法，福尔摩斯先生？”

“我必须仔细考虑一下，警官。到窗户边来，华生。”接着，我们站在一起，他把那张碎纸片重读了一遍。开头的句子只有一半，写的是：

……脸上的刀口和击伤流淌着血，可是当他看着那张美丽动人的脸，那张他已经时刻准备愿意为之牺牲生命的脸，那张看着他的痛苦和羞辱的脸的时候，这和他心里流的血相比算得了什么。当他抬起头来看她，她笑了，是的，天啊！她笑了！她就像无情的魔鬼一样笑了！在那一刻，爱情死亡了，仇恨诞生了。人总是为某些有意义的事情活着的。我的小姐，如果不是为了你的拥抱，那么想必就为了我的毁灭和复仇而活吧。

“真是古怪的语法！”福尔摩斯笑着把纸递给了警官，“你有没有注意到‘他’突然变成‘我’？作者太着迷他自己的故事了，在关键时刻他把自己想象成男主角了。”

“看起来毫无用处，”警官把它放回本子里说道，“什么！你要走了吗，福尔摩斯先生？”

“既然案子有高手处理，我想这里没有什么需要我做的了。顺便说一句，麦伯利太太，你是不是说过你想去旅行？”

“那一直是我的梦想，福尔摩斯先生。”

“你想去什么地方，开罗？马德拉群岛？利维埃拉？”

“哎，如果我有钱的话，我会环游世界的。”

“一点不错，环游世界。好吧，再见，傍晚我大概会给你写一封信。”当我们经过窗户的时候，我看见警官微笑着摇着头。他的笑容好像在说：“这些聪明的家伙总是有点疯狂。”

“现在，华生，我们已经在短暂的旅程的最后阶段了。”当我们再次回到喧闹的伦敦市中心的时候，福尔摩斯说道，“我想我们还是立刻把这件事情搞清楚。你最好能跟我一起，因为和伊莎多拉·克莱因这样的女人打交道时，有一个见证人比较安全。”

我们叫了一辆马车，朝着格罗斯汶诺广场的某处疾驰而去。福尔摩斯本来一直陷入沉思，可是他突然收回思绪。

“附带说说，华生，我想你已经全都看明白了吧？”

“不，我还不敢那样说。我只知道我们要去见那位躲在幕后指挥的女士。”

“完全正确！对伊莎多拉·克莱因这个名字你真的一无所知吗？当然，就是那位有名的美女。她的美貌举世无双。她是纯西班牙血统，来自真正专横的西班牙征服者家族，她的家族已经一连好几代在伯南布哥当领袖了。她嫁给了年老的德国糖业大王克莱因，不久就变成了世界上最美丽也是最富有的寡妇了。然后是她为所欲为的冒险时期。她有好几个情人，道格拉斯·麦伯利，伦敦最引人瞩目的人之一，也是她的一个情人。据大家所说，他不是寻求一时的刺激。他不是一个社交场上的花花公子，而是一个坚强傲慢的人，他付出了一切，也期望能够得到一切。但是她是一位幻想小说中的‘无情的美女’[1]。当她的需求满足后，就跟他一刀两断了。如果交际中的另一方不听她的

---

[1] 原文为法文“belledamesansmerci”。——译者注

命令的话，她懂得如何达到目的。”

“那么这是他自己的故事了——”

“啊！你正在把它们凑起来了！我听说她正准备嫁给年轻的蒙德公爵，他几乎可以做她的儿子了。他的妈妈格蕾丝可能并不介意她的年龄，可是要是有一件大丑闻的话，那事情就不一样了，所以是很紧急的——啊，我们到了。”

这是伦敦西区最豪华的住宅之一。一个机器人般的男仆把我们的名片递了进去，然后返回说女主人不在家。福尔摩斯高兴地说：“那么我们就一直等她回来。”

“机器人”慌了。

“不在家的意思就是对你们不在家。”男仆说。

“很好，”福尔摩斯说，“那意思是我们也不用恭候了。请把这张纸条交给你的女主人。”

他在笔记本的一页纸上匆匆写了三四个字，折好后交给了那个人。

“你怎么说的，福尔摩斯？”我问道。

“我就简单地写了：‘那么，交给警察？’我想这会让我们进去的。”

果不其然——快得惊人。一分钟后我们就在一间天方夜谭式的客厅里了，它宽大而豪华，半明半暗，点缀着一些不常见的粉红色电灯。那位女士已经来了，我感觉她已经到了那种即使是最傲慢的美女也喜欢半明半暗的环境的年龄了。我们一进去，她就从长沙发上站了起来，修长，端庄，体态优美之极，美丽得像面具一样的脸上，两只精致的西班牙眼睛看着我们，目露凶光。

“为什么打扰我——还有这个出言不逊的便条？”她举着纸条问道。

“夫人，我不需要解释。我对你能这么做的智力非常敬佩——尽管我得承认你的智力近来令人惊讶地出错了。”

“何出此言，先生？”

“因为你以为雇来个打手就可以吓得我不敢工作了。如果没有冒险的吸引，想必没有人会选择我的职业。因此，是你迫使我去调查青年麦伯利的案子的。”

“我不知道你在说些什么。我和雇用的打手有什么关系？”

福尔摩斯不耐烦地转身就走。

“是的，我低估了你的智力。好，午安。”

“等一等！你要去哪儿？”

“去苏格兰场。”

我们还没有走到门口，她就赶上我们拉住他的胳臂。她的态度一下子从强硬软了下来。

“过来坐下，先生们，让我们好好讨论一下这件事情。福尔摩斯先生，我感觉我可以对你说实话。你有绅士的风度，女人的直觉一向很准。我会像朋友一样对待你的。”

“我不能保证同样对待你，夫人。我不是法律，可是在我的微弱的能力范围内，我是正义的代表。我愿意聆听，接着我会告诉你我会如何行动。”

“毫无疑问，威胁你这么一个勇敢的人是愚蠢的。”

“夫人，真正愚蠢的是，你把自己托付给一帮可能会勒索或者出卖你的流氓手中。”

“不，不！我还没那么简单。因为我已经答应讲实话了，我可以说，除了巴内和他妻子苏珊外，没有人知道他们的雇主是谁。至于他们，哦，这不是第一次了——”她笑着俏皮地点了点头。

“我知道了，你以前已经考验过他们。”

“他们是不会走漏风声的好猎犬。”

“这种猎犬迟早会咬到喂养它们的手。他们将会因为这次入室行窃而被捕。警察已经找他们了。”

“他们会接受发生在他们身上的任何事，那是他们受雇的条件。在这件事情里我不会露面。”

“除非我把你牵扯进去。”

“不，不，你不会的，你是个绅士，你不会揭发一个女人的秘密。”

“那么，你必须归还手稿。”

她突然咯咯地轻声笑了起来，然后走向壁炉。她用拨火铁棒拨起一堆烧焦的东西。“我应该把这个还回去吗？”她问道。她站在我们面前面带挑战地笑着，看起来是如此无赖和高贵，我感觉在福尔摩斯所有的罪犯中他会发现这位是最难对付的了。可是，福尔摩斯却无动于衷。

“那就决定了你的命运。”他冷冷地说道，“你行动很迅速，夫人，可是你这次做得过分了。”

她啪的一声扔下拨火棍。

“你真够铁石心肠的！”她大声叫道，“要不要我告诉你全部经过？”

“我想我倒可以说给你听。”

“可是你必须站在我的角度看待这件事，福尔摩斯先生。你必须意识到，从一个女人的观点来看，她如何能眼睁睁地看着自己一生的雄心在最后一刻被毁掉？女人保护自己有什么过错吗？”

“起因却是你。”

“是的，是的，这一点我承认。道格拉斯是一个可爱的孩子，可是很凑巧，他不适合我的计划。他想要结婚——结婚，福尔摩斯先生——跟一个不名一文的平民结婚，什么都不能满足他。后来他变得蛮横了。因为我已经付出过，他好像认为我必须依然付出，而且只给他一个人。这是我无法忍受的，最后我只好让他认清现实。”

“雇佣恶棍在你的窗户下面殴打他？”

“好像你的确是什么都知道了。好吧，是真的，巴内和那些小伙子们把他赶走了，我承认这么做确实有些粗暴。可是你知道他后来做了些什么吗？我怎么能够相信一个绅士会干出这样的事情来？他写了一本书来描述自己的故事。当然，我是狼，他是羊羔，他都写在里面了，当然是用不同的名字，但是全伦敦谁看不出来呢？对这个你怎么说，福尔摩斯先生？”

“哦，他在他的权利范围之内。”

“就好像意大利的空气钻进了他的血液里，还带来了古老的意大利残忍精神。他给我写信，还给我寄了一份他写的书的副本，目的是让我受到折磨。他说一共有两份——一份给我，另一份送给他的出版商。”

“你怎么知道出版商没收到？”

“我早知道他的出版商是谁了。你知道这不是他唯一的小说。我发现他还没收到意大利的来信。后来道格拉斯暴死。但只要另外一份原稿还在世上，我就不会安全。自然，稿子肯定是在他的财物中，必然会交给他母亲。我就让那帮人行动起来，其中一个人设法进入房子当女仆。我只想老老实实地做事情，我真的是这么做的。我情愿把房子和里面的所有东西都买下，我会出任何她想要的价格。当其他所有办法都失败后，我只有试试其他手段了。现在，福尔摩斯先生，就算我对道格拉斯太铁石心肠——天知道我是多么抱歉！——可是在我全部危如累卵的未来面前，我还能做些什么呢？”

福尔摩斯耸耸肩。

“好吧，好吧，”他说，“我想我又会像往常那样私了了。在头等舱里环游世界需要多少钱？”

那位女士惊异地瞪大了眼睛。

“五千英镑可以吗？”

“好的，我想确实可以了！”

“很好。我想你可以为那件事给我签一张支票，我将保证转交给麦伯利太太。你有责任帮她换换环境。同时，女士，”他晃着食指警告着说，“小心！小心！你不可能永远玩刀弄枪而不砍伤你那精致的双手的。”

苏塞克斯吸血鬼

福尔摩斯仔细阅读了一封刚刚寄给他的信件，接着，淡淡地一笑，这笑几乎接近嘲笑了。他把信扔给了我。

“作为现代与中古代、实际与狂想的混合物，我认为它全都占尽了，”他说道，“你怎么理解它，华生？”

我读道：

老犹太街46号，十一月十九日

吸血鬼事件

先生：

我们的客户，民辛巷费格斯—缪尔黑德茶叶代理商罗伯特·费格斯先生，今日来函询问有关吸血鬼的事情。因我公司专营机器评估业务，此事不在我们的经营范围之内，因此我们介绍费格斯先生拜访您以释惑。我们没有忘记您经办马蒂尔达·布立葛丝案件获得的成功。先生，我们是您忠实的莫里森，莫里森—多德公司。

经办人 E.J.C.

“马蒂尔达·布立葛丝不是一个少女的名字，华生。”福尔摩斯提醒道，“那是一条船，和苏门答腊巨鼠有关，那是个会让世界震惊的故事。关于吸血鬼我们知道什么呢？那也不是我们的业务范围。但是，不管什么事情总比闲着好。看起来我们的确进入格林兄弟的童话故事了。华生，帮下忙，看看‘V’说了些什么。”

我向后靠去取下那本巨大的索引册子拿给他。福尔摩斯把它放在腿上，双眼缓慢而亲切地翻阅着那些旧日的案件，里面积累了他一生的信息。

“格洛里亚·斯科特号航程。”他读道，“那是件不幸的事情，我有些印象，你做了记录，华生，尽管我对结局不是很满意。伪造者维克多·林奇，毒蜥蜴或者大毒蜥，很不寻常的案子。马戏团的美女维特多利亚。范德比尔特和抢劫金库者、毒蛇、奇人锻工维格尔。哈！哈！多棒的老索引，你是一流的，华生。听听这个，匈牙利吸血术，还有特兰西瓦尼亚吸血鬼。”他急切地翻着这些纸张，然而只专心了一会儿，就异常失望地把那本大书扔开了。

“胡说八道，华生，废话！那些只能钉穿他们心脏让他们待在棺材里的僵尸和我们有什么关系？简直愚蠢透顶。”

“可是，”我说道，“吸血鬼并不一定是死人，活人也可能有那种习惯。举个例子，我就曾经读到有老人喝年轻人的血，以保留他们的青春。”

“你是对的，华生，这里面就提到这种传说了。可是我们应该严重关注这种事情吗？这个代理商是直接站在地上的，那就必须待在上面。这个世界对我们来说已经足够大了，不需要什么鬼魂。我看我们不能把费格斯的话当真。可能这封信是他写的，也许从中能知晓一点困扰他的问题是什么。”

他从桌子上拿起第二封信，在他专注于第一封信的时候并没有注意到它。他面带微笑开始读起来，读着读着脸色逐渐变得异常感兴趣和专注起来。看完后他靠在椅子上陷入了沉思，那封信还夹在他手指之间晃动着。过了好一会儿，他猛地从冥想中醒过来。

“兰伯利，奇斯曼庄园。兰伯利在什么地方，华生？”

“在苏塞克斯，霍尔舍姆南部。”

“不是很远吧？那么奇斯曼庄园呢？”

“我比较熟悉那里的乡村、河流。那里到处都是以几个世纪前建造它们的人命名的老房子，像奥德利庄园、哈维庄园、凯立顿庄园——那些人早就被遗忘了，可是他们的名字通过他们的房子留下来了。”

“很好。”福尔摩斯冷淡地说。那是他自负和沉默寡言的怪癖之一，虽然他会悄无声息和精确地把任何新信息都装进脑子里，但却很少对提供者表示感谢。“我认为我们会对兰伯利的奇斯曼庄园有更多了解的。这封信，正如我期望的那样，是费格斯写的。顺便说一下，他还声称和你认识呢。”

“认识我？”

“你最好自己看看吧。”他把信递过来。信的开头就是他刚才提到的那个地址。

福尔摩斯先生：

我的律师向我推荐您，可是事情确实过于复杂，很难说清。这是关于一个朋友的事情，我是代表他来谈的。这位先生五年前娶了一位秘鲁小姐，她是一位秘鲁商人的女儿，我朋友是在进口硝酸盐的过程中认识她的。那位小姐非常漂亮，可是由于她的外国国籍和宗教信仰总是在夫妇间引起兴趣和感情上的隔阂。结果，过了一段时间后，他对她的喜爱就冷淡下来了，他可能认为他们的结合是一个错误。他感到她的性格里有些他永远无法知晓和明白的地方，这是非常痛苦的，因为作为一个普通人能拥有这样充满爱意的妻子——无论从哪方面看都应该是绝对忠诚的。

现在谈关键问题，详细情况与您见面后再详谈。其实，这封信只是给您介绍一下大致情况，以便确定您是否有兴趣经办此事。最近这位女士开始表现出一些与她温柔体贴的天性非常不符的奇怪行为。这位先生结过两次婚，第一个妻子为他生了个儿子，现在已经十五岁了，尽管小的时候他不幸受过伤，但他是一个十分可爱且重感情的孩子。有两次，他的妻子被发现无缘无故地殴打这个可怜的孩子。一次是用棍子打他，在胳膊上留下一大块隆起的伤痕。

然而，与她对待自己不到一岁的孩子相比，这还算是件小事。大约一个月前，有一次婴儿的保姆刚刚离开几分钟，就听见孩子突然痛苦地大声哭起来，保姆急忙跑回来，一进屋就看见她的女主人，正弯着腰，显然是在咬孩子的脖子，上面有一个小伤口，正往外流着血。保姆吓坏了，想去叫男主人，可是那位女士恳求她不要那样做，还给了她五英镑作为奖赏，让她保守秘密。她也没有给出任何解释，事情暂时就这样过去了。

然而，这件事情给保姆留下了非常可怕的印象，从那以后她就开始严密留意女主人的行动，并且把婴儿看得更紧了，她是如此喜爱这个孩子。她觉得当她监视孩子母亲的时候，母亲也在监视着她，每次只要她一离开婴儿，剩下他一人时，母亲就立刻跑到孩子跟前。保姆日夜守护着婴儿，而母亲也夜以继日地潜伏等待着，就像恶狼埋伏在小羊羔周围一样。在您看来这是难以置信的事情，可是我请求您严肃地对待它，因为一个婴儿的生命和一个男人的精神都要依靠它了。

终于，那可怕的一天来临了。保姆的神经再也支撑不住了，她把一切都告诉了男主人。对他来说，这简直就是一个疯狂的传说，可能就像您现在的感觉一样。他知道他的妻子是一个充满爱心的人，除了那次殴打她的继子外，她一直是个充满爱心的母亲，她怎么可能伤害自己视若珍宝的孩子呢？他跟保姆说这些都是她的幻觉，她的这些怀疑是极其愚蠢的，她对女主人的诽谤是无法容忍的。正在他们谈话的时候，突然，婴儿痛苦的哭声响了起来。保姆和男主人一起跑进婴儿室。想象他的感觉吧，福尔摩斯先生。只见他妻子从婴儿床边跪着站了起来，孩子裸露的脖子上流着血，床单上也有血。当他把妻子的脸转向灯光，看见她嘴周围全都是鲜血时，他恐惧得大叫起来。就是她——毫无疑问是她吸了可怜的孩子的血。

事实就是这样。她现在就待在自己屋子里不出来，也没有作出任何解释。她的丈夫已经快要疯了。他和我除了听过吸血鬼这个名字外，对它几乎什么都不知道。我们原以为那只是国外的一种野蛮的传说，可是就在英国的苏塞克斯发生了这种事。好了，所有这些还是明天上午再与您讨论吧。您会接见我吗？您能用您足智多谋的能力去帮助一个惊慌失措的人吗？如您愿意，请回电兰伯利，奇斯曼庄园，费格斯。我将明天上午十点之前赶到您的住所。

您忠诚的罗伯特·费格斯

又及：我记得您的朋友华生曾经为布莱克希斯橄榄球队打过球，那时我是里士满队的中锋。这是我能提供的唯一私人方面的交情。

"我当然记得他，"我放下信说道，"大个子鲍勃[1]·费格斯，他是里士满队最棒的中锋。他是个非常和蔼的人，就像现在他这样关心一个朋友的事情一样。"

福尔摩斯若有所思地看着我，摇了摇头。

"华生，我从来都没有摸透过你的想法，"他说，"你总是有些我意想不到的潜力。下去发一封电报，要像一个热忱而令人感到亲切的人一样。电文是：'乐意承办你的案子。'"

"你的案子？"

"我们不能让他以为这是一家低能的侦探所。这当然是他的

① 鲍勃（Bob）是罗伯特（Robert）的昵称。——编者注

案子。请你给他发电报，其他事情留到明天早上再说了。”

第二天上午十点钟，费格斯准时迈着大步走进我们的房间。我记得他是一个身材细长、四肢修长、行动迅速的人，善于绕过对方后卫。相信再也没有比这更痛苦的事情了，就是遇到一位在顶峰时期你认识的优秀运动员现在已经彻底消失了。他魁梧的身躯已经坍陷下去了，亚黄色的头发也不多了，肩膀也已经弯曲了。恐怕他对我的印象也是如此吧。

“嗨，华生，”他说，声音依然是那么深沉和亲切，“你可一点不像我当初在老鹿公园说服你加入队伍时的身子骨了。我猜我也有点变化了。但是就是最近这一两天让我变老的。福尔摩斯先生，从你的电报中我看出，我自称是别人的代表再也没有用了。”

“直截了当更简单些。”福尔摩斯说道。

“当然是这样。可是你能想象到，当你谈论一个你一定要保护和帮助的女人的时候是多么困难啊。我能做些什么呢？我怎么能去找警察说这件事呢？而且孩子们也需要保护。福尔摩斯先生，那是疯了吗？是遗传吗？你经历过相似的案子吗？看在上帝的分上，给我一些建议吧，因为我一点办法都没有。”

“很自然，费格斯先生。请你先坐下来，冷静一下，清楚地回答我几个问题。我能向你保证，我不是毫无办法，而且，我相信我们一定会找到答案的。首先，告诉我，你已经采取了什么措施，你的妻子依然和婴儿接近吗？”

“那是一个非常可怕的场景。福尔摩斯先生，她是一个非常有爱心的女人。她是衷心地爱着我的。知道我发现了这个可怕的、不可思议的秘密后，她伤透了心。除了带着疯狂的眼神盯着我之外，她甚至连话都不说了，完全不理睬我的责问，她的眼睛看起来是如此绝望，接着她就迅速跑回她的房间，把自己反锁在里面，从此一直拒绝再和我见面。她有一个女仆，结婚前就和她在一起，名字叫德洛丽丝，她更像是一个朋友而不是一个仆人，她给我妻子送饭。”

“因此孩子目前没有危险吧？”

“保姆梅森太太发誓无论白天和黑夜都不再离开婴儿，我可以完全放心她。更让我担忧的是可怜的小杰克，因为正如我在信中告诉你的那样，他曾经被她殴打过两次。”

“但是从来没有受过伤？”

“没有。她打他很野蛮。更让人感到可怕的是，他只是一个可怜的不伤人的瘸子。”当费格斯谈论到他儿子的时候，憔悴的脸色变得温和起来，“你应该能想到，这个亲爱的孩子的情况会让任何人都心软的。童年的时候脊椎摔坏了，福尔摩斯先生，可他是最可爱和最充满爱心的人。”

福尔摩斯拿起昨天的那封信，又重读了一遍。

“费格斯先生，你家里还有些什么人？”

“有两个刚来不久的仆人。还有一个叫迈克尔的马夫，也住在屋里。我的妻子，我，我儿子杰克，婴儿，德洛丽丝，梅森太太，就这些。”

“我想在你结婚的时候你对你妻子还不是太了解吧？”

“我仅仅认识她几个星期。”

“这个女仆德洛丽丝和她在一起多长时间了？”

“有几年了。”

“因此德洛丽丝对你妻子的性格应该比你更了解？”

“是的，可以这么说。”

福尔摩斯做了记录。

“我想，”他说道，“我在兰伯利比在这里更有用些。这是个非要亲自调查的案件。如果那位女士一直待在她的房间里，那么我们的出现就不会打扰或者给她带来不便。当然我们会住在旅馆里。”

费格斯放松了许多。

“福尔摩斯先生，那正是我希望的。如果你能来的话，两点钟有一列舒适的火车从维多利亚出发。”

“我们当然要来的。目前没有事情，我可以专心尽力帮助你。华生自然也跟我们一起去。但是，在我动身出发之前，有一两个关键点我必须弄清楚。按照我的理解，这位不幸的女士已经袭击过两个孩子，包括你的儿子和她自己的婴儿吗？”

“是的。”

“可是袭击的方式不同，是吗？她是殴打你的儿子。”

“一次是用棍子，还有一次是用手野蛮地打。”

“她对打他作出过解释吗？”

“没有，只是说她恨他，她反复这样说。”

“哦，那在继母中是常有的事情，我们可以叫它‘对死者的妒嫉’。她天生就是一个爱妒忌的女人吗？”

“是的，她嫉妒心很强，就像带着她那种火热爱情的力量来嫉妒的。”

“但是那个孩子——他十五岁了，我明白了，因为他的身体活动受到限制，可能他的智力发育得很好吧。难道他也没有向你解释被殴打的原因吗？”

“没有，他声称那是毫无原因的。”

“在其他时候他们关系很好吗？”

“不好，他们之间从来没有感情。”

“可是你说他是一个重感情的孩子？”

“世上再也没有像他那样忠心的儿子了。我就是他的生命，他对我的言行十分关切。”

福尔摩斯再次记了下来，他又思考了一会儿。

“第二次结婚之前，你和儿子的感情可能很深厚吧。你们时常在一起，是不是？”

“是的。”

“那么这个孩子如此重感情，毫无疑问，他一定深爱他的母亲了？”

“深爱。”

"看来他肯定是一个非常有意思的孩子。还有一点关于殴打的问题，这些对婴儿的奇怪攻击和对你儿子的殴打是在相同时间发生的吗？"

"第一次情况是这样的，她好像发疯了，对两个孩子都大发脾气。第二次只是杰克挨了打，梅森太太没有抱怨婴儿出了什么事。"

"那这就是件很复杂的事情了。"

"我没有明白你的意思，福尔摩斯先生。"

"没关系，我只是暂时做了些假设，需要时间和证据去验证它们。这是个坏习惯，费格斯先生，但人总是有缺点的。我恐怕你的老朋友把我的科学方法描述得夸张了。不管怎样，以目前的情况来看我只能说，你的问题对我来说似乎并不是个难题，今天下午两点你在维多利亚车站等我们。"

这是十一月一个雾蒙蒙的傍晚。我们把行李放在兰伯利的契克斯旅馆后，就驾车穿过苏塞克斯郡一条长长的弯曲的小路，来到费格斯居住的那座偏僻而古老的庄园，这是一座巨大的传统建筑，中间的部分非常古老，而两边的建筑很新，有都铎式高耸的烟囱和爬满了苔藓的高高的霍尔舍姆石板。门阶已经凹陷，门廊老式的瓷砖上刻有奶酪的组画和原建造者的图像。室内，沉重的橡木制横梁支撑着天花板，不平坦的地板凹下去显出曲线。这座摇摇欲坠的房子到处弥漫着一种陈年的腐气。

费格斯把我们带进一间相当宽大的中央客厅。这里有一座巨大的、罩着铁栅栏的旧式壁炉，上面刻着“1670”的字样，里面的熊熊火焰发出嘶嘶的声音。

我向房子四周望去，这里简直就是时代和地域的大杂烩。半截的镶木板是十七世纪原来的农庄主装的。在墙较低的部分挂着一排精选的现代水彩画。而上面，黄色的石膏代替了橡木板，那儿挂着一些精美的南美洲器皿和武器，毫无疑问是楼上那位秘鲁女士带来的。福尔摩斯站起来，他热切的内心散发出机敏的好奇心，非常小心仔细地研究这些东西。他看完之后，眼睛里充满了思考。

“嘿！”他突然叫道，“嘿！”

一只长耳垂毛狗本来躺在角落的篮筐里面，这时正朝主人慢慢爬过去，行动非常吃力。它的后腿瘸着，尾巴拖在地板上，想去舔费格斯的手。

“怎么了，福尔摩斯先生？”

“这条狗。它有什么毛病？”

“兽医也不知道怎么回事，一种麻痹症，他认为可能是脊椎脑膜炎，但是这病正在消退。它很快就会好的——是不是，卡尔罗？”

这条狗耷拉下去的尾巴颤抖了下表示赞同。它那令人伤心的眼睛扫望着我们，仿佛知道我们正在讨论它的病。

“这是突然发生的吗？”

“一夜之间。”

“多久以前？”

“可能有四个月了吧。”

“非常奇怪，很有启发性。”

“你看出什么问题了吗，福尔摩斯先生？”

“它证实了我早已有的想法。”

“看在上帝分上，你想到了什么呀，福尔摩斯先生？对你来说可能只是一种智力游戏，但对我却是生死攸关。我的妻子可能成为杀人犯，我的孩子时刻处在危险之中！福尔摩斯先生，不要跟我玩把戏，这太可怕了。”

这个大个子中锋全身颤抖起来。福尔摩斯把手放在他肩膀上安慰地说道：“不管结果如何，恐怕你的痛苦都是在所难免的。我将尽全力减轻你的痛苦。现在我不能多说什么，可是我希望在离开这所房子之前能够给你明确的答案。”

“但愿如此！先生们，请原谅，我要上去到我妻子的房间里看看她有什么变化。”

他离开了几分钟，在这期间，福尔摩斯重新去研究那些挂在墙上的稀奇古怪的东西了。主人回来了，从他那阴沉的脸色可以看出，没有取得任何进展。他带来一位个子高高的、苗条的黄脸姑娘。

“德洛丽丝，茶已经准备好了，”费格斯说，“看好你的女主人，她想要什么就给她什么。”

“她病得很重，”那个姑娘大声说道，两眼愤怒地瞪着她的主人，“她不吃东西。她病得很厉害，她需要医生。我一个人跟她在一起感到害怕。”

费格斯眼睛带着询问的目光看着我。

“如果我能帮上忙，我会很荣幸的。”

“你的女主人愿意见华生医生吗？”

“我带他去。我不需要询问，她需要医生。”

“那么我立刻和你去。”

那个姑娘心情激动得有些颤抖，我跟着她走上楼梯，沿着一条古老的走廊，在尽头有扇带有铁夹锁的厚重的门。我看着它心里一惊，如果费格斯想硬闯进他妻子的房间可不是件容易的事情。那个姑娘从口袋里拿出一把钥匙，沉重的橡木制门板随着铰链吱吱的响声打开了。我穿过门走进去，她迅速跟进来，又把门锁上了。

床上躺着一个女人，显然在发高烧。她几乎已是昏迷不醒了，可是我一走进来，她就抬起那双惊恐而美丽的眼睛，害怕地盯着我。见是陌生人，她似乎放心了，然后长叹一声又躺在枕头上了。我走上前去说了几句安慰的话，她就静静地躺在那里让我测量脉搏和体温了。两者都很高，然而在我的印象中，这种情况只是由于精神紧张和兴奋所致，并不是什么疾病。

“她就这样躺着有一两天了，我害怕她死了。”那个姑娘说。

女主人把她绯红而清秀的脸转向我。

“我丈夫在哪儿？”

“他在楼下，想见你。”

“我不要见他，我不要见他。”接着她好像失去理智了，“恶魔，恶魔！我该怎么对付这个魔鬼啊？”

“我能以任何方式帮助你吗？”

“不，没有人帮得了忙。完了，全都完了，无论我做什么，全都完了。”

这个女人肯定处在奇怪的妄想当中。我无法看出，老实的鲍勃·费格斯怎么会有恶魔或者魔鬼的性格。

“太太，”我说道，“你丈夫是非常爱你的。对这种意外他十分痛苦。”

她再次把她美丽的眼睛转向我。

“他爱我，是的。可是难道我不爱他吗？难道我不是爱他，即使宁愿牺牲我自己也不愿意伤害他的心吗？我就是那样爱他的啊，可是他居然会那样想我——那样说我。”

“他极其悲痛，可是他不能理解。”

“是的，他是不能理解，但是他应该信任我。”

“你愿见见他吗？”

“不，不，我无法忘记他说的那些可怕的话，还有他的脸色，我不会见他，现在请你走吧，你帮不了我任何忙。只告诉他一件事，我要我的孩子，我有权利要回我的孩子，这是我唯一留给他的话。”她把脸转过去面对着墙，不再说一句话了。

我返回楼下的房间，费格斯和福尔摩斯依然坐在壁炉旁边，费格斯生气地听着我描述见面的情景。

“我怎么会把孩子交给她呢？”他说，“我怎么知道她会不会再做出那种奇怪的举动呢？我怎么能够忘记她从孩子身旁站起来的时候嘴唇沾满了他的血的情形呢？”这些回忆让他直发抖，“孩子在梅森太太那儿是安全的，他必须待在那儿。”

一个伶俐的女仆端着茶点进来了，她是这庄园里我们唯一见到的时髦人物。当她开门的时候，一个少年也跟着进来了。他是一个不同寻常的孩子，脸色苍白，头发金黄，一双容易激动的浅蓝色眼睛，一看见他的父亲就突然迸发出强烈的激动和喜悦的光芒。他跑过去用胳膊搂着他的脖子，就像一个充满热情的女孩。

“爸爸，”他叫道，“我不知道你已经回来了，要不我已经在这儿等你了。哦，见到你真高兴！”

费格斯多少有些尴尬地温柔地松开他。

“亲爱的好孩子，”他用手轻轻地抚摸着他浅黄色的头发说道，“我早回来是因为我的朋友福尔摩斯先生和华生医生愿意和我们共度一晚。”

“那位是侦探福尔摩斯先生吗？”

“是的。”

这个男孩目光敏锐地看着我们，而在我看来，是充满敌意地看着我们。

“费格斯先生，你的另外一个孩子怎么样了？”福尔摩斯说道，“我们是否可以见见他？”

“叫梅森太太把婴儿抱来。”费格斯说。这个男孩以一种奇怪而拖沓的步态走开了，以我外科医生的眼光看，他患有脊椎软骨病。不一会儿他就回来了，后面跟着一个高大憔悴的女人，怀里抱着一个非常漂亮的婴儿，乌黑的眼睛，金黄色的头发，是撒克逊和拉丁血统的精彩混合。费格斯显然非常疼爱他，因为他一见到他就把他抱到自己怀里非常温柔地爱抚着。

“难以想象会有人忍心伤害他。”当他低头看着那个小天使脖子上微小和发炎的皱痕时低声轻语道。

就在这片刻，我碰巧瞥见福尔摩斯脸上呈现出特别专注的神情。他的脸就像老的象牙制品那样纹丝不动，他的眼睛只瞥了一会儿父亲和儿子，然后就带着强烈的好奇心盯着房子里另外一边。顺着他的目光看去，我只能猜他是在望着窗外那让人忧郁的、湿淋淋的花园。而事实上百叶窗是半开着的，外面什么也看不到，可是福尔摩斯依然聚精会神地盯着窗户，接着微微一笑，目光又回到婴儿身上。在他胖乎乎的脖子上有块小伤痕。福尔摩斯没有说一句话，只是仔细观察伤口。最后他摇了摇在他面前晃动着的圆乎乎的小拳头。

“再见，小伙计，你的生命有一个非常奇特的起点。保姆，我需要和你私下说几句话。”

他带着她到一边去诚挚地谈了几分钟。我只听到最后一句是：“我想你的担心很快就会解除了。”那个女人好像是一个脾气有点倔强、不爱说话的人，随后她就抱着孩子离开了。

“梅森太太是个怎么样的人？”福尔摩斯问。

“表面看起来不怎么引人注意，就像你看到的那样。但她是个好心人，非常疼爱这个孩子。”

“杰克，你喜欢她吗？”福尔摩斯突然问那个男孩。男孩富于多变的表情立刻阴沉起来，他摇了摇头。

“杰克喜好分明，”费格斯用胳膊搂着孩子说，“幸好我是他喜欢的人之一。”

孩子咕哝着把头依偎在他爸爸的胸口。费格斯轻轻拉开他。

“出去玩吧，小杰克。”他说，然后用充满爱意的目光一直目送他出去。当孩子离开后，他接着说，“现在，福尔摩斯先生，我真觉得让你白跑了一趟，因为除了表示同情之外你又能做些什么呢？从你的观点来看，这肯定是一个极其微妙和复杂的案子。”

“它的确很微妙，”我朋友被逗笑了，说道，“可是到现在我还没觉得它有多么复杂。它是一个需要智力推理的案子，但是最初的推理一点一点被大量独立的事情证实后，那么主观就变成客观了，我们就能自信地说我们已经达到了目的。实际上，在我们离开贝克街之前，我已得出结论了，剩下的只不过就是观察和验证而已。”

费格斯把他的大手放在布满皱纹的额头上。

“看在上帝的面上，福尔摩斯先生，”他急得嗓子都哑了，

“如果你能看出这件事情的真相，别再让我心神不宁了。我的处境怎样？我该做些什么？我一点都不管你是怎么发现事实的，只要你真的已经发现事实了。”

“当然我会向你解释的，你会知道的。但是你总得允许我用自己的方式处理吧？华生，那位女士的状况可以接见我们吗？”

“她病了，可是相当理智。”

“非常好。只有当着她的面我们才能弄清事实，让我们上楼去见她吧。”

“她不愿意见我。”费格斯大声说道。

“哦，不，她会的。”福尔摩斯说。他在一张纸上快速写了几行字。“华生，至少你可以进去，你愿意把这张条子交给那位女士吗？”

我再次走上楼去，德洛丽丝谨慎地把门打开了，我把纸条交给她。一分钟后我听到里面响起了像是高兴和惊讶混合的高呼声。德洛丽丝探出头来。

“她愿意见他们，她愿意聆听。”她说。

我把费格斯和福尔摩斯叫上来。我们一进屋，费格斯就朝他的妻子走了一两步，但是他妻子已经在床上坐起来用手制止了他，他一下子坐在沙发上。福尔摩斯向那位女士鞠了一躬，然后在她丈夫身边坐了下来。她睁大眼睛惊奇地看着福尔摩斯。

“我想现在我们不需要德洛丽丝了吧，”福尔摩斯说，“哦，好的，太太，如果您愿意她留下来我也没意见。好，费格斯先生，我是一个有许多人拜访的忙人，我的方式不得不简短和直接。手术越快，痛苦越少。第一我要说的会让你放心的，你的妻子是一个非常善良、非常有爱心和受了非常大的冤屈的人。”

费格斯高兴地站起来欢呼。

“福尔摩斯先生，如果那是真的，我会永远感激你的。”

“我会做到的，可是这样做我不得不在另一方面深深地伤害你。”

“只要你洗清我妻子的罪名，其他的什么我都不在乎。世上一切别的东西和它比起来都是无关紧要的。”

“那么，让我告诉你在贝克街时我心里的推理过程。在我看来吸血鬼的说法是荒谬的，在英国犯罪史上这种事情从来没有实际发生过。可是你的观察是对的，你看见这位女士从婴儿床边站起来，嘴上都是血。”

“是的。”

“难道你没有想过，吸吮流血的伤口除了吸血之外还有其他目的吗？英国历史上不是有位女王用嘴把毒从伤口里面吸出来吗？”

“毒？”

“一个南美洲家族。在我看到这些挂在墙上的武器之前，我的直觉就感到它们的存在了。也可能是其他毒药，可是我最先想到的就是那些。当我看到那个小鸟弓旁边的空箭匣时，我一点也不奇怪，那正是我希望见到的东西。如果婴儿被这种蘸了箭毒或者其他剧毒的箭扎伤后，不立即把毒药吸出来的话会致命的。

“还有那条狗！如果一个人想利用这种毒药，难道他不会事先试验一下看看是否有用？我没有预见到这条狗，可是我至少一看就明白了，它和我的推理十分吻合。

“现在你明白了吧？你的妻子担心这种攻击。她看见它发生了，并且救了孩子的命，可是她却避免告诉你真相，因为她知道你是多么爱你的儿子，她唯恐伤到你的心。”

“杰克！”

“刚才你抚爱婴儿的时候我观察了他。他的脸清楚地映在窗户的玻璃上，那儿有百叶窗做背景。我看到了如此强烈的妒嫉和冷酷的憎恨，那是在人类脸上难得一见的。”

“我的杰克！”

“你不得不面对它，费格斯先生。这是非常痛苦的，因为它是被扭曲的爱，一种疯狂夸张的对你的爱，可能对他死去的母亲也是如此，正是这促使他行动。他的心灵完全被对这个漂亮的婴儿的仇恨给吞噬了，婴儿的健康正反衬出了他的残缺。”

“天啊！真是难以置信！”

“太太，我说的是事实吗？”

那位女士正在哭泣，她的脸埋在枕头里，这时她抬起头看着她的丈夫。

“我怎么告诉你呢，鲍勃？我感到你会受到严重打击。我就等待别人来告诉你，这比我自己告诉你要好得多。当这位先生写道他知道全部时，我非常高兴，他好像有神奇的力量。”

“我想在海上航行一年可以改善杰克的状况，这是我的药方。”福尔摩斯说着站了起来，“只有一件事还不是很明白，太太。我们非常理解你殴打杰克，母亲的容忍也是有一定限度的，可是这两天你怎么敢离开婴儿呢？”

“我已经告诉了梅森太太，她知道了。”

“原来如此，我想也是这样。”

这时费格斯已经站在床边，他伸出的双手颤抖着，已经泣不成声。

“这个，我想，是我们退场的时候了，华生，”福尔摩斯轻声说道，“如果你愿意挽着如此忠实的德洛丽丝的那只胳膊，我挽着这只。好了，走。”关上门之后他又补充道：“我想我们应该让他们自己解决剩下的问题吧。”

关于此案，我只有一点需要补充，就是福尔摩斯回复故事开始时那封来信的回件，内容如下：

贝克街，十一月二十一日

有关吸血鬼事由

尊敬的先生：

有关您十九号的来函，我被请求调查了您的顾客——敏兴大街，费格斯·缪尔黑德茶业代理商罗伯特·费格斯，事情已经圆满结束。万分感谢您的推荐。

夏洛克·福尔摩斯谨启

三个同姓人

这可能是场喜剧，也可能是场悲剧。它让一个人失去了理智，让我受伤流血，还让另外一个人受到了法律的惩罚。可是这里面无疑还有些喜剧的成分。好吧，让读者们自己判断吧。

那个日子我记得非常清楚，因为那是在福尔摩斯拒绝了因立功被封为爵士身份的同月里发生的事情，他要被封爵这件事或许来日我会写出来的。我只是顺便提及这件事，因为站在伙伴和知心朋友的位置上，我不得不特别小心，避免任何不慎重的举动。然而，我再重复一遍，正是这件事情让我记牢了那个日子，那是一九〇二年六月底，就在南非战争刚刚结束后。福尔摩斯一连好几天都躺在床上，这是他时不时的习惯，可是有一天早晨他手里却拿着一张长长的大页纸文件出来了，严峻灰色的眼睛里闪烁着兴奋的目光。

“华生，这儿有一个让你挣钱的机会，”他说，“你曾经听说过加里德布这个名字吗？”

我承认我没有听说过。

“好吧，如果你能抓住加里德布，就会有钱赚了。”

“为什么？”

“啊，说来话长了——也有些异想天开。我认为在我们探索人类复杂性的经历中，还从来没遇到这样突出的事情呢。这个家伙不久就会来接受我们的盘问了，所以在他来之前对这件事情我暂且不多说，可是，同时这个名字我们是要查一查的。”

电话簿就放在我旁边的桌子上。我相当不抱希望地翻阅着。但让我感到惊愕的是，在应该出现它的位置上还真有这么个奇怪的名字。我得意地叫了起来：

“在这儿！福尔摩斯，在这儿！”

他把电话簿从我手中拿过去。

“N·加里德布，”他念道，“西区小莱德街136号。抱歉让你失望了，华生，这是来信者的地址。我们要再找一个来匹配。”

这时赫德森太太拿着托盘走了进来，上面放着一张名片。我把它拿起来看了一眼。

“有了，在这儿！”我惊奇地叫道，“这是个不同的开头字母。约翰·加里德布，法律顾问，美国堪萨斯州穆尔维尔。”

福尔摩斯一看名片就笑了。“我恐怕你必须努力再找另外一个，华生，”他说道，“这位先生早就是计划之内的，我确实没有预料到他今天早上会来。不管怎么说，他能够告诉我们大量我想知道的事情。”

过了一会儿，他就进来了。法律顾问约翰·加里德布先生是一个身材矮小却强壮的男人，长着一张生机勃勃、没留胡子的圆脸，充满了美国很多从事这种事务的人的那种典型特征，给人的总体印象是胖乎乎和有些孩子气，是一个不寻常的笑容可掬的青年。然而，他的眼睛总是那么引人注目，我很少看见他这么一双能反映内心生活热情的眼睛，那么警觉和灵敏，反映出思想的每一点变化。他是美国口音，但是并不怪。

“哪位是福尔摩斯先生？”他来回打量着我们问道，“啊，是的，如果我可以这么说，你的照片和你很像，福尔摩斯先生。恕我冒昧，我认为你收到了一封来自跟我同名的人的信，内森·加里德布先生，是不是？”

“请坐，”福尔摩斯说，“我想我们之间有很多话题可以讨论。”他拿起他的那张大书写纸。“当然，你是这份文件中提到的约翰·加里德布先生。想必你到英国已经有一段时间了吧？”

“你为什么那样说，福尔摩斯先生？”

我好像在他那富于表现力的眼睛里看到了突然的猜疑。

“你的全套服装都是英国的。”

加里德布勉强笑了笑，说道：“我听说过你的技巧，福尔摩斯先生，可是我从来没想到我会成为你的研究对象。你是怎么知道的？”

“你大衣肩胛的部分，你鞋子的前脚跟——谁能看不出来呢？”

“好，好，我还真不知道我是一个这么明显的英国人形象。不久前因公务我才来到这里，所以，就像你说的，我的服装差不多都伦敦化了。然而，我猜你的时间是很珍贵的吧，我们见面并不是为了讨论我的袜子款式。说说你手里的文件是怎么回事吧？”

福尔摩斯有些激怒了我们的客人，他那胖乎乎的脸已经变得远不是那么好脾气了。

“耐心，耐心些，加里德布先生！”我朋友用安慰的口气说道，“华生医生会告诉你，我的这些小小的离题有时候被证明是很解决问题的。但是，为什么内森·加里德布先生没有跟你一起来呢？”

“为什么他总是把你给扯进来呢？”我们的客人突然发起火来，“这事和你又有什么关系？这是两个绅士之间生意上的一点小事儿，他们其中的一个人偏要找一个侦探！今天早晨我见过他，他告诉我这件他对我干的骗人的把戏，这就是为什么我到这儿的原因。尽管如此，可是还感觉很糟糕！”

“这对你并没有什么影响，加里德布先生。这只是他过于急切地想要达到你的目的——按照我的理解，这个目的对你们二人都同样重要。他知道我有获得情报的手段，因此，他过来找我是很自然的。”

我们客人脸上的怒气这才逐渐消失了。

“哦，那就不一样了，”他说，“今天上午我去见他，他就告诉我他已经找了一位侦探，我就要了你的地址马上赶来了。我不想警察插手私人事情。可是如果你愿意帮我们找出这个人，这也没有什么坏处。”

“哦，就是这么回事，”福尔摩斯说，“那么，先生，既然你在这儿，我们最好听你自己谈谈具体情况。我的这位朋友对详细情况还一无所知。”

加里德布先生以一种不是十分友好的目光打量了我一番。

“他有必要知道吗？”他问道。

“我们经常合作。”

“好吧，没有理由保守秘密。我尽量简短地告诉你实际情况。如果你来自堪萨斯州，我就不需要向你介绍亚历山大·汉密尔顿·加里德布是谁了。他是靠房地产发家的，后来在芝加哥做小麦交易生意，可是他把钱都用来买土地了，在道奇堡以西的堪萨斯河流域，足足有你们的一个郡那么大。牧场、树林、耕地、矿场，各种各样的土地，给他带来滚滚财源。

“他没有朋友，也没有亲戚——或者，如果他有，至少我从来没有听说过。可是他对自己奇妙的名字感到非常自豪。那也是我们认识的原因。我在托皮卡做法律方面的事情，有一天这个老头来拜访，因为碰见了和他同姓的人而高兴极了。这是他的癖好，他下定决心找一找，看看世界上还有没有更多的加里德布了。‘再给我找一个同姓的人！’他说。我告诉他我是一个忙人，不可能花费时间满世界去找加里德布们。‘然而，’他说，‘如果事情按照我的计划发展的话，那恰恰是你会做的事情。’我想他是在开玩笑，但是我很快就发现，他所说的话是十分重要的。

“因为他说这些话后不到一年就死了。他立了份遗嘱，这是堪萨斯州有史来最古怪的一份遗嘱了。他的财产被分成三份，如果我接受再找到两个加里德布来分享剩下的部分，我就可以得到其中的一份。每一份刚好是五百万美元，一定要我们三个人齐了，否则一分钱都不能动。

“这是一个千载难逢的机会，我干脆把律师业务放在一边，起程去寻找加里德布们。在美国一个也没找到。我走遍了全国，先生，非常仔细，可是一个加里德布也没找到。接着我就来到我的故乡。果然在伦敦电话簿上有他的姓氏。两天前我找到他，把整个事情解释给他听。但是他也是孤身一人，和我一样，有几个女亲属，可是没有男的。遗嘱里说是要三个成年男人。所以，你看，我们还差一个人，如果你可以帮忙找到，我们会立即付你报酬的。”

“哦，华生，”福尔摩斯微笑着说，“我说是有些异想天开，是吧？先生，我认为你们显而易见的方法是在报纸上的寻人启事栏登广告。”

“我已经那样做了，福尔摩斯先生，没有人回应。”

“哎呀！这的确是个非常奇怪的小问题啊。我可以在空余的时间留意一下。顺便说一下，你来自托皮卡，很凑巧，我过去有个记者朋友，现在已经去世了，就是老莱桑德·斯塔尔博士，一八九〇年他是托皮卡市的市长。”

“心地善良的老斯塔尔博士！”我们的客人说，“他的名字依然受人尊敬。好吧，福尔摩斯先生，我以为我们所能做的就是向你汇报，以便让你知道我们的进展情况。我估计一两天之内你会听到消息的。”说完这个担保，我们的美国客人就鞠躬离开了。

福尔摩斯已经点燃了他的烟斗，面带奇怪的笑容坐了一会儿。

“你觉得怎么样？”我终于问道。

“我觉得奇怪，华生，就是奇怪！”

“奇怪什么？”

福尔摩斯从嘴里拿出烟斗。

“我一直在奇怪，华生，这个男人给我们讲了这么一大堆谎话究竟有什么目的。我差点这样直接问他——因为有时候开门见山是最好的策略——可我还是使用了更好的手段，让他相信他已经骗过了我们。一个穿着一年以上肘部磨破的英国上衣和裤子膝部松弛的人，可是这份文件和他自己的叙述都表明他是一个刚到英国的美国外省人。寻人启事栏根本没有登过他的广告，你知道那些东西我是从来不放过的。我最喜欢从这里把鸟儿赶出来，难道我会连这样一只野鸡都忽视了吗？我从来不知道托皮卡有个斯塔尔博士。一见到他你就会发现他很虚伪。我认为这个家伙是个真正的美国人，只不过由于在伦敦居住多年而没有改变口音。那么他玩的究竟是什么游戏，找加里德布这个荒谬可笑的的动机是什么呢？这是值得我们注意的，因为，假定这个人是一个流氓，那他肯定是一个复杂和有心计的家伙。我们现在必须搞清楚，另一位是否也是一个骗子？给他打个电话，华生。”

我照做了，听到另一端一个虚弱颤抖的声音说：“是的，是的，我是内森·加里德布先生。福尔摩斯先生在吗？我非常希望够能跟他谈一谈。”

我的朋友接过电话，我听到断断续续的对话。

“是的，他已经到了。我知道你不认识他……多长时间了？……只有两天！……是的，是的，当然，这是非常诱人的前景。今天傍晚你会在家吗？我想跟你同名的人不会在那儿吧？……非常好，那么我们会来的，因为我宁愿避开他谈一谈。……华生医生会和我一起来……我从你的短信中知道你不经常出去……好，我们大约六点到你家。你不要对那个美国律师提起这件事……非常好，再见！”

这是一个暮春的美好傍晚，小莱德街在夕阳晚霞的斜照中看起来是那么金黄动人。它只是埃奇韦尔的一个小分叉，和我们不祥记忆中的老泰伯恩[1]树相距不远。我们拜访的这所房子是座宽大的老式的早期乔治王时代的建筑，正面是扁砖墙，只有在第一层才有两个凸窗。我们的顾客就住在第一层，这些下层的窗户就是他白天活动的那间大屋的正面。当我们经过小黄铜名牌的时候，福尔摩斯指了指上面刻的那个奇怪的姓氏。

“钉上去有些年份了，”他指着褪色的表面说道，“不管怎么说，这是他的真姓，这一点是需要注意的。”

这座房子有一个公用楼梯，门厅内标注着很多名字，一些指示的是办公室，一些是私人住宅。这不是一座专门的住宅楼，而是那些生活方式不合习俗的单身汉的住处。我们的顾客亲自迎接了我们，他抱歉地说主管女工四点钟已经走了。内森·加里德布先生是一个个子高大、松松垮垮、驼背的人，骨瘦如柴而且秃顶，可能有六十出头。他面色灰白，皮肤就像死人一样毫无血色，仿佛一个从未运动过的人那样。他戴着大大的圆形眼镜，一小撮突出的山羊胡子，再和他那弯曲的姿势结合起来，给人的感觉是他在好奇地凝视着他人。然而，大体的印象是和蔼的，尽管有些古怪。

屋子和他的主人一样古怪，看起来就像一个小小的博物馆。房间深而广，到处摆满了柜橱和陈列柜，里面堆满了地质学和解剖学的标本。入口的每一边都放着装蝴蝶和蛾子的容器。屋

① 泰伯恩：旧时英国伦敦刑场，位于泰晤士河支流泰伯恩河旁边。——译者注

子中央的一张大桌上凌乱地堆放着各种各样的物件，一台铜制的大型显微镜高耸在它们中间。我环视四周，被这个人的广泛兴趣给惊住了。这儿有一盒子古代钱币，那儿是一橱古器具，在中间那张桌子后边是一大橱柜古化石，上边陈列着一排颅骨，上面刻着“尼安德特人”[①]“海德堡人”[②]“克罗玛宁人”[③]等。毫无疑问，这个人是多学科研究者。现在他站在我们面前，右手里拿着一块麂皮正在擦拭一枚古钱币。

“锡拉丘兹古币——属于最鼎盛时期的，”他把它拿起来解释道，“晚期就大大落后了。我手里的这枚是他们全盛时期的最好的钱币，尽管有些人更喜欢亚历山大钱币。福尔摩斯先生，这儿有一把椅子。请允许我把这些骨头挪开。这位先生——啊，是的，华生大夫——请你把那个日本花瓶挪开。你们看，这都是我活着的小爱好。我的医生告诫我不要出去，有这么多东西吸引着我，为什么还要出去呢？我可以向你保证，把这其中的一个柜橱的内容做一个详细的目录也要花我整整三个月时间。”

福尔摩斯好奇地四处张望着。

---

① 尼安德特人：旧石器时代中期古人类化石，分布在欧洲、北非、西亚和中亚，最初发现于德国杜塞尔多夫附近的尼安德特河流域。——译者注

② 海德堡人：是指1907年在德国海德堡附近出土的一具化石，经鉴定属于欧洲直立人，距今大约有70万年。——译者注

③ 克罗玛宁人：1868年在法国南部克罗玛宁山洞中被发现，是旧石器时代晚期新人的总称。——译者注

“可是你告诉我，你从来都不出去的？”他问道。

“我偶尔驾车去苏富比拍卖行或克里斯蒂拍卖行，除此以外几乎很少出门。我身体不是很好，而我的研究十分有趣。可是福尔摩斯先生，你能想象得到，多么令人震惊——兴奋而骇人，这是当我听到这个前所未有的好运时的感觉。只需要再多找一个加里德布事情就结束了，我们无疑能够找到一个的。我有一个兄弟，可是他已经死了，而女性亲属没有资格。然而想必世界上总会有其他人的。我听说你善于处理奇怪案件，这就是为什么我找你的原因。当然这位美国先生也是正确的，我应该首先征求他的意见，不过我是出于好意的。”

“我认为你这样做是非常明智的，”福尔摩斯说，“但是你真的想获得那些美国的庄园吗？”

“肯定不，没有东西可以引诱我离开我的收藏。可是那位美国先生向我保证，只要事情办成他就会买下我的那一部分。他出价五百万美元。现在市场上有一打标本可以填补我收藏中的空缺，就是因为缺少几百英镑而无法购买。想想我可以获得五百万美元呀。老实讲，我有一个国家博物馆的主要部分，我就可以成为现代的汉斯·斯隆[①]。”他厚厚的眼镜后面的眼睛闪闪发光。非常明显，内森·加里德布先生会不顾一切地去寻找

① 汉斯·斯隆（1660—？），英国自然生物学家，曾担任大英博物馆主席，一生收藏品超过20万件，这些收藏品是大英博物馆展品的核心。——译者注

跟他同姓的人了。

“我只是过来拜访你一下，没有理由打断你的研究，”福尔摩斯说，“我比较喜欢和业务客人直接接触。我问你的问题不多，因为我口袋里已经有你非常清楚的陈述了，这位美国先生的来访又填补了空缺。据我所知，这个星期之前你完全不知道他的存在。”

“是这样的。上个星期二他来找的我。”

“他把我们今天见面的情况告诉你了吗？”

“是的，他直接回到我这里，他本来已经很生气了。”

“为什么他要生气？”

“他好像认为那样有损他的名誉。可是他回来后又非常高兴了。”

“他提出什么计划了吗？”

“没有，先生，他没有。”

“他拿过或者问你要过钱吗？”

“没有，先生，从来没有！”

“你看不出他的计划有任何可能的目标吗？”

“没有，除了他说的那件事。”

“你告诉他我们的电话约定了吗？”

“是的，先生，我告诉他了。”

福尔摩斯陷入沉思。我看得出他有些迷惑。

“你的收藏里有任何非常值钱的东西吗？”

“没有，先生。我不是一个富人，尽管有很棒的收藏品，可是没有什么值钱的。”

“你不害怕窃贼吗？”

“一点也不怕。”

“你住这房间里有多长时间了？”

“差不多五年了。”

福尔摩斯的询问被急促的敲门声打断了。我们的顾客刚拔掉门栓，那个美国人就兴奋地进来了。

“你在这儿！”他手里拿着一张报纸举过头顶晃着。“我想我应该及时来找你。内森·加里德布先生，接受我的祝贺吧！你现在已经是个富人了，我们的事情圆满结束了，一切顺利。至于你，福尔摩斯先生，我们只能说，如果我们给你带来任何不便，很抱歉。”

他把报纸递给我们的顾客，他站在那里凝视着报纸上显眼的广告。福尔摩斯和我也倾着身子从他身后看着，是这样写的：

霍华德·加里德布

农机制造商

经营装订机、收割机、蒸汽动力及人工耕犁、播种机、耙、农用车、四轮马车以及其他各种器具，承包自流井工程。

地址：阿斯顿，格罗夫纳建筑区

“太棒了！”我们的顾客激动地说，“这下三个人凑齐了。”

“我在伯明翰加速了调查，”美国人说，“我的代理人把一份当地报纸上的这个广告寄给我。我们必须抓紧时间把事情办完。我已经写信给这个人告诉他你明天下午四点去他办公室见面。”

“你想让我去见他？”

“你觉得如何，福尔摩斯先生？你不认为这样更明智些吗？我是一个讲着美丽故事旅行的美国人，为什么人家要相信我的话呢？但是你是一个有稳定社会关系的英国人，他不会不重视你说的话。如你愿意，我可以和你一起去，可是我明天会非常忙，如果你有任何麻烦的话，我会随时听你的吩咐的。”

“可是，我已经多年没有做过这么远的旅行了。”

“这是无关紧要的，加里德布先生，我已经替你安排好了。你十二点出发，下午刚过两点就可以到达，所以你当天晚上可以返回。你全部要做的只不过是见见这个人，把事情解释清楚，得到一份法律宣誓书证明他的存在。这是上帝的决定！”他急切地接着说道，“想一想我不远万里从美国中部来到这里，如果你就走这么一百英里就把事情办完了能算得了什么呢！”

“一点不错，”福尔摩斯说，“我想这位先生说得非常正确。”

内森·加里德布先生闷闷不乐地耸耸肩说：“好吧，如果你坚持的话，我会去的。对我来说很难拒绝你什么，想一想你已经给我的生活带来多么美好的希望。”

“那么就这样定了，”福尔摩斯说，“毫无疑问你会让我尽快知道情况。”

“我会料理的，”美国人说，“好吧，”他看看手表然后补充道，“我必须走了。内森先生，我明天再来，送你去伯明翰。福尔摩斯先生，你同意吗？好吧，那么，再见吧，明天晚上就等着我们的好消息吧。”

当这个美国人离开房间后，我留意到我朋友脸上的疑惑已经消失。

“加里德布先生，我希望能够参观一下你的收藏品，”他说，“在我的职业中，各种各样古怪的知识总是会有用处的，你的这间房子正是这类知识的宝库。”

我们的顾客十分高兴，厚厚的眼镜后面的双眼闪闪发光。

“先生，我一直听说你是一个非常聪明的人，”他说，“如果你有时间，我现在就带你去参观一下。”

“很不幸，我现在没有时间。我看这些标本都贴上标签分类了，几乎不需要你亲自解释。如果明天我能来参观的话，对你没有什么妨碍吧？”

“根本没有，非常欢迎你。当然这个地方会关门的，但是桑德尔太太会在地下室一直待到四点钟，她会用她的钥匙让你进来的。”

“好的，我刚好明天下午没事情，如果你能给桑德尔太太说一声的话，那就没有问题了。对了，你的房地产经纪人是谁？”

我们的顾客对这个突然的问题感到很奇怪。

“霍洛韦·斯蒂尔，在艾奇沃路。你为什么会问这个问题？”

“当提到这些房子时，我自己也有点这方面的考古学的爱好，”福尔摩斯笑着说，“我还在奇怪这栋建筑是安妮王朝的，还是乔治王朝的呢。”

“乔治王朝的，毫无疑问。”

“真是的。我本来想可能更早一点，不过这是很容易查清楚的。好吧，再见，加里德布先生，预祝你伯明翰之行取得重大成功。”

房地产经纪人这时已经关门了，但是我们发现他就在附近，所以我们就回贝克街了。直到吃完晚饭后福尔摩斯才重新谈起这个话题。

“我们的这个小问题已经接近尾声了，”他说，“很可能你已经在脑袋里有了解答轮廓了。”

“我连头尾都没有摸清楚。”

“想必脑袋已经很清楚了吧，尾巴我们明天会看到的。你注意到广告的特别之处了吗？”

“我看到‘犁’这个字拼写错了。”

“哦，你也注意到了，是吗？不错，华生，你一直在进步。是的，这种写法在英国是错的，可是在美国是正确的。印刷工人就是按照收到的原件印刷的。还有‘四轮马车’，也是美国写法。自流井在他们那儿比我们这儿普遍得多。这是一个典型的美国广告，可是却声称是英国公司的。你有什么看法？”

“我只能猜测，这个广告是那个美国人自己登的。但是我不能理解他有什么目的。”

“好的，还有其他的解释。不管怎么说，他想把这个有用的老顽固支到伯明翰去，这是非常清楚的。我本来是想告诉他显然这是一次毫无结果的旅行，但是进一步考虑后，看来最好让他去，以便腾出地方来。明天，华生，明天就会不言而喻了。”

福尔摩斯很早就起床出去了，他回来的时候已经是午餐时间了，我注意到他脸色非常严肃。

“这件事情比我想象的严重得多，华生，”他说道，“应该如实对你说，尽管我知道这样只会使你去冒险又多了一条理由。到如今，我应该很了解你了。可是的确有危险，你应当知道。”

“哦，这也不是第一次我们共同冒险了，福尔摩斯。我希望这也不是最后一次。这次到底有什么危险呢？”

“我们现在面对的是一个非常棘手的案子。我已经确认了约翰·加里德布律师先生的身份。他不是别人，就是那个‘杀人魔’埃文斯，是危险和谋杀的代名词。”

“恐怕我依然一无所知。”

“啊，这不是你职业工作的部分，不用随身携带《新门监狱[1]大事记》来记忆。我去拜访了苏格兰场的朋友雷斯垂德。虽然那个地方偶尔缺乏想象力，可是他们有领先世界的完备资料和技术。我认为在他们的档案中可能会发现我们这位美国朋友的踪迹。果不其然，在罪犯肖像馆我发现了他那张胖乎乎的微笑的脸，上面写着'詹姆斯·温特，化名莫尔克罗夫特，外号杀人魔埃文斯'。"福尔摩斯从口袋里拿出一个信封接着说道，"我从他的卷宗里抄了一些关键点：年龄四十四岁，出生于芝加哥，众所周知在美国枪杀过三个人。凭借政治影响而逃出监狱，一八九三年到达伦敦。一八九五年一月在滑铁卢路的一家夜总会因打牌向一个男人开枪，导致对方死亡，他被证明是争吵中的侵略者，死者被证明是罗杰·普雷斯科特，为芝加哥有名的伪币制造者和造假者。'杀人魔'埃文斯于一九〇一年获释，从此一直受到警察的监督，可是迄今所知他一直过着老实的生活。非常危险的人物，通常携带武器并容易动武。华生，这就是我们的对手——一个好冒险的对手，这是必须承认的。"

"但他玩的是什么把戏呢？"

"哦，这个越来越清晰了。我已经去过那个房地产经纪人那儿了。我们的顾客，正如他告诉我们的那样，已经在那里居住五年了。在那之前有一年没有被出租。再往前面，房客是一个无职业者，名叫沃尔德伦，对于他的外貌那位经纪人还记得

① 新门监狱：伦敦一所著名监狱，1902 年被拆毁。——译者注

很清楚。他突然消失了，再也没有听到关于他的任何消息。他是一个身材高大、留着胡子的男人，长得很黑。而普雷斯科特，就是被埃文斯枪杀的那个人，根据苏格兰场的介绍，也是一个高个子、皮肤棕黑、留着胡须的男人。做一个假设，我想这位美国罪犯普雷斯科特过去就住在我们这位无辜的朋友当作博物馆的这间房子里。你看，这样我们终于得到一个环节了。”

“那么下一个环节呢？”

“嗯，我们现在必须找到它。”

他从抽屉里取出一把左轮手枪递给我。

“我带着那把我最喜欢的旧枪。如果我们这位疯狂的西部朋友试图证实他的外号的话，我们就必须提防着他。我给你一小时的休息时间，华生，然后我想就到了我们莱德街冒险的时刻了。”

当我们抵达内森·加里德布那座古怪的房子时，刚好四点钟。看门人桑德尔太太正准备离开，她没有任何犹豫就让我们进去了。门装的是弹簧锁，福尔摩斯保证当我们离开时一切都会完好无损。外面的大门关上了，很快就看见她戴着帽子从窗外经过，我们知道这座房子的楼下就只剩下我们两个人了。福尔摩斯迅速检查了房屋。在房间一个黑暗的角落里放着一个柜橱，离墙有一点距离，我们就在它后面蹲了下来。福尔摩斯小声道出了他的打算。

“他是想把我们这位好说话的朋友弄出他的房间，这是非常清楚的。而这位朋友作为收藏家从来不出去，所以要费一番周折。捏造出一整套加里德布谎言显然是为了其他目的。我必须说，华生，这个人确实非常诡计多端，即使房客的奇怪的名字给了他一个预想不到的开头，但是他的故事确实是非常狡猾的。”

“可是他要什么呢？”

“哦，这也正是需要我们在这儿找到的。就我对现在形势的理解，这和我们的顾客没有任何关系。这和他枪杀的那个人有些联系，那个男人或许曾经是他的同谋。这间屋子里肯定有什么罪恶的秘密，这就是我的理解。最初我猜想是我们客人的收藏品中有些比他所知的价值更高的东西，从而引起了这个罪犯的注意。可是罪犯普雷斯科特曾经住过这间房子的事实就把它指向了更深层的原因。好吧，华生，我们只有耐心等待会发生什么。”

我们几乎没有感觉到时间过了那么久。当我们听到外面大门被打开和关上的声音时，又向暗处退了些。接着传来金属钥匙开门的声音，那个美国人进来了。他轻轻地关上门，警惕地向四周张望着，当确定一切安全后，就脱掉大衣，直接向中间的桌子走去，举止麻利得就像一个知道他现在在做什么和怎么做的人一样。他把桌子推到一边，扯开下面铺的地毯，卷起来放到一边，然后从里面的口袋里掏出一个撬棍，他跪下来猛地一撬地板。不一会儿就听到木板滑开的声音，立刻就在地板上出现了一个正方形的洞。“杀人魔”埃文斯划燃一根火柴，点亮了一截蜡烛，就从我们的视野中消失了。

显然，我们的机会来了。福尔摩斯碰了一下我的手腕，示意我们一起蹑手蹑脚走到地板上的活门边。虽然我们动作很轻，然而我们脚下的老地板老是嘎吱作响，那个美国人的脑袋突然伸出来不安地四处张望着。他满脸愤怒地转向我们，当他意识到两把手枪正指着他的脑袋，他的脸色就逐渐柔和下来，咧嘴笑着。

"好，好，"他沉着地爬上来说道，"我想你已经比我强了，福尔摩斯先生。我认为，一开始你就看穿了我的把戏，把我当小孩耍了。好，先生，我甘拜下风，你已经把我打败了——"正说着，他迅速从胸口掏出一把左轮手枪开了两枪。我突然感觉大腿上炙热的一下，好像炽热的烙铁碰在肉上一样。接着猛地一响，福尔摩斯用手枪砸中了他的脑袋，我看见他躺在地板上，血从脸上流了下来，福尔摩斯正在搜查他身上的武器。然后我朋友瘦长结实的胳臂搂住我，把我扶到椅子上。

"你没受伤吧，华生？看在上帝的分上，说你没有受伤吧！"

这个伤是值得的，甚至更多伤也值得。因为我知道在这张冰冷的脸的后面深藏着忠实和友爱。他那明亮坚强的双眼此刻有些模糊了，那坚定的嘴唇在颤抖。这是一次，而且是唯一的一次机会，我看见了他有着和他杰出头脑一样伟大的心灵。这么多年来我卑微但诚实的服务，在这一时刻达到了顶峰。

"没关系，福尔摩斯，只是擦伤了点皮。"

他用小折刀割破了我的裤子。

“你是对的，”他大舒一口气喊道，“只是表皮受伤。”他那石头一般的脸转向我们的俘虏，那个人正茫然地坐起来。“感谢上帝，你也一样。如果你杀了华生，你就不会活着走出这个房间了。你自己还有什么说的？”

他没有为自己辩解，只是坐在那里生着气。我扶着福尔摩斯的胳膊，一起向那个已经揭去了秘密盖子的小地窖里看去。里面被埃文斯带下去的蜡烛照亮着。我们的目光落在了大量生锈的机器上，还有大捆的纸张，一堆凌乱的瓶子，许多一捆捆的包整整齐齐地摆放在小桌子上。

“印刷机——造伪币者的全套装备。”福尔摩斯说。

“是的，先生。”我们的俘虏说着慢慢挣扎着站起来坐到椅子上。“他是伦敦最大的伪币制造者。这是普雷斯科特的机器，那些桌子上的小捆是两千张面值一百的伪钞，可以在各地使用。先生们，请不要客气。就这样决定了，放我走吧。”

福尔摩斯大笑起来。

“埃文斯先生，那不是我们的处事方式。在这个国家没有你的藏身之处。是你射杀了普雷斯科特，是不是？”

“是的，先生，获刑五年，尽管是他先惹我的。五年，我应该得到一个汤盘那样大的奖章。没有人能区分出普雷斯科特的伪钞与英国银行的钞票，如果我没有干掉他，他会让伪钞充满伦敦的。我是世界上唯一知道他在什么地方制造伪钞的人。我想得到这个地方有什么可奇怪的呢？当我发现这个有着奇怪姓名的愚蠢又疯狂的昆虫学者待在上面从来不出去的时候，我不得不尽全力把他支开，这又有什么奇怪的呢？如果我干掉他可能会更明智些，那非常容易。可是我是宽厚仁慈的人，除非对方也有枪，否则我绝不会开枪的。可是话说回来，福尔摩斯先生，无论从任何角度看，我做错了什么呢？我没有使用这个机器，也没有伤害这个老顽固，你凭什么抓我？”

“据我所能看到的，只有谋杀未遂了。”福尔摩斯说，“但那不是我们的职责，下一阶段会有人处理的。现在我们要的仅仅是你这个可爱的身体。华生，给苏格兰场打个电话，他们必会意外的。”

以上这些就是有关“杀人魔”埃文斯以及他捏造的不寻常的三个加里德布的事情。后来听说我们那个可怜的老朋友一直念念不忘那个让他沉迷的美梦。当他的城堡倒下时，把他埋在了废墟下面，最后听说他进了布利斯克顿疗养院。发现普雷斯科特的设备的这一天，对苏格兰场来说是值得庆祝的一天，因为尽管他们知道它的存在，在他死后却一直未能发现它。埃文斯确实立了大功，可以让好几个刑事侦查人员安心睡觉了，因为这个伪币制造者是一个独一无二的对社会有危害的罪犯。他们倒是非常愿意替埃文斯申请那个他说过的汤盘大的奖章的，可是法庭并不赞同和欣赏他，于是这位“杀人魔”又回到了他被放出来的地方。

雷神桥难题

在查林十字街考克斯有限公司的保管库里，有一个因被经常搬运而显得破旧不堪的锡质公文箱，盖子上面印有我的名字：约翰·H. 华生，医学博士，原隶属于印度陆军。里面塞满了文件，差不多全是有关夏洛克·福尔摩斯先生在不同时期调查过的奇怪案情记录与说明。其中有些非常有意思的案子悬而未决，这样就难以讲述，因为毫无结果。没有解答的难题可能会引起学者的兴趣，可是对一般读者来说则会枯燥乏味。例如，詹姆斯·菲利莫尔案就属于这类，他返回自己的家中去拿雨伞，从此就在这个世界上消失不见了。还有一个不同凡响的案件，就是快艇艾丽西娅号案，它在一个春天的早晨驶入一小团薄雾中，就再也没有出现过，它和它的全体船员也杳无音讯。第三个值得注意的案件就是伊萨多拉·伯桑诺案，一个众所周知的记者和决斗者，突然有一天，精神完全失常，他眼前放着一个火柴盒，里面装着一只科学上未知的引人注目的虫子。除了这些尚未解决的案子，还有一些牵扯到私人家庭隐私的案件，如果公开的话，会在上流社会中引起相当范围的惊慌。我绝对不会将它们泄露出去。既然现在我的朋友有时间解决这个问题，那么就可以把这些记录整理出来加以销毁了。另外还有相当数量的案件记录，多少都有些趣味，这些我可能早把它们编辑了，可是我担心过多的出版物或许会影响到我最尊敬的人的声誉。其中一些案件，我亲自参加了，能以目击者的身份发言；而有些我没有在场，或者只是参与了一点，所以只能以第三者的身份讲述。接下来的这个故事来自于我的切身体验。

那是十月一个狂风暴雨的清晨。当我起床穿衣服的时候，就看见我们房子后面那棵孤独的梧桐树残留的树叶被狂风刮去的情景。我下楼去吃早餐的时候心想我的伙伴一定精神不振，因为，像所有伟大的艺术家那样，他非常容易受到周围环境的影响。但是与此相反，我发现他已经差不多吃完了早饭，心情也特别愉快，而且带有一种他心情轻松的时候才有的典型的稍微不祥的快活。

“又有案子了吧，福尔摩斯？”我问道。

“推理法想必是有传染性的，华生，”他回答道，“它已经可以让你来探测我的秘密了。是的，我是有个案子。经过一个月的无所事事和停滞，车轮又开始转动了。”

“有什么我可以做的吗？”

“几乎没有什么行动可以让你参与，不过我们可以讨论。你先吃两个我们的新厨师特意为我们煮熟了的鸡蛋再说。它们的情况可能和我昨天在门厅桌子上看见的那本《家庭报》有关系。即使像煮鸡蛋这种琐事也要掌握时间，这和那本优秀期刊上浪漫的爱情故事是不相符的。”

一刻钟后桌子被清理干净了，然后我们面对面地坐在那里。他从口袋里拿出一封信。

“你听说过黄金大王尼尔·吉布森这个人吧？”他说。

“你说的是那个美国参议员吗？”

“是的，他曾经是西部某个州的参议员，可是更为人所知的是，他是世界上最大的金矿巨头。”

“嗯，我听说过他。他也在英国住了一段时间，他的名字众所周知。”

“是的，五年前他在汉普郡买了一个相当大的庄园。可能你已经听说他妻子的悲剧了吧？”

“当然，我现在记起来了，这也是他成为公众人物的原因，可是我不知道详细情况。”

福尔摩斯朝一张椅子上的一叠报纸挥了挥手。“没想到我会碰到这个案子，否则我应该已经把摘要准备好了。”他说，“事实上，尽管此案极其耸人听闻，但是案情却没什么难处，被告令人感动的性格也遮盖不住证据的确切性。这是验尸评判委员会的观点，也是治安法庭起诉的依据。现在本案已经移交给温切斯特巡回法庭审理。我担心这是个吃力不讨好的事情。华生，我可以发现事实，可我不能改变它们，除非出现一些全新和意外的情况，否则我看我的顾客是没有什么指望了。”

“你的顾客？”

“啊，我想起来我还没有告诉你。华生，我也养成你那种令人费解的倒叙习惯了。你最好先看看这个。”

他递给我一封笔迹粗犷的信，是这样写的：

克拉里奇饭店，十月三日

亲爱的福尔摩斯先生：

我不能眼看着世界上最好的女人走上绝路而不尽最大努力去拯救她。我无法辩解，甚至不想去辩解，可是我确定邓巴小姐是清白的。你知道这件事情——谁不知道呢？全国都闹得沸沸扬扬。可没有一个人站起来为她说话！这种该死的不公正几乎让我发疯了。这个女人善良到都不会去杀一只苍蝇。我将于明天十一点过来拜访，看看你能否在黑暗中找到一线光明。可能我有线索却没有意识到。不管怎么说，只要能够拯救她，你可以使用我所知道的一切，我的全部，甚至我自己。如果你难得展示你的本领，现在请你在这个案子上竭尽全力吧。

尼尔·吉布森谨启

“现在你知道了。”福尔摩斯把早餐后抽完的一斗烟敲了出来，又慢慢地将它装满，“这位就是我等的那位先生。至于情节，你几乎没有时间马上读这么多报纸，如果你对这个过程感兴趣并理解力强的话，我就给你一个简短的说明。这个人是世界上财力最雄厚的人，按照我的理解，他也是最粗暴和最令人畏惧的人。他娶了一个妻子，是这场悲剧的受害者，至于她，我只知道她过去的大好时光，另外有一个非常有魅力的管教两个孩子的女家庭教师，这就对她非常不利了，这就是三位主要角色。故事发生在一座宏伟古老的庄园宅邸里，那里曾经是英国国家历史的中心。那么至于悲剧的经过，人们发现妻子在离房子大约半英里的地方被一颗左轮手枪的子弹打穿了脑袋，时间是在深夜，她身穿晚礼服，肩膀上披着围巾。现场没有发现任何武器，也没有任何可以联系到谋杀的线索。身边没有武器，华生，注意这一点。谋杀似乎是在深夜发生的，大约十一点尸体被一个猎场看守人发现了，在抬回房子之前，警察和医生都检验过。这是不是过于简短了，你明白了吗？”

“非常清楚。可是为什么会怀疑到女教师身上呢？”

“好，首先，有一些确凿的证据。在她衣柜底板上发现了一支开过一枪的左轮手枪，口径也吻合。”这时他的眼睛瞪得直直的，拉长了语调重复道，“在她衣柜的底板上。”接着他又陷入了沉寂。我看得出他脑子里出现了一连串活跃的念头，打断他是愚蠢的。他猛地一惊，又再次醒过来。“是的，华生，它被发现了。能定罪了吗？两个陪审团都这么认为。还有这个死去的女人身上有一张便条，内容是约定在那个地方见面，签名的是那位女教师。怎么样？这下就说明了动机。吉布森参议员是一个有魅力的男人，如果他的妻子死了，除了这位女士外，谁更可能会继任呢？据传言她已经得到了主人的青睐。爱情、财富、权势，所有的都取决于一个中年人的生命。阴险，华生，真阴险！”

“是的，确实如此，福尔摩斯。”

“她无法提供不在犯罪现场的证据。正相反，她不得不承认那时候她去过雷神桥，就是悲剧发生的地方。她无法否认，因为一些路过的村民看见她在那个地方。”

“看来这是确定无疑的了。”

“可是，华生，可是！这是一座很宽的单跨石桥，每边都有护栏，它横跨在一条又长又深、岸边长有芦苇的湖的最狭窄的地方。它被叫作雷神湖。那个死去的女人躺在桥头。这些是主要事实。可是，如果我没弄错的话，是我们的顾客，提前很长时间来了。”

毕利早已打开了门，但是他通报的姓名却是没有料想到的。马洛·贝茨先生这个人我们都不认识。他是一个瘦削、神经紧张的人，眼神惶恐，浑身颤抖，举止踌躇，以我的经验来看，他是一个处在精神失常边缘的人。

“你好像很激动，贝茨先生，”福尔摩斯说，“请坐。我恐怕只能给你一点时间，因为我十一点还有一个预约。”

“我知道。”我们的来访者喘着气说道，就像一个喘不过气来的人那样迸出短句来。“吉布森先生马上就来了。他是我的雇主，我是他庄园的管家。福尔摩斯先生，他是一个恶棍，一个十足的恶棍。”

“你这样说话太偏激了，贝茨先生。”

“我不得不强调，福尔摩斯先生，因为时间太有限了。我绝对不可以让他发现我在这里。他几乎应该到了。可是在这种情况下，我无法早一点来。他的秘书，费格斯先生，今天早上才告诉我他和你约见的事。”

“而你是他的管家？”

“我已经通知他了，再过两个星期我就能摆脱他可恶的奴役了。他是一个铁石心肠的人，福尔摩斯先生，对谁都是如此。那些公益慈善事业只不过是为了掩饰他罪恶的勾当罢了。可是他的妻子是主要受害者。他对她非常无情，是的，先生，无情！我不知道她是怎么死的，但是我肯定他让她的生活非常痛苦。她是热带人，出生在巴西，这些你肯定知道了。”

“不，我没有听说过。”

“她出生在热带，天性热情，是一个充满阳光和激情的女人。她就是以这种激情爱上他的，可是当她身上的魅力衰退后——我听说他们曾经十分幸福——他就对她毫无兴趣了。我们都喜欢她，同情她，憎恨他对她的态度。但是他巧言善辩，非常奸诈。这就是我必须告诉你的。不要听他一面之词，里面的文章多着呢。现在我要走了。不！不！不要耽误我！他很快就来了。”

我们这位陌生的客人担心地看了一眼挂钟，就跑出门消失不见了。

“哟，哟！”福尔摩斯稍微沉默了会儿说道，“吉布森先生似乎有一个很忠诚的家人。可是警告还是有用的。现在我们就等他本人来了。”

十一点整，我们听见楼梯上响起沉重的脚步声，这位赫赫有名的百万富翁被请进屋来。一见到他，我不但理解了他的管家对他的畏惧和厌恶，还明白了如此之多的商业对手对他的诅咒。如果我是一个雕刻家并且想塑造一个理想的成功企业家形象，一个具有钢铁般意志和铁石心肠的人，那我肯定会选择尼尔·吉布森先生做我的模特。他那高大瘦削、结实的身影，给人的感觉就是饥渴和贪婪。如果把亚伯拉罕·林肯雕像的高尚之处赋予他的话，就有些像他了。他的脸可能是用花岗岩做成的，僵硬、棱角分明、冷酷，布满深深的皱纹，伤痕累累，显示他经历了很多危机。他那浓眉下面冰冷灰色的眼睛狡猾地打量着我们。当福尔摩斯介绍我的时候，他敷衍了事地恭敬了下，然后专横地拉过一把椅子坐到我伙伴身边，他骨瘦如柴的膝盖几乎挨着他了。

“让我直截了当地说吧，福尔摩斯先生，”他张口就说，“办这个案子，钱对我来说无足轻重。如果你在照亮真相的过程中需要用的话，甚至可以拿钱去烧。这个女人是清白的，她的罪名必须得到清洗，这由你来决定。开价吧！”

“我的收费标准是固定的，”福尔摩斯冷淡地说，“我不会更改它们，除了有时候完全免除收费。”

“好吧，如果金钱对你无所谓，那么想想名声吧。如果你成功办成这个案件，英国和美国所有的报纸会极力吹捧你的，你会成为两个大陆的新闻人物。”

“谢谢你，吉布森先生，我想我不需要被吹捧。你可能会感到奇怪，我更喜欢匿名工作，是问题本身吸引了我。我们谈这些只是在浪费时间，让我们开始说说事情经过吧。”

“我想你会发现所有主要事实报纸上都已经讲到了。我不知道我能否提供任何有帮助的情况。但是，如果有任何你想进一步了解的问题的话，我可以在此提供。”

“好吧，只有一点。”

“是什么？”

“你和邓巴小姐的真实关系是什么？”

黄金大王大吃一惊，从椅子上半站了起来。接着他马上就恢复了他极为沉着的神态。

“我认为你有权问这样的问题——或许是在尽你的职责，福尔摩斯先生。”

“我们都同意你的说法。”

“那么我可以向你保证，我们一直完全是雇主和年轻教师的关系，除了她和孩子们在一起的时候，我从来没有和她说过话，或者与她见面。”

福尔摩斯从椅子上站了起来。

“我是一个相当忙的人，吉布森先生，”他说，“我没有时间跟你进行毫无目的的对话。祝你早安。”

我们的客人也站了起来，他那巨大松散的身体远远高过福尔摩斯。他那直立的眉毛下面的眼睛闪着怒火，苍白的脸颊微微泛红。

“你究竟是什么意思，福尔摩斯先生？你是拒绝我的案件了吗？”

“好吧，吉布森先生，至少我拒绝你本人。我的话已经说得很清楚了。”

“太清楚了，可是到底是什么意思？抬价？害怕了？或者其他的？我有权要求明确的解释。”

“哦，可能你有权，”福尔摩斯说，“我会给你一个解释的。这个案件已经够复杂的了，不能再加上虚假的情报，这样会更加难办。”

“你的意思是说我在撒谎。”

“好吧，我已经尽量委婉地表达了我的意思，但是如果你坚持要用那个词，我也不反对。”

这时我跳了起来，因为这个百万富翁脸上的表情异常凶狠，并且举起了他那巨大的攥得紧紧的拳头。福尔摩斯微笑着懒洋洋地伸出手去拿烟斗。

“不要吵，吉布森先生。我发现早饭后即使最小的口角也是对人不利的。我提议，在清晨的空气中散散步，然后冷静地思考一下，对你是很有帮助的。”

黄金大王竭力控制住他的愤怒。我不得不钦佩他的克制力，转眼间他的怒火就变成了冰冷和不屑一顾。

“好吧，悉听尊便。我想你知道怎样处理自己的事情。我不能违背你的意愿让你接手这个案子。你今天上午所做的事情对你没有任何好处，福尔摩斯先生，因为我打败过比你更厉害的人。从来没有人打败我，跟我作对是没有好下场的。”

“这些话我已经听过很多次了，可是我仍然在这儿。”福尔摩斯笑着说，“好，早安，吉布森先生，你仍然有很多东西要学。”

客人砰然一声关门走了出去。可是福尔摩斯却无动于衷地安静地抽着烟，神情模糊地盯着天花板。

“有什么看法，华生？”他终于问道。

“好吧，福尔摩斯，我必须承认，考虑到他是一个会毫不犹豫清除一切自己道路上障碍的人，我想他妻子可能就是个阻碍和他厌恶的人，就像刚才贝茨先生清楚地告诉我们的那样，依我看——”

“正是，我也是这么看的。”

“可是他跟女家庭教师的关系是怎么回事，你是如何发现的？”

“吓唬他，华生，吓唬！我经过仔细考虑后发现，那封充满强烈、异常和无条理语气的信件跟他那不动声色的外貌举止形成了鲜明对比，非常明显，这里面有些深藏的感情，是对被告而不是那个死者的。如果我们想知道真相，就必须搞清楚这三个人之间的真正关系。你看到我刚才开门见山，而他是多么泰然自若。接着我吓唬他，让他以为我完全知道，而事实上我只是非常怀疑。”

“或许他还会回来吧？”

“他当然会回来。他必须回来，他不会让事情就这么搁着。啊！门铃不是响了吗？是的，那是他的脚步声。哦，吉布森先生，我刚才还对华生医生说你稍微有些迟到了。”

黄金大王回来时的情绪比刚才离开的时候平静了很多。可是他那愤怒的眼睛依然表明他的自尊心受到了伤害，但是理智告诉他，如果他想达到目的，他必须让步。

“我已经仔细考虑过了，福尔摩斯先生，我认为刚才误会你的意思是轻率的。你有正当理由知道事实，不管它们是什么样的，我尊重你的这一权利。然而我可以向你保证，我与邓巴小姐之间的关系确实和这个案子没有关系。”

“那个需要我来判断，是不是？”

“是的，我想是的。你就好像一个在下诊断书之前需要知道所有症状的外科医生。”

“正是如此，说得丝毫不差。唯有另有目的的患者才会对他的医生隐瞒病情。”

“可能是这样，不过你得承认，福尔摩斯先生，大部分男人在别人直截了当地问他与一个女人的关系时，多少总会有些戒心，如果他们确实有深厚感情时更是如此。我想大多数人在自己心灵深处都有一些保留的秘密，不欢迎擅自闯入者。而你突然闯进来。但你是善意的，我可以原谅你，因为你要尽力去拯救她。好吧，墙柱已经倒下，没什么秘密可言了，你可以随意查看。你想要什么？”

“真相。”

黄金大王停顿了一下，就像一个在整理自己思路的人那样。他那严酷、布满皱纹的脸变得更加忧郁严肃了。

“我简单地说说，福尔摩斯先生，”他最后说道，“有些事情很痛苦，而且难以启齿，所以如果没有必要，我不会深入讲下去。我妻子是我在巴西勘探金矿的时候遇到的。玛丽亚·平托是玛瑙斯市一位官员的女儿，她那时非常美丽。当时我是一个热血青年，可是即使现在，以我冷静和批判性的眼光回想，我也认为她的美丽是世间少有的。她的天性是深沉厚重、充满激情、全心全意、易于冲动的，这和我所熟悉的美国妇女完全不同。长话短说，我爱上了她，并且娶了她。一直到浪漫消失，这经历了好多年的时间，然后我才意识到我们没有共同语言，完全没有。我的爱逐渐凋谢了，如果她也是如此，那就好办多了。可是你知道女人们那惊人的作风！无论我怎样做，都不能让她对我产生厌恶。如果我曾经对她严酷，甚至就像别人说的那样对她野蛮，是因为我知道如果我能伤害她的感情，或者让她憎恨我，这对我们两个人都是有好处的。可是她完全没有改变，她仍然爱着我，在英国森林中的爱就像二十年前在亚马逊河岸的时候一个样。无论我做什么，她都毫不动摇地爱着我。

“后来格蕾丝·邓巴小姐来了。她看到我们的广告，前来应聘，接着成为我们两个孩子的家庭教师。或许你在报纸上已经见过她的照片。她被公认是一个非常漂亮的女人。我不想声称比别人高尚，我承认我不能和这样的女人天天生活在同一屋檐下而不对她产生强烈的关切之情。你能怪我吗，福尔摩斯先生？”

“我并不责怪你有那种想法，可是如果你表白了，我会责怪你的，因为这位女士在某种意义上是处在你的保护之下的。”

“嗯，可能是这样。”这位百万富翁说，尽管这种指责暂时又让他的眼睛里出现了原来的那种怒火。

“我不想假装自己比其他人好。我想我这一生都是一个想要什么就伸手去拿的人了，我从来没有如此强烈地想爱这个女人并且占有她的冲动。我就对她这么说了。”

“哦，你做了，是吗？”福尔摩斯一旦激动起来，那样子也是很可怕的。

“我告诉她，如果我能娶她的话，我会的，可是我也无能为力。我说钱不成问题，我可以做任何可以让她感到愉快和舒适的事。”

“的确很大方啊。”福尔摩斯冷笑着说道。

“听着，福尔摩斯先生，我来是向你请教案子问题的，不是请教道德问题。我不需要你的批评。”

“我只不过是看在这位女士的分上才接手这个案子的，”福尔摩斯严厉地说道，“我认为你所承认的事情比她被指控的罪行更糟，你试图伤害一个寄人篱下的无助女子。你们这些富人应该得到点教训，让你们明白并不是所有人通过贿赂就可以宽恕你们的罪行的。”

让我吃惊的是，黄金大王竟然平静地接受了这个责备。

“现在我自己感觉也是这样。感谢上帝没有让我的阴谋得逞。她不接受，她本来马上就要辞职的。”

“为什么没有呢？”

“哦，首先，她还要养活其他人，舍弃生计，丢下他们不管，这绝对不是儿戏。当我发誓，我确实这么做了，我绝不再骚扰她了的时候，她才同意留下来。还有另外一个原因，她清楚她对我的影响，并且比世界上任何其他影响更强烈。她要利用它去做好事。”

“如何做？”

“哦，她知道一些我的事业。福尔摩斯先生，它们是非常庞大的——庞大得超出一般人的想象。我可以创造也可以毁灭——而通常是毁灭。不仅仅是个人，还有团体，城市，甚至国家。商业无情，弱者必败无疑，我是拼尽全力的。我从来不会为自己叫苦，也从来不在乎其他人的痛苦。可是她有不同的看法，我认为她是对的。她说一个人的财富绝不应该建立在让一万个人破产和毁灭的基础上。我猜想她能超越金钱看到更持久的东西。她发现我听从她的话，她相信她能够通过影响我的行动为社会服务，所以她留了下来，然后这个事情就接踵而至。”

“你能说得清楚些吗？”

黄金大王停顿了一分钟或者更久，双手捧着脑袋，陷入沉思。

“这对她是很不利的，我不否认这一点。女人也有自己的内心生活，可能会做出超出男人理解的行为。最初，她做了一些十分异常的事情，我感到非常恼火和震惊，认为她完全违背了她的本性。我头脑里出现了一种解释，福尔摩斯先生，不管真假。毫无疑问，我的妻子是一个妒嫉心极强的人，有一种对精神比对肉体更加疯狂的嫉妒。虽然我的妻子没有理由妒忌——我认为她也知道这个——她知道这位英国姑娘对我的精神和行动有一种她自己从来没有过的影响力，尽管这是好的影响，可也无济于事。她被仇恨弄得发疯，她那种亚马逊式火爆脾气与生俱来。她可能计划谋杀邓巴小姐——或者我们可以说是她用枪威胁她，叫她吓得离开我们。可能还发生了扭打，枪走火了，打到了那个拿枪的女人。”

“这种可能性我已经想到了，”福尔摩斯说，“确实，这是唯一能够取代蓄意谋杀的解释。”

“可是她完全否认。”

“哦，但这并没有定案，是不是？人们能够理解，一个处境如此糟糕的女人可能慌乱之中拿着枪急急忙忙跑回了家。她可能甚至把它扔到衣服中间，自己还不知道，当枪被发现后，她可能想撒谎否认此事以图摆脱困境，因为所有的解释都是让人难以接受的。什么才能够推翻这个假定呢？”

“邓巴小姐本人。”

“哦，可能吧。”福尔摩斯看了一下他的表。“我肯定今天上午我们就可以获得必要的许可，然后乘坐晚班的火车到温切斯特。等我见过这位女士后，很可能在这件事情上我会起到更大的作用，然而我不能保证我的结论完全符合你的要求。”

在取得官方许可证的过程中有些耽误，结果那天我们没有去成温切斯特，而是前往汉普郡尼尔·吉布森先生庄园的雷神湖了。他本人并没有陪同我们，但是他给了我们萨金特警官的地址，他是第一个调查该案的地方警察。他是一个高个子、瘦削、面色苍白的人，神态有些诡秘和遮遮掩掩，给人的感觉是他知道或者怀疑很多他不敢说出的情况。他还有一个毛病，就是突然把声音压低好像事关重大的样子，尽管这些信息都是非常普通的。可是在这些毛病后面，很快就显示出他是一个正派老实的家伙，并没有骄傲到不肯承认自己能力有限的地步，他欢迎任何帮助。

“不管怎么说，我宁愿是你来，而不是苏格兰场，福尔摩斯先生，”他说，“警局一插手这个案子，那么地方警察即使成功也会没有任何荣誉，如果失败了可能会受到指责。而我听说你很公平。”

“我根本不需要出现在这个案件里，”福尔摩斯对那位明显轻松了很多的忧郁警官说，“如果我解决了案子，也不要提我的名字。”

“你真的非常大方。而你的朋友，我知道华生医生也很值得信赖。现在，福尔摩斯先生，在我们去那个地方的路上，我想问你一个问题。除了你我不会对其他人讲。”他环顾四周，好像不敢说出来似的。“你不认为这件案子可能对尼尔·吉布森先生本人不利吗？”

“我已经考虑到这一点了。”

“你还没有见过邓巴小姐吧。她在所有方面都是一个非常优秀的女人。他完全可能嫌他的妻子碍事。这些美国人比我们更喜欢用手枪。你知道那是他的手枪。”

“这一点确认无疑了吗？”

“是的，先生。那是他拥有的一对手枪中的一支。”

“一对吗？另外一支在哪儿？”

“这位先生有很多各式各样的武器。我们还没有找到与这支完全一致的手枪，可是枪匣是装一对的。”

“如果真是一对的话，你肯定能够找到另外一支吧？”

“好吧，我们已经把这些枪都摆在他家里了，如果你关心的话，可以去看一看。”

“或许晚些时候吧。我想我们还是一起到悲剧现场去看看。”

这段谈话发生在萨金特警官那座简陋乡村小舍的小前屋里，这里已经充当本地的警察局了。我们走了大约半英里路，穿过狂风怒吼和遍地都是金黄色枯萎蕨类植物的荒地后，来到一个通往庄园雷神湖的侧门边。顺着野鸡禁猎地上一条小路来到一小块空地上，我们就能看见小山岗上那些分布广泛、半木结构的房屋了，它们都是半都铎半乔治王时代的建筑。在我们旁边有一个狭长、长满芦苇的小湖，在中间部分收缩起来。一座石桥越过湖面，是主要的马车通道。而这座小湖的两翼则膨胀起来。警官在桥头停下来，然后他指着地面说：“那就是吉布森太太尸体躺着的地方，我用石块标记过。”

“我听说你在尸体被移动之前就已经到这里了？”

“是的，他们立刻派人去叫我了。”

“谁去的？”

“吉布森先生自己。在发出警报的时候，他和其他人一起从房子里跑出来，他坚持在警察到来之前任何东西都不能被移动。”

“那是明智的。我从报纸上得知是近距离开枪的。”

“是的，先生，非常近。”

“靠近右太阳穴吗？”

“就在太阳穴旁边，先生。”

“尸体是怎么躺的？”

“仰面，先生。没有搏斗的迹象，毫无痕迹。没有武器。她左手里还紧紧抓住邓巴小姐给她的便条。”

“你是说紧紧抓住？”

“是的，先生，我们很难掰开她的手指。”

“这一点非常重要。这就排除了死后任何人放便条做假象的可能性。哦！我记得便条非常简短：

> 我将于九点到雷神桥。
>
> 格·邓巴

“是不是这样的？”

“是的，先生。”

“邓巴小姐承认是她写的吗？”

“是的，先生。”

“她是如何解释的？”

“她准备保留到巡回法庭上进行辩护。她什么都不说。”

“这件案子的确非常有意思。便条的目的十分含糊，不是吗？”

“不过，先生，”警官说，“恕我冒昧地说，依我看，在整个案子里这是唯一用意非常清楚的证据了。”

福尔摩斯摇了摇头。

“姑且认为那封信是真的，并且是邓巴小姐写的，想必她收到它也有些时间了。那么，为什么这位女士依然要用左手紧攥着它呢？为什么她要如此小心地带着呢？她不需要在会见中带着它吧？这看起来不是很不寻常吗？”

“呃，先生，经你这么一说，是有些奇怪。”

“我想我需要坐下来安静一会儿，好好地想想。”然后他就坐到桥的石栏杆上。我看到他那机警的眼睛以怀疑的目光四处瞧着。突然，他跳起来，跑到对面的栏杆前，掏出他的放大镜，仔细检查起石头来。

“真是怪事。”他说道。

“是的，先生，我们也看到栏杆上的缺口了。我猜想或许某个路人凿的。”

石头是灰色的，可这个缺口却是白色的，大小不超过六便士银币。靠近细看的话，可以看出是被猛地一击造成的。

“这需要猛烈地撞击才会造成这样。”福尔摩斯若有所思地说。他用手杖敲了几次石栏，却没有留下任何痕迹。“是的，是猛烈敲击的结果，而且出现在一个奇怪的地方，是从下面而不是从上面敲的，因为你们可以看见它在护栏的下边缘。”

“可是这里距离尸体至少有十五英尺远。”

“是的，离尸体有十五英尺远，可能和本案没有任何关系，但是这一点还是值得注意的。好吧，我看这里没什么东西需要进一步注意了。你是说，这里没有发现任何脚印吗？”

“地面像钢铁一样硬，福尔摩斯先生，完全没有任何线索可查。”

“那么我们回去吧。我们先去他家里看看你提到的那些武器，然后我们乘车去温切斯特，我想先见见邓巴小姐。”

尼尔·吉布森先生还没有从城里回来，但是我们在他家里见到了那位今天上午来拜访过我们的有些神经质的贝茨先生。他带着一种不祥的味道给我们展示了他主人那些令人畏惧的一排各种形状及大小的武器，它们都是在他冒险生涯中积累起来的。

“吉布森先生有很多敌人，所以没有人对他这种作风和性格感到意外。”他说，“他睡觉的时候，床头抽屉里面总是放着一把上了膛的手枪。他是个脾气暴躁的人，先生，我们都害怕他。我肯定这位去世的可怜女士经常被他吓坏。”

“你亲眼见过他对她动粗吗？”

“没有，这个我不敢说。可是我曾经听过他们极其猛烈的争吵，说话冷酷、刻薄，甚至当着仆人的面。”

“这位百万富翁在私生活方面看来不是那么光彩。”在我们步行去车站的路上，福尔摩斯这样评论道。“不错，华生，我们已经掌握了大量事实，其中一些还是新发现的，可是我仍然无法下结论。虽然贝茨先生明显不喜欢他的雇主，可是我从他那儿得到的信息却是：事发的时候吉布森肯定是在书房里。晚餐是在八点半结束的，到那时为止一切正常。事实是出事的时候是在深夜，可悲剧肯定是发生在便条注明的那个时刻。根本没有任何证据表明吉布森先生自下午五点钟从城里回来后曾经出过门。另一方面，据我了解，邓巴小姐承认她和吉布森太太约定在桥头见面。除了这个她什么也不说，因为她的律师建议她保留自己的辩护。我们有几个非常关键的问题需要问这位女士，见过她我才能放下心来。我必须承认，依我看这件案子对她非常不利，除了一点。”

“是什么呢，福尔摩斯？”

“就是在她衣柜里发现的手枪。”

“天啊，福尔摩斯！”我大声叫道，“我还以为那是最不利的证据呢！”

“并非如此，华生。当初我随意浏览时，这一点已经让我感到非常奇怪了，现在进一步了解案情后，我感觉这是唯一有希望能够站得住脚的证据了。我们必须寻找它们的一致性，只要有矛盾的地方，我们就得怀疑是否有什么诡计。”

“我还没有明白你的意思。”

“好吧，华生，我们就暂时假设你是一个冷静的预谋除掉自己情敌的女人。你已经计划好了，写了一张便条，那位受害者也来了。你举起了手枪，然后犯罪结束，一切都干净利落。你会告诉我难道你在做了一起如此狡诈的案件后，竟会做出如此不像一个凶手的蠢事吗？就是忘记把你的武器扔进旁边的芦苇里去消灭证据，反而小心把它带回家放到你自己的衣橱里，而明知那是最先受到搜查的地方？华生，你的好友很难称呼你是一个阴谋家，可是我想即使你也不会干出这样愚蠢的事情吧。”

“可能一时冲动——”

“不，不会，华生，我不相信有这种可能性。如果犯罪是冷静预谋好的话，那么掩盖的方法也必定是冷静预谋好的。因此，我想我们陷入了一个严重错误的印象里面。”

“可是这里还有大量疑点需要解释。”

“不错，我们必须着手解决它。一旦你的观点改变了，那么原来最不利的事情就会成为指向真相的线索。就拿这把左轮手枪来说，邓巴小姐完全否认她知道它。按照我们的新设想，她说的是实话。所以，手枪是被放到她的衣柜里的。是谁放的呢？就是那个想栽赃陷害她的人。那个人不就是真正的罪犯吗？你看，我们一下子就找到一条非常有希望的调查线索了。”

那天晚上，我们被迫在温切斯特过夜，因为手续还没有办好。第二天上午，在那位大有前途的辩护律师乔伊斯·卡明斯先生的陪同下，我们获准去牢房看那位女士。我们已经听了如此多关于她的传闻，我是有准备去见这样一位美丽女人的，可是我永远不会忘记她留给我的印象。怪不得那位专横的百万富翁在她身上发现了比他自己更加强大的东西，一些能够控制和指导他的东西。当你注视着她那坚强、眉目清秀却敏感的脸的时候，你也会觉得，即使她会做出一些冲动的事情，但她依然有一种内在的高尚品质，总能够让她对人产生好的影响。她是一个浅黑肤色的女人，身材修长，体态高贵，仪态庄重。可是她那乌黑的眼睛里却流露出一种无助哀伤的神情，就像猎物感到四周已布下罗网无处可逃了。当她知道前来帮助她的是我那著名的朋友时，她那苍白的面颊上才有了些血色，她那投来的目光也有了一丝希望。

“尼尔·吉布森先生已经告诉过您我们之间发生的事情了吧？”她压低声音激动地问道。

“是的，”福尔摩斯答道，“你不必再想那些让你痛苦的事情了。见到你之后，我已经相信吉布森先生说的话了，不论是你对他的影响还是你们之间的清白关系。但是，所有这些情况为什么没有在法庭上说呢？”

“在我看来，这样的指控能成立是难以置信的。我本来认为，如果耐心等一等，一切都会真相大白的，就不用被迫去讲那些难以启齿的家庭隐私了。但是我现在才知道，事情不但远未被澄清，反而变得更加严重了。”

“亲爱的女士，”福尔摩斯热切地大声说道，“我请你对这一点不要抱任何幻想，卡明斯先生可以明确地告诉你，目前所有情况对我们都不利，我们必须尽一切力量才可能取得胜利。如果假装你不是处在非常危险的境地中，那才是让人难以忍受的自欺欺人。请你尽力帮助我去查明真相。”

“我不会隐瞒任何事情。”

“那么告诉我们你和吉布森太太的真实关系。”

“她恨我，福尔摩斯先生，用她那热带的本性强烈地恨着我。她做事情绝不会半途而废，她对她丈夫的爱和对我的恨的程度是一样的。很可能她误解了我们的关系。我不想说她的坏话，可是她的爱只是肉体上的，她很难理解那种把我和她丈夫联系起来的精神纽带，甚至心灵上的东西，她同样无法想象我留下来唯一的目的就是希望能够对她丈夫产生好的影响。看来我是没有任何理由留下，我是她苦恼产生的根源。可是我肯定，即使我已经离开了这所房子，她的苦恼依然会存在。”

“现在，邓巴小姐，”福尔摩斯说，“请你详细告诉我那天晚上发生的事情。”

“我尽可能把我知道的事实都告诉你，福尔摩斯先生，但是我无法证实任何事情。还有些情况——最重要的情况——我无法解释，也想不出任何解释。”

“如果你能说清事实，或许其他人可以找到解释。”

“那么，关于那天晚上我出现在雷神桥的问题，那是因为当天早晨我收到吉布森太太的一张便条。它就放在教室的桌子上，或许是她亲自放的。她要我晚饭后在那个地方见她，说要跟我谈一些重要的事情，并且让我把回复放在花园里的日晷上，因为她不希望别人知道。我看不出有什么理由要如此神秘，可是我还是按照她的要求做了，接受了约定。她还让我毁了她的便条，所以我就在教室的壁炉里烧了它。她十分害怕她的丈夫，他对她非常粗暴，我经常为这事责备他，我只能想她这样做是为了不让他知道我们见面的事。”

“可是她却非常小心地留着你的便条？”

“是的，我很惊讶，听说她死的时候手里还拿着它。”

“嗯，后来发生了什么？”

“后来按照约定我去了那里。当我到达那座桥时，她已经在那里等着我了。直到这时，我才意识到这个可怜的人是多么憎恨我。她发疯了似的——确实，我认为她疯了，有一种精神病人才有的那种隐藏自己发疯的能力，否则，她怎么能每天对我态度冷淡，而内心深处对我却是如此憎恨呢？我不想说她所说的话。她把她那狂暴的怒火用最野蛮和最不友好的话全部倾泻出来。我甚至没有回应，我无法那样，她的样子太可怕了。我用手捂着耳朵急忙跑开了。我离开的时候她还站在那里，依然对我破口大骂，就在桥头。”

“就是后来她被发现的地方吗？”

“离那个地方几码之内。”

“可是，假定她是在你离开后不久就死了，你没有听到任何枪声吗？”

“没有，我什么都没听到。不过说实在的，福尔摩斯先生，我被这个可怕的意外之举搞得心神不宁，我一路跑回自己的房间，我根本不可能注意到发生了什么事情。”

“你是说你回到了自己的房间。在第二天早晨之前你又出去过吗？”

“是的，当那个可怜人死的消息传来后，我就和其他人一起跑出去了。”

“你看见吉布森先生了吗？”

“是的，看见了，他刚从桥那里回来。他叫人去请医生和警察。”

“依你看来，他是否感到不安？”

“吉布森先生是一个坚强、有自制力的人。我认为他是喜怒不形于色的。我非常了解他，我看得出他感到深深不安。”

“现在我们说说最重要的一点。那把在你房间里发现的手枪，你以前见过它没有？”

“从来没有见过，我发誓。”

“什么时候发现它的？”

“第二天早晨，当警察搜查的时候。”

“在你衣服里？”

“是的，在我衣橱底板的上面，就在我衣服的下面。”

“你能不能想想它被放在那里多长时间了？”

“前一天上午它还没在那儿。”

“你是怎么知道的？”

“因为那时候我整理过衣橱。”

“话就说到这里。那么就是有人进入你的房间，把手枪放在那里，目的是为了栽赃你。”

“肯定是这样。”

“那么能是什么时候做的呢？”

“只能是在进餐时间，或者就是我和孩子们在教室的时候。”

“也就是当你收到便条的时候？”

“是的，自从那时起一直到中午。”

“谢谢你，邓巴小姐。还有任何其他可以帮助我调查的事情吗？”

“我想没有了。”

“在桥的石栏上有猛击的痕迹——就在尸体对面栏杆上有非常新的缺口，你能提出任何可能的解释吗？”

“想必只是个巧合。”

“奇怪，邓巴小姐，非常奇怪。为什么它刚好在悲剧发生的时间出现呢，为什么刚好出现在那个地方呢？”

“可是怎么形成的呢？只有非常猛烈地撞击才能得到这样的效果。”

福尔摩斯没有回答，他那苍白急切的面容突然变得紧张迷茫起来，我早已知道了这是他发挥他天才般创造力的时候。很明显他的思索正处在非常关键的时刻，以至于我们没有一个人敢说话了。律师、囚犯和我，都安静地坐在那里一言不发地紧张地看着他。突然，他从椅子上跳起来，由于神经过度紧张和急于行动而浑身颤抖起来。

“走，华生，快走！”他喊道。

“怎么了，福尔摩斯先生？”

“不用担心，亲爱的女士。卡明斯先生，你会收到我的消息的。多亏上帝正义的帮助，我马上就要侦破一件让英格兰震惊的案子了。邓巴小姐，你明天就会得到消息的。与此同时，请你相信我，乌云即将散去，真相大白的光明前景即将到来。”

从温切斯特到雷神湖的路程并不是很远，可是由于我的急躁，却显得很远，而对福尔摩斯来说简直就是看不到边了。因为紧张不安，他根本不能安静地坐着，不是在车厢里来回踱步，就是用他那修长敏感的手指敲着身旁的坐垫。然而，在我们接近目的地的时候，他突然在我对面坐了下来——我们单独使用一节头等车厢——他把两只手分别放在我的膝盖上，以一种他淘气时典型的顽皮目光看着我的眼睛。

“华生，”他说，“我记得，在我们短途旅行时你总是带着武器的。”

我这么做是为了他好，因为当他专心致志投入一个问题时几乎不会考虑到自己的安全，所以不止一次我的手枪都起了很大作用。我提醒他这个事实。

“是的，是的，在这种事情上我是有点心不在焉。但是今天你带你的手枪了吗？”

我从后口袋里取出枪来，那是一件小巧却非常实用的小武器。他打开保险，取出子弹，小心地检查手枪。

“重——足够重。”他说。

“是的，它做得很结实。”

他拿着枪沉思了一小会儿。

“你知道吗，华生，”他说，“我相信你的这把手枪和我们正在调查的神秘案件有密切关系。”

“亲爱的福尔摩斯，你在开玩笑吧。”

“不，华生，我是相当认真的。我们先要做一个实验，如果实验成功的话，就真相大白了。实验全靠这件小武器的表现了。取出一颗子弹，现在我们把其他五颗装好，然后打开保险，就这样！这样增加了分量，就容易试验了。”

我完全不知道他在想些什么，他也没给我点明，只是出神地坐在那里，直到我们在汉普郡的小车站下了车。我们叫了一辆摇摇晃晃的马车，一刻钟后我们就到了那位值得信任的警官朋友家里了。

“有线索了？福尔摩斯先生，是什么？”

“全靠华生医生那把左轮手枪的表现了，”我朋友说，“它在这儿。现在，警官，你能给我一条十码长的绳子吗？”

他从村里的商店买了一团结实的细绳。

“我想这个正是我们需要的。”福尔摩斯说，“现在，如果你愿意的话，我们立刻出发，我希望这是我们旅行的最后阶段。”

太阳正在落下去，将汉普郡那连绵起伏的旷野变成了一幅美妙的秋景图。那位警官勉强跟我们一起走着，眼睛里充满了批评和狐疑的目光，表明他非常怀疑我伙伴的神智是否正常。当我们接近犯罪现场时，我可以看出，在我朋友那惯常的冷静表情下面，其实是异常激动的。

“是的，”他对我的疑问回答道，“你以前也曾经看我失败过，华生。对这种事情我有一种直觉，可有时候它会让我失败。在温切斯特的牢房里这个想法第一次闪过我的脑海时，我就确定无疑了。可是活跃的头脑总有一个缺点，就是别人总能构想出其他可供选择的解释，从而使我们误入歧途。可是，可是——好吧，华生，我们只能试试了。”

他一边走着一边把绳子的一头牢牢地绑在手枪把柄上。我们到达了发生悲剧的现场。在警官的帮助下，他非常小心地标记出尸体躺的确切地点。然后他就到石南花和蕨类植物中寻找，直到找到一块相当大的石头。他把绳子的另一头紧紧绑住石头，接着他把石头悬挂在桥的石栏外面，吊在水面上。然后他站在那个致命的地方，和桥边有些距离，手里拿着枪，武器和另一边石头之间的绳子已经被拉得紧紧的了。

“现在开始！”他喊道。

说着他把手枪举到头部，然后手一松。手枪立刻被石头的重量拽跑了，猛地撞在护栏上，然后就掉进水里消失不见了。福尔摩斯赶紧跑过去跪在石栏旁。他高兴地叫了起来，这表明他已经找到了他期望的东西。

“还有比这更确切的证据吗？”他喊道，“看，华生，你的手枪解决了难题！”说着他指着第二个缺口，它的形状大小和第一个出现在石栏下面的缺口完全一致。

“今天晚上我们住在小旅店里。”他站起来对着那位惊讶不已的警官继续说道。

“当然，你可以找一个抓钩，不费力地归还我朋友的手枪。

同样在附近你可以发现那位充满报复心的女士所使用的手枪、绳子和石头，这些都是她用来掩盖自己罪行并把谋杀的指控嫁祸于无辜的受害者的用具。请你转告吉布森先生：我明天上午要见他，以便澄清邓巴小姐罪名的事。”

那天深夜，当我们一起坐在乡村小旅馆里抽烟的时候，福尔摩斯向我简短地介绍了事情的经过。

“我恐怕，华生，”他说道，“即使你把这个雷神桥的神秘案件添加到你的记录里，也提高不了我可能已经获得的名誉。我的脑子已经有些迟钝了，缺少那种把想象力和基于我艺术上的现实综合起来的能力。我承认，石栏上的缺口是找到真相所需的足够线索，而且我要责备自己没有很快找到它。

“必须承认，这个可怜的女人的心思是很高超和狡猾的，所以揭穿她的阴谋不是件容易的事。我想，在我们的冒险中还从来没遇到过这种由于变态的爱所导致的奇怪案件。在她的眼里，邓巴小姐无论在精神还是在肉体上都是她的对手，都是同样不可原谅的。很可能她把她丈夫用来伤害她感情的那些严酷和不友好的言行都归咎于这位无辜的女士了。她的第一个决定就是结束她自己的生命。第二个决定是以这样的方法让她的情敌遭到比突然死亡更糟糕的命运。

“我们可以非常清楚地知道她采取的所有行动，它们表明这是一个相当狡猾的大脑。她非常聪明地从邓巴小姐那儿弄到了一张便条，这样让人看来好像是后者选择了犯罪地点。由于担心便条不能被人发现，她做得过头了，直到最后一刻还拿着它。仅仅这一点早就应该引起我的怀疑了。

“接着她拿走了她丈夫的一把手枪——正如你看到的，在屋子里有一个武器库——留给她自己使用，而把另外一把相同的开过一枪的手枪在那天上午藏在邓巴小姐的衣橱里，她可以毫不费力地在森林里开一枪而不引起他人的注意。然后她来到桥头，准备好这个设计极其巧妙的除掉武器的办法。等邓巴小姐出现后，她就用她最后的力气宣泄出她的仇恨，然后，等她走得远到听不见的时候，她就完成了这个可怕的计划。现在每一个环节都对上了，锁链完整了，报纸可能会问为什么开始不去水里打捞呢，可这是事后诸葛亮，再说这么大的芦苇塘想去打捞也不是件容易的事，除非你明确知道要找什么，并且在什么地方找。好了，华生，我们总算帮助了一个不同寻常的女人，也帮助了一个令人畏惧的男人。如果今后他们联合起来的话，看来也不是件不可能的事，那么金融界可能会发现，吉布森先生从那个传授尘世经验的不幸课堂里学到了一些东西。”

爬行人

夏洛克·福尔摩斯先生一直主张我应当发表有关普雷斯布里教授的奇闻，只要能消除所有那些可怕的谣言，二十多年前它曾经轰动大学并波及到伦敦的学术界。可是总有一些阻碍让我未能发表它，以致事情的真相一直埋藏在那个装满记录我朋友冒险经历的罐头盒子里。现在我们终于获准能够公开讨论这个在福尔摩斯退休前办理的案子了。即使现在，在公布于众时，仍要谨慎从事，需要一定的保留。

那是一九〇三年九月初的一个星期天晚上，我收到了一张福尔摩斯简洁的便条：

> 如果方便的话，请立即前来；如果不方便的话，也请来。
>
> S.H.

在他晚年的时候，我们之间的关系有些特别。他是一个有很多习惯的人，有一些狭隘并且根深蒂固的习惯，我也是它们之中的一个。作为一种惯例，我就像他的小提琴，沙格烟草，老旧黑色的烟斗，书的索引，以及其他一些或许不那么合理的习惯。每当他遇到费力案件时，需要一个在精神上他可以依赖的亲密伙伴时，我的作用就显而易见了。但除此之外我还有其他用处。对他的脑子来说，我就像是一块磨石。我能够刺激他的思维。他喜欢在我面前大声自言自语。他的话语很难说是对我讲的，很多话就是对着他的床讲也可以。可是尽管如此，一旦形成了那种习惯，我的聆听和插嘴在某种意义上对他还是有些帮助的。如果我那种慢条斯理的思维过程让他恼火的话，这种恼怒反而让他的灵感更加流畅和活跃起来。在我们的友谊中，这就是我卑微的作用。

当我到达贝克街时，发现他缩成一团坐在扶手椅上，疲惫得膝盖高拱着，嘴里叼着烟斗，眉头紧皱着，陷入了沉思之中。显然他正在苦思一个伤脑筋的问题。他挥手指了下我原来坐的那张扶手椅，可是除此以外，过了半个钟头他都没有表示注意到我在场。接着他猛地一惊，好像从冥想中清醒过来，用他那通常古怪的微笑欢迎我回到老家。

“请你原谅我有些出神，亲爱的华生，”他说，“在过去的二十四小时内，我得到了一些非常奇怪的情况，它们依次引起我思索了一些更具有普遍意义的问题。我已经认真考虑要写一篇小论文了，来探讨一下在侦查工作中狗的用途。”

“可是想必，福尔摩斯，这个早已经讨论过了，”我说，“比如猎犬，警犬——”

“不，不是，华生，当然这只是显而易见的一面了。可是问题还有更加微妙的一面。你或许还记得那个案子，就是你用你那种耸人听闻的方式处理了铜山毛榉案的那次，我曾经通过观察那个小孩思维的方法，推断出自负、体面的父亲的犯罪习惯。”

“是的，我记得很清楚。”

“我想关于狗的想法也是类似的。狗能够反映一个家庭的生活。谁见过阴沉的家庭里有活泼的狗，或者幸福的家庭里有忧愁的狗呢？难缠的人的狗肯定是难缠的，危险的人的狗必定是危险的。它们过去的情绪也能反映人过去的情绪。”

我摇了摇头。“福尔摩斯，想必这个有些牵强吧。”我说。

他把烟斗重新塞满，又坐了下来，完全没有理会我的话语。

“我说的那种理论的实际用处和我目前正在调查的案件密切相关。真是一团乱麻，你知道，我正在寻找一个头绪。我正在考虑的一个可能是：为什么普雷斯布里教授的猎狼犬会拼命咬他呢？”

我有些失望地往椅子上一靠。难道就是为了这么件琐事把我从工作中喊来吗？福尔摩斯扫了我一眼。

“还是那个老华生！”他说，“你从来都没有学会，最重大的问题往往取决于那些最微不足道的事情。可是即使从表面上判断不也是很奇怪吗？那个古板的老学者，自然你肯定听说过牛津大学的著名生理学教授普雷斯布里，像他这样一个人，竟然被他喜爱有加的猎狼犬攻击了两次？你对这件事情有什么看法？”

“狗病了。”

“哦，那个当然需要考虑。可是它并没有攻击别人，也没有总是骚扰它的主人，只是在非常特殊的情况下才会这样。华生，奇怪，非常奇怪。如果这是年轻的班尼特先生拉响的铃声，那么他是提前来了。我本来希望能够在他来之前多和你谈一会儿的。”

楼梯上传来急促的脚步声，敲门的声音同样急剧，没一会儿这位新顾客就进来了。他是一位身材修长、相貌英俊的年轻人，年纪大约三十岁，穿着体面讲究，但是举止之间有一种学者的含蓄而没有那种饱经世故者的沉着冷静。他和福尔摩斯握了握手，然后有些惊讶地看着我。

“福尔摩斯先生，这件事情非常敏感，”他说，“请你考虑到我和普雷斯布里教授在私人和公众上的紧密关系，我真的没有理由在第三者面前说。”

“完全没有必要担心，班尼特先生。华生医生是最谨慎的人，另外我可以向你保证，这件事情我很可能需要一个帮手。”

“随你便，福尔摩斯先生。我想你会理解我对这件事情的慎重态度的。”

“华生，这位年轻的特雷弗·班尼特先生就是那位大科学家的专职助理，就住在教授家里，并且已经和教授的女儿订婚了。我们当然同意，教授一定会要求他对教授保密并且忠诚。可是表示忠诚的最好方式是采取必要的措施来查清这个奇怪的谜。”

“我也希望如此，福尔摩斯先生。这就是我的目的。华生医生了解情况吗？”

“我还没有来得及向他解释。”

“那么我最好还是在说明一些新情况前，把事情再说一遍。”

“还是我自己来说吧，”福尔摩斯说，“这样可以看看我是否掌握了事情的基本情况。华生，教授在欧洲是一个很有名望的人。他一直过着专业学者的生活，从来没有发生过任何丑闻。他是一个鳏夫，有一个女儿，叫伊蒂丝。我推断他是一个精力非常充沛和自信的人，一个几乎可以说是好斗的人。事情就是这样，直到几个月前仍是如此。

“后来他的日常生活被打乱了。他已经六十一岁了，但是却和他的同事——比较解剖学会的会长莫尔非教授的女儿订了婚。按照我的理解，这并不是那种上了年纪的人的理智求爱，相反是充满了年轻人那种狂热的激情，因为没有人像他这样表现得如此专注热烈。那位女士艾丽丝·莫尔非是一位身心都非常完美的少女，所以教授的迷恋也就不足为奇了。可是，他自己的家庭并没有完全同意这件事。”

“我们认为这太过分了。”

“正是如此。过分，有点过激和不自然。然而普雷斯布里教授很富有，女方的父亲并没有反对。可是女儿却有自己的意见。她还有其他几个追求者，从世俗的观点上看，她跟他们并不是很合适，但是起码在年龄上与她相配。尽管教授行为古怪，但是这个姑娘好像仍然喜欢他。唯一的阻碍就是年龄。

“大概就是在这个时候，教授的平常生活突然被一个小小的迷雾笼罩了。他做出了他以前从来没有做过的事。他外出不知去向。两个星期后，他回来了，看起来相当劳累。他没有提到去哪儿了，尽管他一贯是个直率的人。恰巧，我们的这位顾客班尼特先生，收到一个在布拉格的同学寄来的信，说他有幸在那儿见到普雷斯布里教授，但是没能跟他说上话。就这样，他的家人才知道他去了什么地方。

“现在关键问题就来了。从那以后，教授就发生了奇怪的变化。他变成了一个偷偷摸摸、小心翼翼的人。周围的人无一例外地感觉他已经不是那个他们曾经熟悉的人了，他处在阴影之下，他的本性变得模糊了。他的智力并没有受到影响，他的演讲还是像以前一样充满激情。可总是感觉有一种新的东西，一种危险而意外的东西。他的女儿非常爱他，她曾反复尝试希望回到以前那种关系中，想看穿戴在父亲脸上的面具。而你，班尼特先生，我认为也做了同样的努力——但是所有的举措都是白费功夫。现在，班尼特先生，请你自己讲讲关于信件的事情吧。”

“华生医生，请你明白，教授对我从来都没有什么秘密，即便我是他的儿子或者弟弟，也不可能完全得到他的信任。作为他的秘书，他的全部信件由我打开并再次分类。可是他回来不久，所有这些都变了，他告诉我，可能有一些来自伦敦的信件，在邮票下面画有十字标记，这些信件要放在一边，他要亲自拆看。老实说，后来我确实经手了这么几封信，上面盖有伦敦的邮戳，地址是没文化的人写的。如果他回过信的话，根本没有经过我手，也没有放进我们收集信件的邮筐内。”

“还有盒子。”福尔摩斯说。

“啊，是的，盒子。教授旅行回来时，随身带着一个木质的小盒子。这是唯一表明他去过欧洲大陆的东西，因为它是一个雕刻得古色古香的盒子，通常被认为是属于德国的。他把它放在仪器柜橱里。有一天，我正在找一个导管，拿起了这个盒子。让我吃惊的是教授竟然勃然大怒，用十分野蛮的话来指责我，而这只是由于我的好奇心罢了。这种事情还是第一次发生，我感到很受伤害。我竭力解释，我只是偶然拿起盒子而已，可是一整晚我都感觉他狠狠地盯着我，他对这件事情一直耿耿于怀。”这时，班尼特先生从口袋里拿出一个小日记薄。

“这件事发生在七月二日。”他说。

“你真是一个令人称赞的证人，”福尔摩斯说，“我可能需要你记录下来的这些日期。”

“这个办法也是我从我的这位伟大导师那里学到的东西之

一。自从那次我发现他的行为反常后，我就感到有责任去研究他的情况。于是我就开始记录，就在七月二日这天，当他从书房出来走到门厅的时候，罗伊攻击了他。七月十一日，再次发生了类似的事情。然后我在七月二十日又记录了一次。后来我们不得不把罗伊关到马厩里去了。它是条可爱温柔的动物——可是我恐怕这样让你厌烦了吧。”

班尼特先生以责备的口气说道，因为显然福尔摩斯并没有在听他说话。他绷着脸，双眼出神地瞪着天花板，然后使劲让自己清醒过来。

“有意思！真是有意思！”他咕哝着说道，“这些情况我还不知道呢，班尼特先生。我想我们已经把原来的事实讲得相当清楚了，是吗？你刚才说又出现了新情况。”

我们的顾客那开朗坦率的脸顿时阴沉下来，某些糟糕的回忆给他留下了阴影。“我现在所说的事情就发生在前天晚上，”他说，“大约凌晨两点钟，我醒了，躺在床上，突然听见一种沉闷的声音从楼道里传来。我打开门向外张望。我应当说明的是，教授的卧室在过道的另一端——”

“日期是——”福尔摩斯问。

我们的客人显然对这个毫不相干的打断感到有些生气。

“我已经说过了，先生，是在前天晚上，九月四日。”

福尔摩斯微笑着点了点头。

“请继续讲下去。”他说。

“他睡在过道的另一头，想到达楼梯必须经过我的门口。真是一个可怕的情形，福尔摩斯先生。我认为我的勇气绝不比身边的人差，可是我依然被我所看见的情景给吓坏了。楼道里除了从一扇窗户投下一道光线外，其他都是黑的。我可以看见有东西正沿着楼道移动，是某种黑乎乎的正在爬行的东西，然后它突然暴露在光亮下，我看见竟然是他。他正在爬行，福尔摩斯先生，是爬行！他不是用手和膝盖在爬，或许最好说是用手和脚在爬，他的头向下垂在两手之间，然而他好像移动起来很轻松。我被这副场景吓得动都不能动了，直到他靠近我的门口，我才能走上前去问他是否需要帮助。他的回答非常奇怪。他跳起来，对我说了些非常恶毒的话，就匆匆从我身边过去了，然后走下楼梯。我等了一个小时，但是他没有回来。我肯定直到天亮他才回到他的屋里。”

“华生，你有什么看法？”福尔摩斯的神态就像是一位正在讨论一个罕见病例的病理学者。

“可能是风湿性腰痛。我见过一个病人就是这样走路，这个病比什么都容易叫人心烦，发脾气。”

“很好，华生！你总是如此直截了当。可是我们很难接受腰痛的说法，因为他能够一下子站起来。”

“他的身体从来没有这么好过，”班尼特说，“事实上，多年来我还不知道他像现在这样强壮过。可是事实摆在眼前，福尔摩斯先生，这不是一起我们可以找警察帮忙的事情，而我们毫无办法，不知道该做什么，我们隐约感觉到灾难正在逼近。伊蒂丝，就是普雷斯布里小姐，和我感觉一样，我们不能再这样束手等待下去了。”

“这的确是一件非常稀奇和引人深思的案子。华生，你是怎么想的？”

“作为一名医生来讲，”我说，“看来这是一件需要一名精神病医生处理的案子。那位老绅士的思维已经被热恋给扰乱了。他去国外旅行，是为了摆脱这种热情。他的信件和盒子可能跟其他的私人事务有关——比如借款，或者股票，放在盒子里面。”

“而猎狼犬很可能不同意这种金融交易。不，不对，华生，这里面还有其他文章。现在，我只能建议——”

福尔摩斯要提的建议永远没人知道了，因为就在这时门打开了，一位年轻的女士被带进屋来。她一出现，班尼特就大叫一声跳起来，伸开双手跑过去，拉住了她也伸过来的手。

“伊蒂丝，亲爱的！没出事吧？”

“我感觉我必须跟你来，哦，杰克，我吓得要死！一个人待在那里太可怕了。”

“福尔摩斯先生，这就是我刚才提到的那位女士，我的未婚妻。”

“我们正要得出这样的结论，是不是，华生？”福尔摩斯笑着回答道，“我猜想，普雷斯布里小姐，案子又有了新进展，而你应该想告诉我们？”

我们的新访客是一位传统的清秀伶俐的英国姑娘，她在班尼特先生身边坐下，向福尔摩斯报以微笑。

“当我发现班尼特先生离开旅馆后，我想我大概会在这里找到他。当然，他已经告诉过我他要向你求救。哦，福尔摩斯先生，你能为我那可怜的父亲做些什么吗？”

“还有希望，普雷斯布里小姐，可是案情依然不够明朗。或许你要说的会给案子带来新的线索。”

“就是昨晚，福尔摩斯先生。昨天一整天他的样子都非常古怪。我确信有时候他并不记得自己做过的事情，他就好像生活在一个奇怪的梦中，昨天就是这样。他并不是和我一起生活的父亲，虽然他的外表还是那样，可是实际上已经不是他了。”

“告诉我发生了什么。”

“夜里我被狗异常猛烈的叫声给吵醒了。可怜的罗伊，现在它被锁在马厩附近。我睡觉的时候总是把门锁上的，因为，杰克——班尼特先生会告诉你，我们都有一种不祥的预感。我的房间在三楼，碰巧昨天晚上我的窗帘是拉开的，外面月光皎洁。我正躺在床上盯着明亮的窗户，听着狗的狂叫声，忽然我惊讶地发现我父亲的脸正盯着我。福尔摩斯先生，我几乎被惊吓得昏过去。他的脸顶在窗户玻璃上，一只手举起来，好像要打开窗户。如果窗户真的被打开的话，我想我可能已经疯了。这不是幻觉，福尔摩斯先生，千万不要这么想，我敢说，大约有二十秒钟的时间，我就这样瘫在床上看着那张脸。后来它消失了，可是我不能，不能从床上猛跳起来去看它去哪儿了。我昏倒在床，浑身发抖，一直到早上。早餐的时候他态度十分严厉凶狠，也没有提到晚上发生的事情。我也没说什么，只是找了个借口去城里——我就来这儿了。”

福尔摩斯看起来对普雷斯布里小姐的陈述感到非常惊讶。

“亲爱的女士，你是说你的房间在三楼。花园里有那么高的梯子吗？”

“没有，福尔摩斯先生，这正是让人惊异的部分，根本不可能有办法够得着窗户，然而，他就在那里。”

“日期是九月五日，”福尔摩斯说，“事情就更加复杂了。”

这回轮到那位女士感到惊讶了。

“这是你第二次提到日期了，福尔摩斯先生，”班尼特说，“是不是这个可能对案件产生什么影响？”

“可能——非常有可能——可是我目前还没有掌握足够的资料。”

“或许你正在思考精神错乱和月球周期之间的关系？”

“不，我向你保证，这是一个非常不同的思路。或许你可以把你的日记本留给我，我会核对一下日期。华生，现在我想我们的行动方案已经非常清楚了。这位女士提醒了我们——我对她的直觉非常信任——她的父亲在特定的日子里几乎记不住所发生的事情。因此，我们可以在这样的日子里去拜访他，就好像是他已经约我们去的一样。他会把它归咎于自己记不清了，这样我们就能近距离地观察他了，以此展开我们的工作。”

“这样最好，”班尼特先生说，“然而，我得提醒你，教授有时候性情暴躁，行为粗暴。”

福尔摩斯微笑着说：“我们有理由马上去见他，而且是非常令人信服的理由，如果我的看法依然成立的话。班尼特先生，明天我们一定去牛津。如果我没记错的话，那里有一个叫切克的旅馆，那里的波特酒过去常常超出一般水平，而床单也是无可指责的。我想，华生，接下来的几天我们可能会落到比这更糟糕的地方去。”

周一早晨我们就在通往那座著名大学镇的路上了——对于没有后顾之忧的福尔摩斯来说这是件很容易的事，可对我来说却要疯狂地进行安排和乱忙一气，因为现在我的诊所也不小了。福尔摩斯一路上没有提起案子的事情，直到我们把手提箱放到他提起过的那家旅馆后他才开腔。

“华生，我看我们可以在午饭之前去找教授。他十一点有课，应该在家里休息。”

“那么我们有什么可以被接受的理由去拜访呢？”

福尔摩斯看了一眼他的笔记本。

“在八月二十六号有过一段狂躁的时期。我们可以假设，他那时候对自己做了什么有些糊涂了。如果我们坚持说是按约定前来访问的，我看他很难拒绝我们。我们可不可以厚着脸皮试一试？”

“只能这样了。”

“很好，华生！真是勤勤恳恳和精益求精的混合物。我们只能试试了——这是矢志不渝者的格言。找个当地人带我们去吧。”

这样，一位当地人紧跟在马车后面，带着我们穿过一排古老的学院房屋，最后进入一条林荫大道，在一座迷人的房子门前停了下来。房子的周边是草坪，上面布满了紫色柴藤。看来种种迹象表明普雷斯布里教授不仅生活舒适，而且奢侈。当我们停下来的时候，一个头发花白的人出现在窗前，在他浓浓的眉毛下面，一双戴着巨大角质眼镜的锋利的眼睛正在打量着我们。不一会儿，我们就来到他的私室里面了。那位行为异常，把我们从伦敦吸引来的诡秘的科学家，就站在我们的面前。他的态度和举止没有任何反常迹象，他脸很宽，神情庄重，身材高大，身穿双排扣礼服，有着大学教授应有的举止风度。他的眼睛是他外貌中最不寻常的部分，犀利、锐敏，机灵到濒于奸诈的程度。

他看了我们的名片，说道：“请坐，先生们。我能为你们做什么吗？”

福尔摩斯亲切地微笑着说：“教授，这正是我打算问你的问题。”

“问我？”

“可能有些误会。我听别人说，牛津大学的普雷斯布里教授需要我效劳。”

“哦，是这样！”我感觉他那紧张的灰色眼睛发出一种恶毒的目光，“你是听说的，是吗？请问那个人的姓名是什么？”

“抱歉，教授，这是件很机密的事情，如果我冒犯了你，我只能表示歉意。”

“不必客气。我应该搞清楚这件事情，我很有兴趣。你有什么条子、信件或者其他任何电报之类东西，可以证明你的说法吗？”

“没，我没有。”

“恕我冒昧，你不是声称是我请你来的吗？”

“我不想回答任何问题。”

“不想回答？”教授粗鲁地说道，“然而，这个特别的问题不用你回答就可以非常容易地得到答案。”

他穿过房间拉响了铃铛。我们伦敦的朋友，班尼特先生应声而来。

“进来，班尼特先生。这儿有两位从伦敦来的先生，说是有人邀请他们过来的。你处理我的全部通信，你给一个叫作福尔摩斯的人寄过信吗？”

“没有，先生。”班尼特红着脸回答道。

“这就确定无疑了。”教授愤怒地瞪着我的伙伴说道，“好，先生，”他双手按住桌子，身体前倾，“依我看来，你的身份非常可疑。”

福尔摩斯耸了耸肩。

“我只能重说一遍，我很抱歉我们无意打扰你了。”

“没那么容易，福尔摩斯先生！”这个老头脸上带着异常恶毒的表情尖声大叫道。他说着就站到门前挡住我们，狂怒地挥动着双手。“想出去可没有那么简单！”他的脸都抽搐起来了，无意识地大发脾气，呲牙咧嘴，叽里咕噜地对着我们大喊大叫。如果不是班尼特先生出来干涉的话，我相信我们只能硬拼着离开这个房间了。

“尊敬的教授，”他喊道，“请你考虑你的身份！想象这个丑闻如果传到大学里会产生什么样的影响！福尔摩斯先生是一位众所周知的人物，你不可以这样无礼地对待他。”

于是我们的东道主——如果我可以这样称呼他的话——很不高兴地让开了通往门口的路。我们很庆幸地离开了这座房子，来到外面宁静的林荫道上。福尔摩斯好像对刚才的事情感到非常有趣。

“我们这位博学朋友的神经是有些问题，”他说，“也许我们的拜访是有点粗鲁，可是我们还是达到了我所渴望亲身接触的目的。但是，我的天啊，华生，他肯定在跟踪我们，这个恶棍在跟着我们。”

我们身后传来跑步的声音，可是，让我放松的是，不是那个令人畏惧的教授，而是他的助手，在道路的拐角处出现了。他喘着气向我们走来。

“很抱歉，福尔摩斯先生，我希望能道歉。”

"亲爱的先生，完全没有必要。这在我的职业生涯中经历得多了。"

"我从来没见过他这样危险的情绪。他变得越来越危险了。现在你能明白为什么他的女儿和我这样担心了。可是他的脑袋是完全清醒的。"

"太清醒了！"福尔摩斯说，"我估计错误了。显然他的记忆比我想象的要好得多。顺便问一下，在我们走之前，可不可以看一下普雷斯布里小姐房间的窗户？"

班尼特先生从灌木丛中拨开一条路，这样我们可以看见房子的侧面了。

"在那儿，左边第二个窗户就是。"

"天啊，看起来很难到达那个地方。可是你看窗户下面有爬藤，上面还有水管，可以有立足之处。"

"我自己都爬不上去。"班尼特先生说。

"非常有可能。对任何正常的人来说，这无疑都是个危险的活动。"

"还有一件事我想告诉你，福尔摩斯先生，我搞到了和教授通信的人在伦敦的地址。他今天上午好像给他写信了，我从他的吸墨水纸上发现了地址。对于一个值得信赖的秘书来说，这样做是卑鄙的，可是我还有什么办法呢？"

福尔摩斯朝那张纸看了一眼，然后就把它放进口袋。

"多拉克——一个奇怪的名字，我想可能是斯拉夫人。好吧，这是一个重要线索。班尼特先生，我们今天下午回伦敦，我们留在这里也没有什么用处。我们不能逮捕教授，因为他没有犯任何罪行。同样我们也不能限制他的自由，因为他无法被证明疯了。到现在为止还不能采取任何行动。”

“那么我们究竟该做些什么呢？”

“有点耐心，班尼特先生，事情很快就会有新的进展。如果我没有判断错误的话，下个星期二可能是一个危机关头，届时我们一定会在牛津的。不可否认这段时间是很不愉快的，另外，如果普雷斯布里小姐能延长她在城里的逗留——”

“这很容易。”

“那么就让她一直待在那儿，直到我们通知她所有危险已经过去再说。与此同时，不要管他，也不要惹怒他，只要他心情好就行。”

“他来了！”班尼特压低声音惊恐地说道。从树枝缝隙里我们看见那个挺立的高个子从前厅的门里走出来。他前倾着身子，双手下垂耷拉着，脑袋东张西望。秘书向我们挥手告别，然后就消失在树丛了。不一会儿，我们就看见他站到教授身边了，他们两个好像一边激烈争论着，一边走进房屋。

“我猜那位老先生已经推理出我们要干什么了。”福尔摩斯这样说着，我们一起走回旅馆。“尽管我们只有一面之缘，可他那清晰和有逻辑的大脑给我留下了深刻的印象。毫无疑问，从他的立场来看，他发脾气也不是毫无道理的，因为如果侦探已经开始跟踪他，并且他怀疑是他自己的家人要求这样做的。我认为班尼特的日子不好过了。”

在我们回去的路上，福尔摩斯在一家邮局停下来发了一封电报。当天晚上就收到回电了。他把电报扔给我。

已拜访商务街，见到多拉克。性情温和，波西米亚人，上了年纪。开一家大商店。默瑟。

“默瑟是你离开以后来的，”福尔摩斯说，“他是我的杂务工，处理我的日常事务。了解一下跟我们的教授秘密通信的家伙是很重要的，他的国籍和布拉格之行是有联系的。”

“感谢上帝，总算有事情联系起来了。”我说，“现在我们好像面对着一系列无法解释和相互之间没有关系的事件。例如，猎狼犬的狂怒和波希米亚之行可能有什么联系呢？或者它们和夜里在楼道爬行又有什么关系呢？至于你的日期，那是最神秘的了。”

福尔摩斯微笑着搓着双手。我们坐在那间古老旅馆的陈旧起居室里，桌子上放着一瓶他原来提到过的有名的葡萄酒。

“好吧，现在，我们先来看看日期。”他说。他把指尖并在一起，那种神情就好像是在讲课一样。“这个优秀的年轻人的日记簿显示，七月二号出了麻烦，从那以后好像九天一个周期，我所能记得的是，只有一次例外。因此，最后一次爆发是在星期五，也就是九月三日，同样符合这个规律。在这之前，八月二十六日也是如此。这种事情肯定不是巧合。”

我不得不同意。

“那么，让我们暂时假设，教授每九天就使用一种烈性药物，其效果短暂但毒性强烈。这样他本来就暴躁的脾气就更加暴躁了。当他在布拉格的时候，他学会了使用这种药物，而现在则由伦敦的一个波希米亚中间商供应他药品。这些都是彼此有联系的，华生！”

“可是那条狗，窗户上的脸和楼道里爬行的男人又怎么解释呢？”

“好，好，我们总算有头绪了。在下个星期二之前，我不期望有任何新的进展。在这期间我们只能和班尼特保持联系，并享受这个迷人城市的舒适。”

第二天早晨，班尼特先生溜来向我们报告最新的情况。正如福尔摩斯说的那样，他的日子不好过。教授尽管没有明确指责他要为我们的出现负责，可是他说话的态度却是极其粗暴的，明显充满了不满。然而，今天早晨他又恢复正常了，他又给把教室挤得满满的学生做了一次才华横溢的演讲。“除去他的古怪行为，”班尼特说，“他的确比我所记得的时候精力更加充沛了，脑子也比以前更清晰了。可是这已经不是他了，再也不是我们曾经熟悉的那个人了。”

“我想至少在一个星期之内你不需要担心任何东西，”福尔摩斯回答说，“我是个忙人，华生医生还有很多患者需要照料。我们约好下个星期二的这个时候在这里见面，如果下次离开之前我们仍然不能作出解释，甚至我们不能终止你的麻烦的话，我会感到非常震惊的。在这期间，保持通信，告诉我们发生的事情。”

接下来的几天我一直没有见到我的朋友。但是星期一晚上我收到一个简短的便条，让我第二天在火车站见他。在前往牛津的路上，他告诉我一切正常，教授家里一直没有什么动静，他的行为也完全正常。那天晚上我们在老地方切克旅馆住下来，班尼特先生来拜访我们的时候讲的情况也是这样。“今天他收到伦敦通信者的来信，有一封信和一个小包邮件，上面都有十字邮戳，他已经警告过我不要动它们。没有其他事情。”

“这些或许可以足够证明了，”福尔摩斯冷冷地说，“现在，班尼特先生，我想今晚我们就可以见分晓了。如果我推理正确的话，我们有机会让事情达到高潮。为了达到这个目的，对教授进行观察是必要的。因此，我建议你保持清醒，时刻警惕着。有可能你会听到他经过你的门口，不要去惊动他，悄悄跟在后面。华生医生和我就在不远处。顺便问一下，你提到的那个小盒子的钥匙放在什么地方？”

“在他的表链上。”

“我想我们的调查必须沿着这个方向。万不得已的话，那把锁得设法拿到。前提是你那儿还有任何其他强壮的人吗？”

"有一个马车夫，麦克菲。"

"他睡在什么地方？"

"在马厩楼上。"

"我们或许会用得到他。现在我们只能做这么多了，静观其变吧。再见——但是我预计早晨之前我们会再见到你的。"

接近午夜时分，我们在教授家前厅正对面的灌木丛中藏了起来。这是一个晴朗的夜晚，可是冷得要命，幸好我们都穿着暖和的大衣。此刻微风徐徐，乌云在空中飘过，时不时地挡住了半圆的月亮。本来在这里守夜是很沉闷的，幸亏期待的激动心情鼓舞着我们，另外我的伙伴向我保证我们可能已经接近这一连串怪事的尽头了，这些分散了我们的注意力。

"如果九天的周期仍然有效的话，那么在今天这个糟糕的晚上我们会抓住教授的，"福尔摩斯说，"以下这些事实：他奇怪的症状是从访问布拉格回来后开始的，他和伦敦一个波希米亚商人秘密通信，他可能代表在布拉格的某个人，就是在今天他收到了那个商人寄来的一个小包裹，所有这些都指向一个方向。他服用的是什么以及为什么，我们还不知道，可它是以某种方式从布拉格寄来的则是确定无疑的了。他是严格按照这个九天周期服用的，这是首先引起我注意的地方。可是他的症状非常引人注目。你留意到他的指关节了吗？"

我真后悔没有注意到。

"有些粗大坚硬，确实非常少见。华生，永远要先看手。接着是袖口、裤膝和靴子。他那种异常稀奇的指关节只能用走路的姿态来解释——”福尔摩斯突然停下来用手拍了一下脑门，“哎呀，华生，华生，我真是个傻瓜！看来是不可思议，可是它必定是真的。所有的关键点都说明一个结果。我怎么会没有看出它们之间的联系呢？这些指关节，我怎么会忽视了这些指关节呢？还有狗！还有爬藤！想必那时候我是坠入了我梦中的小农庄里去了。看那儿，华生！他来了！我们有机会亲眼瞧瞧了。”

前厅的门被缓缓打开了，迎着灯光，我们看见普雷斯布里教授高大的身影。他穿着睡衣，尽管他直立地站在门口，却向前探着身体，两只胳膊耷拉着，就像上次我们看见的那样。

现在他走到私人车道上，突然发生了一种非常奇特的改变，他弯下腰用手和脚移动起来，时不时地腾空而起，就好像精力过剩一样。他顺着屋前移动，然后拐过屋角。当他消失后，班尼特从门厅里溜出来，悄悄地跟在后面。

“快，华生，快点！”福尔摩斯叫道。于是我们偷偷地在灌木丛中移动到一个能看清房子侧面的地方，这里沐浴在月光之下，可以很清楚地看见教授。他正蹲在布满长春藤的墙脚下，突然他以难以置信的敏捷向上攀登，从一根藤跳到另外一根藤，抓得非常牢固，显然只不过是为了他自己的能力而欣喜若狂，毫无明确的目的。他的睡衣敞开了，左右飘动着，他看起来就像一只贴在他房子上的巨大蝙蝠，月光下在墙上投下了一个大方块阴影。不久他就厌倦了这种游戏，然后又从一根藤跳到另一根藤上下来了，他蹲下来仍旧以那种姿势朝着马厩过去了。猎狼犬已经出来并猛烈地叫着，当它看见它的主人后就更加激动了。由于急切和狂怒，锁链被它拉得绷直。教授故意蹲坐在猎狗恰好够不着的地方，开始用各种可能的办法来激怒它。他从车道上抓起一把小石子向狗的脸上扔过去，捡起一根棍子去捅它，还用手在狗张开的嘴前面晃来晃去，想方设法地让那条早已失去控制的狗更加疯狂。在我们所有的冒险经历中，我还从来没有见过如此奇怪的情形，这个毫无表情并且依然受人尊敬的人竟然像青蛙一般趴在地上，去刺激一条已经十分狂怒的猎狗，用尽各种各样精心设计并且残忍的手段去让狗愤怒地在他面前跳起来。

事情瞬间发生了！并不是锁链被挣断了，而是狗从项圈里滑了出来，因为那是给纽芬兰犬做的。我们只听见金属落地的咯咯声，接着人和狗就在地上滚作一团，一个在疯狂地咆哮，另一个则在以一种异常奇怪的假声尖叫着。教授的性命危在旦夕。那个野蛮的动物牢牢地咬住了他的喉咙，尖牙咬得很深，等我们赶上去把他们两个分开时，他已经不省人事了。对我们来说这可能是件危险的事情，幸好班尼特及时赶到，他的吆喝声马上让猎狼犬平静下来。喧闹声已经把昏昏欲睡而且感到惊讶的马车夫从马厩上面的房间里引了出来。"我并不感到震惊，"他摇着头说道，"我以前就见他这样做过。我知道狗迟早会咬到他的。"

猎狗被拴牢后，我们一起把教授抬进了他的房间。班尼特有医学学位，他帮我处理了病人被咬破的喉咙。狗锋利的牙齿几乎穿过颈动脉，导致失血严重。半个小时后，危险过去了。我给病人注射了吗啡，他很快就熟睡了。直到那时，我们才面面相觑，开始估计形势。

“我认为应该找一位一流的外科医生给他看看。”我说。

“绝对不行！”班尼特叫道，“目前丑闻还只限于我们家庭内部。我们是有保障的，一旦传出去，就没法控制了。请考虑一下他在大学里的身份，他在欧洲的声誉，还有他女儿的感情。”

“确实如此，”福尔摩斯说，“我认为这件事情可以由我们保密，既然现在我们不受约束了，就应该防止再次发生这种事。班尼特先生，取下表链上的钥匙。麦克菲看着病人，如果有任何变化马上告诉我们。让我们看看我们能在教授的神秘盒子里找到什么东西。”

那里面几乎没有什么东西，但是已经足够了——一个空的小玻璃瓶，另一瓶几乎还满着；一个皮下注射器；几封由外国人写的字迹模糊的信。信封上的邮戳证明这些就是扰乱了秘书正常工作的那几封信，每封信都是从商务路寄来的，并有“A. 多拉克”的签名，信封里只是些邮寄给普雷斯布里教授新药的发票，或者是确认收款的收据。然而，还有另外一封信，是受到良好教育的人写的，上面有奥地利邮票和布拉格邮戳。“这下我们可有根据了！”福尔摩斯掏出信纸喊道。信是这样写的：

尊敬的同行：

自从您光临后，我已经反复考虑过您的情况，尽管您有特殊理由要求这样治疗，可是我依然坚持应该慎重，因我的研究结果表明它具有相当危险的副作用。

可能类人猿血清的效果比较好些。正如我向你解释过的那样，我曾经将黑面叶猴作为试验对象，因为它很容易获得。叶猴属于爬行动物，攀爬类，而类人猿直立行走，更接近人类。我请求您采取任何可能的预防措施，切勿过早透漏此疗法。我在英国还有另外一个顾客，多拉克也是我的代理商。

请您每周按时报告。

致以最高的敬意

H·洛温斯坦

洛温斯坦！这个姓名让我想起报纸上的一个片段，说一位不出名的科学家正在努力研究一种神秘的可以返老还童和长生不老的方法。就是布拉格的洛温斯坦！他有一种能够使身体强壮的血清，而这是被医学界禁止的，因为他拒绝公布详细资料。我简短地说了一下这个情况。班尼特从架子上取出一本动物学手册，读道："'叶猴，喜马拉雅山麓一种大型黑面猿猴，是体型最大和最接近人类的爬行猿。'这里还有详细资料。好，福尔摩斯先生，幸亏有你，显然我们终于找到了这个可恶的根源了。”

“真正的根源，”福尔摩斯说，“实际上是教授这场不合时宜的恋爱，这让冲动的教授以为只有让自己恢复青春才能达到目的。一个人想要超越自然，就会很容易落到自然以下。如果他脱离了命运笔直的道路的话，即使最高尚的人，也可能变成动物。”他手里拿着小玻璃瓶，坐在那里沉思了一小会儿，盯着里面清澈的液体。“等我给这个人写信，告诉他不要传播这种毒药。我认为他应该为传播这种毒药负刑事责任，然后我们就不会再有麻烦了。可是它或许还会发生，其他人可能会找到更好的办法。总是有危险性的，一种对人类真正的危险。华生，想想吧，那些贪图物质淫欲的世俗的人都能尽量延长他们毫无价值的生命，而那些精神高尚的人不愿违背更高境界的召唤，结果是最不适者幸存，那么我们这可怜的世界不是就变成污水坑了吗？”突然，那个幻想家消失了，行动果断的人——福尔摩斯——从椅子上一跃而起。“班尼特先生，我想再也没有什么好说的了。各种各样的细节现在都容易得到解释了。自然狗比你们更早地发现了变化，他的气味逃不过狗。罗伊攻击的不是教授，而是猿猴，正像是猿猴在戏弄狗一样。攀爬对这种动物来说是一种游戏，我认为他出现在那位女士的窗户外完全是个偶然。华生，清晨有一班火车开往城里，但是我想在赶火车之前，我们还是有时间到旅馆喝杯茶。”

狮鬃毛

这是一个非常突出的案件，其难度和独特性绝不亚于我长久以来职业生涯中遇到的任何一个案件，在我退休以后发生在我身上，在某种程度上可以说是它自己找上门的。事情发生在我退居到苏塞克斯我的小家以后，那时我已经让自己尽情享受这种恬静的田园生活了，那是我长期生活在阴暗的伦敦时经常向往的生活。在这段时期，亲爱的华生几乎完全从我的生活中消失了，偶尔只是在周末来拜访一下，这就是我和他的全部往来了。因此，我必须自己来担当我自己的记录者了。啊！要是他跟我在一起的话，他可能会怎样地去渲染故事精彩的开端，还有我克服所有困难取得最后的胜利啊！可是他不在，因此我只能用我自己的方式来平铺直叙了，用我自己的话把我在探索狮鬃之谜的艰难道路上的每一个步骤记录下来。

我的别墅坐落在丘陵地南部山坡上，居高临下对着海峡，视野非常开阔。在这个地方，整个海岸线都是白垩岩石的悬崖，只有一条曲长、陡峭光滑的小路通向下边。在小路的下面，即使在潮涨最高的时候，也有一百码的布满卵石和砾石的沙滩。然而，这儿到处都有环形的凹地，每次涨潮都重新充满了水，形成了非常棒的游泳池。在这条向两边绵延数英里的宏伟的海岸上，只有一个小海湾和伏尔沃斯村截断了这条直线。

我的房子是独门独户，只有我、我的老管家和我的蜜蜂住在这座庄园里。不过半英里之外，是哈罗德·斯泰赫斯特的著名的培训学校，那是个非常大的地方，人字形的房子，可以容纳好几十名年轻学生，他们正在为不同的专业进行培训，还有几名教职员。斯泰赫斯特当年是一个有名的划船运动员，多才多艺，也是一个优秀的奖学金获得者。自从我移居到海滨以来，我们一直相处融洽，他是和我交往中唯一不需要邀请就可以在晚上相互访问的朋友。

一九〇七年七月底，刮了一次飓风，风朝海岸吹来，海浪扑天，海水都冲到悬崖底部了，在风势改变后，留下了一个小而浅的咸水湖。早晨风平浪静，万物刚刚被清洗过，异常清新。在这样令人高兴的日子里，工作是不可能了，于是早餐之前我出去散步，呼吸一下新鲜空气。我沿着悬崖上通向海滨的陡峭小路走着，突然听到背后有人在喊，原来是哈罗德·斯泰赫斯特在招手欢呼。

“多么美好的早晨，福尔摩斯先生！我就知道我会看见你出来的。”

“我看你是去游泳吧。”

“又来你那套老把戏了。”他大声笑起来，用手指着他鼓鼓的口袋。“是的，麦克佛生很早就出发了，我想我或许在这儿可以找到他。”

弗茨罗伊·麦克佛生是教科学的老师，一个杰出、正直的年轻人，他的生命被由于风湿热而患上的心脏病给削弱了。可他天生是个运动员，在各种不太紧张的运动中他都表现得很优秀。他长期坚持游泳，我也是个游泳爱好者，所以经常能碰到他。

现在我们已经可以看见他了。他的头部在小路尽头的悬崖边上露了出来，接着他的整个身体都露出来了。令人惊讶的是，他像是喝醉了一样，突然把两手向上一举，发出可怕的叫喊声向前倒去。斯泰赫斯特和我急忙跑过去——可能距离有五十来码——把他翻过身来。显然他已经快死了，那凹陷发亮的双眼和可怕的发青的脸颊不可能意味着其他意思了。一瞬间，生命的迹象又回到他的面孔上，他以急切警告的样子说了两三个字，它们是如此含混不清。可是我的耳朵听到他的嘴唇里最后迸出来的是“狮鬃毛”。它是完全不相关和难以理解的，但是我实在不能把它听成别的字音。接着他从地上直起身子，两手一伸，侧身倒下了。他死了。

我的同伴被这突如其来的死亡吓得不知所措。而我，正如读者能够想象的那样，每根神经都紧张起来。我需要这样，因为很快就表明，我们正处在一起特别的案件中。这个男人只穿着巴巴利雨衣、裤子和一双解开鞋带的帆布鞋。当他栽倒的时候，他随意披在肩上的巴巴利雨衣滑落下来，露出他的身体，我们诧异地盯着。他的后背布满了暗红色的条纹，就好像被人用很细的鞭子严重抽打过似的。显然那种用来惩罚的鞭子是很柔韧的，因为绕着他的肩膀和肋部都是已经发炎的长长的鞭痕。他的下巴上滴了一些血迹，因为他在阵发的极度痛苦中咬破了下嘴唇。他那扭曲变形的脸说明他曾经忍受了多么可怕的痛苦。

我正单膝跪着，斯泰赫斯特站在尸体旁边，突然有个影子罩了过来，原来是伊恩·默多克。他是学校里的数学辅导员，一个高个子、黑皮肤的细瘦男人，因为沉默寡言和性情孤僻，几乎没有什么朋友。他好像生活在高度抽象的无理数和圆锥截面的世界里，和普通生活没有什么关系。他被学生看作怪人，本来会成为他们的笑柄，可是这个人却有些非常古怪的气质，这不仅体现在他那墨黑色的眼睛和黝黑的脸色上，还表现在偶尔暴跳如雷的脾气上，只能用凶猛来描述。曾经有一次，他被麦克佛生的小狗弄恼了，他抓起狗就从厚玻璃窗扔出去了。如果他不是一位非常优秀的教师的话，就凭这种行为，斯泰赫斯特肯定已经把他开除了。就是这样一个奇怪且复杂的人出现在我们身边。看来他被眼前的景象给惊呆了，尽管之前发生的小狗事件说明他和死者之间缺乏好感。

“可怜的人啊，可怜人！我能做些什么？我该怎么帮忙呢？”

“你不是和他在一起吗？你能告诉我们发生了什么事情吗？”

“不，不在一起的，今天早上我出来晚了。我根本没有到海滨去，我是直接从学校出来的。我能做些什么呢？”

“你可以赶往伏尔沃斯警察局，马上报案。”

他二话没说，立即掉头以最快的速度跑开了。我主动承担起这个案子，而被这场悲剧吓得头昏眼花的斯泰赫斯特依然站在死者身边。我工作的第一步自然就是记下谁在海滨。从小路的顶部我可以横扫整个海滨，除了远远的三两个黑色人影向伏尔沃斯移动外，完全没有任何人。弄清这一点后，我走下小路。这里是泥土和灰泥岩混杂着白垩土质，到处留着同一个人上下的脚印。今天早晨没有其他人经过这条路去海滨。我留意到有个地方有个张开的手在斜坡上留下的手印，这只能代表可怜的麦克佛生在向上攀登时跌倒过。还有圆形的凹陷，暗示他曾经不止一次地跪下来过。在小路的末端，是潮水退却后留下来的一个很大的咸水湖。在湖边麦克佛生曾脱过衣服，因为岩石上放着他的折叠好的、还没有湿的毛巾，所以看来他还没有下过水。当我在坚硬的卵石之间的小块沙子上寻找的时候，有一两次我发现了他模糊的帆布鞋印和赤脚印，这表明他已经做好准备游泳了，尽管毛巾暗示他实际上并没有那样做。

问题已经很明显了——这是我从来没有遇到的奇怪案件。这个人来到海滩上至多不会超过一刻钟。斯泰赫斯特是从学校跟在他后面来的，这一点毫无疑问。他已经准备去游泳，而且也已经脱了衣服，赤脚印可以说明这一点。接着他突然又急忙穿上衣服，它们都是蓬乱和松开的，说明他还没去游泳或者至少没有把自己擦干就回来了。他改变主意的原因是他受到了残忍、没有人性的鞭打，痛苦到他咬破他嘴唇的程度，他只剩下一点力气能够爬离那个地方，然后就死了。是谁干的这么野蛮的事情呢？是的，不错，是那些在悬崖底部的洞穴。可是初升的太阳直射进去，根本没有什么可以隐蔽的地方。接着还有远处海滨上的几个人影，可是看起来他们离得太远，不可能和本案有关系，另外他们之间还隔着麦克佛生要游泳的大咸水湖，湖水已经淹没了一些岩石。海上，有两三只渔船距离不算太远。空闲的时候可以去查问一下船上的人。现在有几条可供调查的线路，可是没有一条是有明确目标的。

当我终于回到尸体旁边的时候，已经有一小堆好奇的人在那儿围观了。斯泰赫斯特当然还在那里，伊恩·默多克刚把村里的警察安德森给找来了。他是一个典型的身材高大结实、留着姜色胡子的苏塞克斯人——这种人往往在他们迟钝沉默的外表下掩藏着机敏的头脑。他仔细聆听着，把我们说的都记录下来，最后他把我拉到一旁说："福尔摩斯先生，如果能得到您的建议，我将非常高兴。对我来说这是个大案子，如果我出了差错，我会受到刘易斯处罚的。"

我建议他马上派人把他的上司找来，另外还要找一个医生来，在他们到来之前，同样不允许移动现场的任何东西，尽可能不要产生新的脚印。在这段时间内，我搜查了死者的口袋，里面有他的手帕，一把大刀和一个可折叠的名片盒，里面露出一个纸角。我把它打开然后交给警察。上面潦草地写着一行字，是女性的手笔：

我会来的，你可以放心。莫德。

看来是件风流韵事，一个幽会，尽管时间和地点未写明。警察把纸片放回名片盒里，又把其他东西放进巴巴利雨衣的口袋里。因为没有其他更多线索，在彻底搜查悬崖底部之后，我就回家吃早饭去了。

一两个小时后，斯泰赫斯特过来告诉我尸体已经被搬到学校了，会在那里进行尸检。他还带来了一些重要而确切的信息。正如我所预料的那样，悬崖底部洞穴里的搜查一无所获。但是他检查了麦克佛生桌子中的文件，有几封和伏尔沃斯村的莫德·贝拉密小姐关系密切的信件。接着我们就确定了便条书写者的身份。

“警察把信拿走了，”他解释道，“我没法把它们带来。毫无疑问，这是件非同小可的风流韵事。然而，我看不出任何和那件可怕意外有关系的迹象，除了那位女士确实和他定了一个约会。”

“但是不可能会在一个大家常去的游泳池吧。”我说。

“这只不过是个偶然，”他说，“有几个学生没跟麦克佛生一起去。”

“仅仅是偶然吗？”

斯泰赫斯特若有所思地皱起眉。

“伊恩·默多克把他们叫回来了，”他说道，“他坚持要在早饭前讲解代数证明。可怜的家伙，他对发生的事情感到非常悲痛。”

“但是据我了解，他们并不是朋友。”

“从前他们不是，可是近一年来，默多克和麦克佛生经常接近，默多克从没和其他人那么接近过，他不是一个很随和的人。”

“原来是这样，我明白了。我好像记得你曾经对我说起过因虐待狗而吵架的事情。”

“那件事早就云消雾散了。”

“但是可能会留下某些报复心。”

“不，不，我确信他们是真的朋友。”

“好吧，那么我们必须搞清那个女孩的事情。你认识她吗？”

“每个人都认识她。她可是当地的大美人，真的很美，福尔摩斯。无论她到什么地方，都会引起别人的注意的。我知道麦克佛生迷上她了，可是没想到已经发展到信上暗示的那种程度了。”

“那么她是什么人呢？”

“她是老汤姆·贝拉米的女儿。他拥有伏尔沃斯所有的渔船和澡堂。他最开始是个渔夫，但是现在已经非常富有了。他和他儿子威廉一起掌管生意。”

“我们要不要到伏尔沃斯走一趟，去见见他们？”

“理由是什么呢？”

“理由很容易找到的。毕竟，这个可怜的家伙总不会用这种残酷的手段自虐而死吧。总有人手持鞭子吧，如果确实是鞭子造成伤害的话。在这偏僻的地方，他交往的圈子无疑是有限的。如果我们调查了所有方向，我们是不可能找不到作案动机的，而这又可以把我们引向犯罪分子。”

如果不是亲眼看见这场悲剧而把心情弄得如此糟糕的话，在这充满百里香草气味的草原上散步本是件很愉快的事情。伏尔沃斯村坐落在半圆形海湾凹陷进去的地方。在老式的小村庄后面的高地上有几座现代的房子。斯泰赫斯特带着我朝其中的一幢房子走去。

“这就是被贝拉米称作‘港口庄园’的有角楼和石板屋顶的房子。对于一个白手起家的人来说这已经不算坏了——嘿，你看那儿！”

这时港口庄园花园的门打开了，出来一个瘦高而懒散的人，他不是别人，正是数学家伊恩·默多克。片刻之后我们在路上和他相遇了。

“喂！”斯泰赫斯特跟他打招呼。那个人点了点头，用他那乌黑的眼睛好奇地斜视了我们一眼就要走过去。可是他的校长把他拉住了。

“你在这儿干什么？”他问道。

默多克气得涨红了脸。“先生，在你的学校里我是你的下属，我不知道我有义务向你汇报我的私事。”

斯泰赫斯特的神经毕竟忍了这么久，现在很容易被激怒，他完全控制不住自己的脾气了。

“默多克先生，既然是这样，你的回答简直太无礼了。”

“你自己的提问也同样是的。”

“这已经不是我第一次原谅你这样的无礼行为了。这是最后一次了，请你尽快另谋高就吧！”

“我已经打算这样做了。今天我已经失去了唯一让我愿意待在你学校里的人。”

说完他就大步走开了，而斯泰赫斯特还站在那里怒视着他。“他难道不是一个不可理喻的人吗？”他大声叫道。

这件事情给我留下印象最深的一点是，伊恩·默多克先生抓住了第一次让他离开犯罪现场的机会。怀疑、模糊和朦胧现在开始占据我的脑子。或许访问贝拉米可以进一步弄清事实。斯泰赫斯特打起精神来，我们继续走向房子。

贝拉米先生是一个中年人，留着火红的胡子。他看起来非常生气，很快他的脸就变得跟他的头发一样通红了。

“不，先生，我不想知道任何详细情况。我儿子，”他指了指客厅角落里一个身体强健、脸色阴沉的小伙子，“和我都一致认为麦克佛生先生追求莫德是一种侮辱。是的，先生，‘结婚’

这个词他从来都没有提到过，都是些信件和约会，还有更多我们都不同意的行为。她没有母亲，我们是她唯一的监护人。我们决定……”

这时那位女士走了进来，他便没有再说下去。不可否认，她是会让世界上任何场合增加光彩的。谁能想到一朵如此罕见的鲜花竟然会生长在这样的家庭环境中呢？女人难得引起我的注意，因为我的脑子总是控制着我的心灵，可是当我看到她那张完美、轮廓分明的如丘陵地那般柔软和清新的面孔时，就意识到没有一个年轻人不会被她俘虏。就是这样一个女孩匆忙推开门走了进来，走到斯泰赫斯特面前，紧张地睁大了眼睛。

“我已经知道弗莜罗伊死了。”她说，“请不用担心，告诉我详细情况。”

“是另外一位先生告诉我们消息的。”她父亲解释道。

“把我妹妹扯进这件事里是没有道理的！”那个年轻人咆哮道。

妹妹转过身恶狠狠地瞪了他一眼。“这是我的事情，威廉，请让我按自己的方式来处理。据大家所说，这是一起犯罪案件。如果我能帮助找出谁是罪犯的话，这就是为他尽绵薄之力了。”

在听了我同伴简短的介绍之后，她那沉着而专注的神情让我感到她不仅无比美丽，而且性格坚强。莫德·贝拉米在我的记忆里永远是一个非常完美和不同寻常的女性。看来她已经认出我了，因为她最后转向我说道：“福尔摩斯先生，让他们接受法律的制裁吧。不管他们是谁，你会得到我的同情和帮助的。”我感觉她说话的时候挑战似的向她父亲和哥哥看了一眼。

“谢谢你。”我说，“在这种事情上，我非常重视女人的直觉。你刚才用了‘他们’，你认为这件事情牵涉到不止一个人？”

“因为我很清楚麦克佛生先生，他是一个勇敢而强壮的人，单独一个人绝不可能这样残暴地加害于他。”

“我是否可以和你单独谈谈？”

“我告诉你，莫德，不要把自己牵扯进去。”她父亲生气地喊道。

她无助地看着我：“我能做些什么呢？”

“公众不久就会知道事实的，所以我在这儿讨论也没有什么害处。”我说，“我本想私下交谈，可如果你父亲不允许的话，他只好也参加讨论了。”接着我谈到在死者口袋里发现的纸条。“在审讯的时候，它肯定会被公布。我是否可以请你作些解释？”

“我看不出有什么理由再保密了，”她答道，“我们已经订过婚了。之所以保密是因为弗茨罗伊的叔叔，他已经非常老了，可以说是快要死了。如果他不按照叔叔的愿望结婚的话，他可能会剥夺他的继承权。没有其他原因了。”

“你应该早就告诉我们的。”贝拉米先生咆哮道。

“父亲，如果你曾经表现出一点同情心的话，我会告诉你的。”

“我反对我的女儿结识那些和她地位不相称的男人。”

“正是因为你对他抱有的偏见才迫使我们不告诉你。至于那次约会……”她从衣服里摸索出一团纸，“这是回信。”信上写道：

最亲爱的人：星期二日落时在海滩上的老地方。这是唯一我可以离开的时间。

F.M.

“今天就是星期二，我打算今天晚上去见他的。”

我翻过纸条。“这不是邮寄来的，你是如何得到它的？”

“我宁愿不回答这个问题，这和你所调查的案件实在没有什么关系。但是其他任何有关问题我都会如实回答的。”

她确实遵守诺言了。可是对我们的调查并没有提供什么有用的东西。她没有理由认为她的未婚夫有潜在的敌人，但是她承认她有几个狂热的爱慕者。

“我是否可以问一下，伊恩·默多克先生也是其中之一吗？”

她脸红了，看起来有些慌乱。

“曾经有一段时期我认为他是。可是当他知道我和弗茨罗伊的关系之后，就完全改变了。”

在我看来，环绕在这个怪人身上的疑团再次变得更加肯定了。必须检查他的记录，他的房间必须被秘密搜查。斯泰赫斯特愿意协助我，因为他的脑子里也有些怀疑了。就这样我们从港口庄园返回了，我觉得我们至少已经掌握了这团乱麻的一端了。

一个星期过去了，尸检没有任何发现，只得休庭，等待进一步的证据。斯泰赫斯特对他的下属进行了谨慎而全面的调查，也随意搜查了一下他的房间，可是毫无结果。我又亲自把整个房间在体力和脑力上仔细搜查了一遍，仍然没有任何新的结论。在我所有的经历中，读者不会发现有任何案子会让我如此无能为力，即使我的想象力也无法为这个神秘案件想出一个解决办法。后来发生了狗的意外。

这是我的老管家首先从那个奇妙的无线电里听到的，人们就是这样来收听乡村消息的。

“先生，糟糕的消息，是关于麦克佛生先生的狗。”一天晚上她说道。

我是不鼓励这种谈话的，可是这句话引起了我的注意。

“麦克佛生的狗怎么了？”

“死了，先生，死于对主人的悲痛。”

“谁告诉你这个的？”

“哦，先生，人们都在谈论这件事情。那狗很糟糕，一个星期都没吃东西。接着今天两个从学校出来的年轻学生发现它死了——在海滨下边，先生，刚好就在它主人死的那个地方。”

“刚好就在那个地方。”这些字在我记忆中非常清晰。在我脑子里有一个隐约的感觉，这件事情是极其重要的。狗死了，按照狗类善良忠实的天性也说得过去。可是“就在那个地方”！

为什么这个人迹罕至的海滩对它是致命的？难道它可能也是某些长久复仇的牺牲品？难道是……是的，尽管感觉还有点模糊，可是某种想法已经在我脑中逐渐清晰起来。几分钟的工夫，我就在赶往学校的路上了。我在斯泰赫斯特的书房里找到了他。在我的请求下，他把那两个发现狗的学生——萨德伯里和布朗特——叫来了。

“是的，它就躺在那个湖边，”一个说道，“它肯定是去步死去的主人的后尘的。”

后来我去看了那忠实的小动物。是条艾尔谷猎狗，它躺在大厅里的垫子上，尸体僵硬、挺直，双眼突出，四肢扭曲，到处都是极大的痛苦的表现。

我从学校一直走到那个游泳池。太阳已经落下去，巨大的悬崖的黑影映衬在水面上，湖水就像一块铅板那样，发着微弱的光芒。这里毫无人烟，除了两只海鸟在头顶上空盘旋尖叫外，没有一丝生命的迹象。在越来越暗的光线中，我依稀辨认出那条小狗踩在沙滩上留下的足迹，就在它主人放毛巾的那块岩石周围。四周已经越来越黑了，我站在那里沉思了很久，脑袋里思绪万千。你一定知道这简直就是噩梦，就是你感觉这里有你想要寻找的非常重要的东西，而且你知道它就在这儿，可你就是找不到。这就是那天晚上我一个人站在那个死亡之地时的感觉。后来我终于转身缓慢走回家了。

我刚刚走到小路顶部的时候，突然想起来了，就像闪电一般，我记起了那个我苦思冥想的东西。读者知道，如果华生的描写没白费的话，我脑袋中存储了一大堆稀奇古怪的知识，而且没有科学系统性，可是它们对我的工作却是非常有帮助的。我的大脑就像一间被塞满了东西的贮藏室，里面堆满了各种各样的包裹，数量如此之多，以至于我自己也不太清楚里面都有些什么东西了。我早就知道脑袋里有些东西可能和这个案件有关，虽然它依然不明确，但是我知道我可以怎么样让它清晰起来。这是古怪的，不可思议的，可是总是有可能的。我需要对它做充分的实验。

在我那所小房子里有一个大阁楼，里面塞满了书籍。一回家我就钻了进去，翻找了一个小时，最后我拿着一小本巧克力色印着银字的书出来了。我急切地翻到我模糊记得的那一章。是的，它确实是一个牵强和不大可能的观点，可是我必须把它的可能性弄清楚，否则我会一直不安的。当我休息的时候已经很晚了，心里迫切盼望着明天的工作。

可是工作时遇到了讨厌的打断。我刚刚咽下我的早茶准备动身去海滩时，苏塞克斯郡警察局的巴德尔警官就来拜访了。他是一个稳重、结实、迟钝而有着深邃眼睛的人，他现在用十分困惑的表情看着我说:“我知道你经验非常丰富，先生。当然，这完全是非正式的访问，所以也用不着多说些什么了。可是我对这个麦克佛生的案子实在是没有办法了。现在的问题是，我是应该下令逮捕呢，或者还是不采取行动？”

“你的意思是指默多克先生吗？”

“是的，先生，当你翻来覆去想这件事的时候，确实没有其他人了。这就是这个人迹罕见的地方的优势。我们把它缩小到很小的范围内，如果不是他干的，那么又会是谁呢？”

“你掌握了什么对他不利的证据？”

他搜集证据的思路跟我一样。第一是默多克的性格和看起来环绕在他身上的神秘感，在小狗那件事情上表现出来的暴躁的脾气，还有过去他和麦克佛生吵过架的事实，以及他可能对麦克佛生追求贝拉米小姐感到愤怒的原因。他掌握了我掌握的全部要点，可是没有新的东西，除了默多克似乎正在准备离开。

“所有这些迹象对他都不利，如果我让他溜走了，我会处在什么样的位置上呢？”

这位身材魁梧头脑冷静的警官很困惑。

“想一想，”我说，“你所提出的情况都存在重要漏洞。在罪案发生的那天早晨，他肯定可以提出不在犯罪现场的证据。他和他的学生在一起，一直到最后一刻。在麦克佛生露面后不到几分钟他就从后面跟上我们了。而且记住，他完全不可能独自一人对一个和他同样强壮的人行凶。最后，还有造成这些伤痕的器具的问题。”

“除了软鞭子或者类似的东西还能有什么？”

“你检查过伤痕了吗？”我问道。

“我看过它们，医生也看过。”

“我用镜头十分小心地观察过它们，有些特别的地方。”

“是什么，福尔摩斯先生？”

我走进办公室拿出一张放大的照片。“这是我处理这类案子的方法。”我解释说。

“福尔摩斯先生，你做事非常彻底。”

“如果我不做的话我就不是侦探了。现在让我们来研究一下这条绕在右边肩膀上的鞭痕。你注意到什么不同寻常的地方了吗？”

“我看不出来。”

“显然这条伤痕的强烈程度一定是不均衡的。这儿有一个渗血点，那儿有一个，这儿还有类似的鞭痕。这是什么意思呢？”

“我不知道。你说呢？”

“或许我知道，或许不知道。不过，很快我就能够说清楚了。任何能够确定是什么东西造成了那样的鞭痕的线索都会有助于指引我们找到凶手。”

“是的，当然，有一个荒谬的想法，”警官说，“但是如果把一个烧红的网横放在背后的话，这些明显的血点就代表网线交叉的地方。”

“一个非常精巧的对比。或者我们可以说是九尾鞭，上面有很多小而硬的节点？”

“啊，福尔摩斯先生，我想你已经猜中了。”

“或者是其他完全不同的原因，巴德尔先生。但是你逮捕的证据明显不足。还有，死者死前最后说的话——‘狮鬃毛’。”

“我早就想过是不是‘伊恩’……”

“是的，我也这样想过，如果第二个字和‘默多克’有任何相似之处。但是它没有。他几乎是尖叫出来的，我确定那是‘狮鬃毛’。”

“你有其他选择吗，福尔摩斯先生？”

“大概有一些。但是在没有更可靠的证据之前我不想去讨论它。”

“那么是什么时候呢？”

“一个小时——可能更少。”

这位警官摸着下巴，用半信半疑的目光看着我。

“我希望我能知道你脑袋里都在想什么，福尔摩斯先生。或许是那些渔船。”

“不，不对，它们离得太远了。”

“好吧，那么是不是贝拉米和他的大儿子？他们对麦克佛生一点好感都没有，他们可不可能会伤害他？”

“不，不，在我准备好之前，你不要再诱导我了，”我笑着说道，“现在，警官，我们都有自己的工作要做，或许你可以中午的时候来这里见我……”

刚说到这里，我们突然受到了严重的干扰，这也是结束的开端。

外面的门突然被撞开，紧接着走廊里响起了跌跌撞撞的脚步声，伊恩·默多克摇摇晃晃地闯了进来。他脸色苍白，头发蓬乱，衣服零乱，用他骨瘦如柴的手抓住家具才能让自己站住。“白兰地！白……”他喘着气说，还没说完就呻吟着倒在沙发上了。

他不是一个人。斯泰赫斯特跟在他后面，没戴帽子，喘着气，几乎和默多克一样凌乱不堪。

“快，快，白兰地！”他叫道，“这个人已经奄奄一息了。我是尽了最大努力把他弄到这儿的，他在路上晕倒过两次。”

半杯纯酒之后，发生了奇妙的变化。他用一只胳膊把自己撑起来，把外套从胳膊上褪了下来。“看在上帝的分上，油，鸦片，吗啡！”他喊道，“什么东西都行，快快减轻这不是人受的痛苦啊！”

警官和我见到这番情景都大声喊了起来。这个人赤裸的肩膀上，纵横交错地都是同样的发炎的网状伤痕，和费茨罗伊·麦克佛生致命的伤痕一样。

那痛苦显然是十分可怕的，并且不是局部症状，因为患者的呼吸会短暂地停止，同时脸色发黑，大口地喘着气，还用手拍打着心脏，额头上冒出豆大的汗珠，随时可能死亡。不断地给他灌下白兰地，每一次都能让他重新苏醒过来。用蘸了色拉油的棉絮垫住那些奇怪的伤口似乎减轻了他的痛苦。最后他的头重重地倒在垫子上。当生命机能耗尽时，就在它最后的生命宝库里休息。他处在半睡半昏迷的状态中，但是至少他的痛苦已经减轻了很多。现在去问他问题是不可能的，可这时我们对他的状况已经放心了。

斯泰赫斯特就对我说："天啊！这是怎么回事，福尔摩斯，是怎么回事？"

"你是在什么地方发现他的？"

"海滩上，就在麦克佛生死的地方。如果这个人的心脏和麦克佛生那样虚弱的话，他可能已经不在这儿了。带他来这儿的路上我不止一次感觉他不行了。去学校太远了，所以到你这儿来了。"

"你看见他是在海滩上吗？"

"当我听到他的叫声时，我正在悬崖上走，他在水边，来回摇晃得像一个醉酒的人。我跑下去给他披上衣服，就把他带上来了。我的天啊，福尔摩斯，请你用你全部的能力不遗余力地为这地方除害吧，这地方快住不下去了。你能用你那享誉世界的名声为我们做些什么吗？"

"我想我可以，斯泰赫斯特。现在跟我来！还有你，警官，一起来！看看我们能不能够亲手抓住这个凶手。"

把这个失去知觉的人交给管家照看后，我们三人来到那致命的湖边。在小圆石头上放着一小堆毛巾和衣服。我沿着湖边缓慢地走着，我的两个同伴则一路纵队跟在后面。湖水大部分地方都很浅，但是在悬崖底部海岸伸进去的地方有四或者五英尺那么深。这是游泳者自然要去的地方，因为那里的水就像绿色晶体一样晶莹透彻。在峭壁底部有一排岩石，我沿着石头走过去，仔细地看着下面的深水。就在湖水的静止不动的最深处，我终于看到了我们正在搜寻的东西，我胜利地突然大叫起来。

“氰水母！”我大声叫道，“氰水母！快来看狮鬃毛！”

我所指着的这个奇怪的东西的确像是从狮背上的鬃毛扯下来的一团毛。它躺在水下大约三英尺的一块岩石暗礁上，这是一个奇妙的随波摇摆和振荡、多毛的生物，黄色的肢体上有许多银色条纹漂动。它缓慢沉重地收缩运动着。

“这东西造孽太多了，它的日子该结束了！”我喊道，“斯泰赫斯特，帮我个忙，让我们永远结果了这个凶手！”

峭壁突出的地方刚好有一块大石头，我们把它重重地推进水里。等水纹消退后，我们看见它稳稳地压在下面的礁石上，边上黄色的隔膜在上下拍动，说明水母已经被压在下面了。一股浓浓的油质液体从石头下面冒了出来，把周围的水都染了一片，然后慢慢上升到水面。

“哦，这可真把我难住了！”警官大声喊道，“福尔摩斯先生，那是什么东西？我是在这一带长大的，可是我从来没有见过这样的东西。它不是属于苏塞克斯本地的生物。”

“幸好不是苏塞克斯的。”我说道，“可能是从西南边吹来的大风把它带来的。请你们二位一起到我家里，我会给你们说说一个人的可怕经历，他永远也不会忘记他自己在海上遇到的同样的极大的危险。”

当我们回到我的书房，发现默多克已经恢复得可以坐起来了。他心里很迷茫，不时地被突发的疼痛弄得直哆嗦。他断断续续地解释说，他不知道发生了什么事情，只是突然感到全身剧烈疼痛，用尽全力才回到了岸上。

“这儿有一本书，”我说着拿起一本小册子，“它第一次阐述了这个可能永远都弄不清楚的问题。书名是《露天》，作者是著名的观察员 J. G. 伍德。伍德自己也遇到过这种可怕的动物，那次几乎让他送命，所以他用非常全面的知识描述了它。‘狮鬃水母’是这个恶棍的全称，它对生命的威胁远比眼镜蛇咬伤造成的痛苦深得多。让我简短地读一下这个摘要：

> 如果游泳者看到一团蓬松圆形的黄褐色隔膜和纤维的话，就像一大把狮鬃毛和锡箔纸，要非常当心，因为这就是可怕的螯刺动物狮鬃水母。

“我们这位险恶的熟人已经被表述得够清楚了吧？

“他接着讲述了自己有一次在肯特海滨游泳时的遭遇。他发现，这种生物伸出一种几乎看不见的长达五十英尺的细丝，任何在它范围之类的人都有生命危险。尽管在远处触到，伍德也几乎丧命。

> 大量丝状物让皮肤产生鲜红色的条纹，靠近仔细检查则是极小的斑点或者脓包，每一个斑点就像一根烧红的针一样刺入神经。

“他解释说，局部疼痛只是极大痛苦中最轻微的一部分。

> 突然的剧痛射穿胸腔，使我像被子弹击中那样倒下。脉搏会停止，接着心脏会剧烈地跳六七次，好像它要冲出胸腔一样。

“那几乎要杀了他，虽然他只是在波动的大海中遭受攻击，还不是在静止狭窄的水池中。他说，中毒后他几乎连自己都认不出来了，他的脸是如此苍白、布满皱纹、枯萎。他大口地喝下白兰地，整整一瓶之多，好像这样拯救了他的生命。警官先生，这本书送给你，你不用再怀疑，它已经完全解释了可怜的麦克佛生遭遇的悲剧。”

“另外提一句，也免除了我的罪名，”伊恩·默多克面带苦笑说道，“我并不责怪你，警官，还有你，福尔摩斯先生，因为你们的怀疑都是自然的。我觉得，因为我分享了我可怜朋友的命运，才在被捕的最后时刻清洗了我的罪名。”

“不，默多克先生，我已经知道这个线索了。如果我能够按计划早一点出去的话，我或许可以使你免受这场可怕的经历。”

“可是你是怎么知道的呢，福尔摩斯先生？”

“我是一个什么书都看的人，各种奇怪的小东西都能够记得住。‘狮鬃毛’这个短语始终在我脑袋里盘旋，我知道我曾经在一种未曾预料到的情形中看见过它。你们已经看见了，它的确能够描述那个生物。我毫不怀疑，麦克佛生看见它的时候，它是漂浮在水面的，而这个短语是他能够传达给我们的唯一东西，警告这种动物是他致死的原因。”

“那么，至少我是清白的了，”默多克说着慢慢站了起来，“我还有一两句话要解释一下，因为我知道你们是怎么调查的。我曾经爱过这位女士是事实，但是从她选择了我的朋友麦克佛生那天起，我唯一的愿望就是帮助她获得幸福。我心满意足地站到一边作为他们的联系人。我经常给他们捎信，那是因为我是他们值得信赖的朋友，还因为对我来说她是如此珍贵，我才急忙跑去告诉她我朋友的死讯，我惟恐其他人抢在我前面用突然和无情的方式把噩耗告诉她。先生，她不愿意告诉你我们的关系，害怕你不赞成而我可能会倒霉。好，对不起，我必须设法回学校去了，因为我需要躺在床上。”

斯泰赫斯特伸出手说：“我们的神经都太紧张了，默多克，原谅过去发生的事情。今后我们会更好地相互了解的。”说完他们就相互挽着胳膊像好朋友那样出去了。警官留下来了，睁着像牛一样的眼睛瞪着我。

“啊，你可真厉害啊！”最后他叫道，“我以前听说过你的事情，可是我从来不相信。太棒了！”

我只好摇了摇头。接受这样的称赞，就是降低我自己的水准。

“一开始我有些迟钝——该死的迟钝。如果尸体是在水里发现的，我会马上破案。毛巾误导了我，可怜的家伙从来没想过擦干自己，因此反过来让我相信他从来就没有下过水。那么，为什么水生物侵袭没有给我暗示呢？这就是我走入歧途的地方。好啦，好啦，警官先生，过去我经常冒昧地开你们警察局先生们的玩笑，可是这回，狮鬃水母正好几乎给苏格兰场报了仇。”

带面纱的房客

一旦考虑到福尔摩斯先生从事这项业务已经有二十三年之久，而我有幸在其中的十七年里一直与他合作并随时记录他的所作所为，那我手中掌握着的大量资料这个事实就会很清楚明白了。对我来说，问题不在于寻找，而在于选择。书架上摆满了一长排分年记事本，还有许多填满了文件的传送箱，这不仅对于犯罪的研究，而且对于维多利亚晚期社会及官方丑闻的研究来说，都是完美而丰富的资料。关于后者，我可以说，那些为此担忧写信过来要求保守他们家庭的荣誉和著名祖先秘密的人，都不必担心。我朋友福尔摩斯谨慎和高度的职业荣誉感一向受人尊敬，这在我选择材料时也发挥了作用，别人对我们的信任我是绝不会滥用的。然而，最近有人企图以不寻常的手段攫取和毁坏这些文件，我对此是坚决反对的。这些暴行的根源我们已经知道，如果他们敢再干这种事情的话，我就代表福尔摩斯先生宣布，关于某政客、某灯塔以及某驯养的鸬鹚的全部故事将公布于众。至少有一个读者对此是心知肚明的。

那种认为每一个案件都给了福尔摩斯显示他那奇特的直觉天赋和观察力的机会的看法是不明智的，他的这些能力我在案件的记述中曾经竭尽全力地描述过。有时候他必须全力以赴才能摘得果实，有时候果实又毫不费力地落在他的怀中。而这些案件中涉及的最惊骇的人间悲剧却给了他更多显示才能的机会，我现在要讲述的就是这样一个案件。我在姓名和地点上做了轻微的改变，但是其他的事都是真实的。

一天上午——是在一八九六年年尾时——我收到一张福尔摩斯仓促写就要我立即前去的便条。当我赶到后，我发现他坐在一间烟味弥漫的房间里，在他对面的椅子上坐着一位上了年纪的、慈母般的、像房东太太一样的胖女人。

"这是南布利克斯顿的麦利娄太太，"我朋友挥了挥手说道，"华生，如果你想放纵你那肮脏的嗜好的话，麦利娄太太对吸烟并不反感。麦利娄太太有一件非常有趣的事情要讲述，这可能会导致事情进一步发展下去，那么你在场肯定会派上用场。"

"如果我能帮上忙——"

"你会理解的，麦利娄太太，如果我去拜访郎德尔太太，我希望带上个见证人过去。在我们到她那儿前，请你先让她明白这点。"

"上帝保佑你，福尔摩斯先生，"客人说，"即使你把全教区的人都带去，她也是非常急切地希望见到你的。"

“那我们今天下午会早一点过去。在我们动身之前，让我们先把事实确认一遍。如果我们把这些事实再核实一下，也可以帮助华生医生了解情况。你说，郎德尔太太已经做了你七年的房客，而你仅仅看到过一次她的脸。”

“但愿上帝从未让我看见过！”麦利娄太太说。

“我想，她的脸应该伤得非常恐怖。”

“哎，福尔摩斯先生，她那张脸根本不能称之为脸。她的脸看起来就是这个样子。有一次给我们送牛奶的人看见她从楼上的窗口往外看，他吓得把牛奶桶给扔了，前面花园里满地都是牛奶。她的脸就是这样可怕。当又一次碰巧我看见了她的脸，她迅速把面纱盖上了，然后她说：‘现在，麦利娄太太，你终于知道我为什么从不摘掉面纱了吧。’”

“对她的过去，你知道多少？”

“一无所知。”

“当她来的时候，提供什么证件了没？”

“没有，先生，但是她带了大量现金。预交的一个季度的房租立即就放到了桌上，而且也不讨价还价。这年头，像我这么一个贫穷的女人怎么会拒绝这样好的机会呢？”

“选择你的房子，她给出什么理由了没？”

“我的房子距离马路远，比大多数打算出租的房子要僻静。还有就是我这儿只收一个房客，我自己也没什么家人。我想她肯定在别处也试着找过，而我的房子是最适合她的。她希望的是隐秘，并愿意花钱。”

“你是说，除了偶然的那次外，她自始至终就没有露出过脸。好吧，这倒是一件值得注意的事，非同寻常。怪不得你想让我们调查了。”

“并不是我想，福尔摩斯先生。只要能够拿到我的租金，我就非常满意了。再也不能找到比她更安静的房客了，而且也不会惹什么麻烦。”

“那后面又出现什么问题了吗？”

“她的健康，福尔摩斯先生。她看起来就是在等待死亡，而且她的心里藏有一些恐怖的事情。有时候会喊：‘杀人犯，杀人犯！’有次我还听到她喊：‘你这个残忍的畜生！你这个魔鬼！’那次是在一天夜里，声音传遍了整个房子，我吓得浑身直打颤。第二天一早我就去找她了。‘郎德尔太太，’我说，‘如果你心里有什么烦心的事，你可以去找牧师，’我说，‘还有警察，在他们那里你可以得到些帮助。’‘看在上帝的分上，我才不去找警察！’她说，‘牧师也不能改变过去。但是，’她说，‘如果在我死之前，有人知道事情的真相，我会变得安心的。’‘好吧，’我说，‘如果你不想找警察，还有一个我们在报上读过的侦探。’——请原谅，福尔摩斯先生。她一听就同意了。‘就是这个人，’她说，‘我以前怎么就没有想起来呢。请他过来，麦利娄太太。如果他不愿意过来，你就告诉他我就是马戏团郎德尔的妻子。就这么说，你再给他说一个地名：阿巴斯·巴尔哇。’

这儿有张她写的字条，阿巴斯·巴尔哇。她说，‘如果他就是我想到的那个人，那他就会过来的。’”

“我会的。”福尔摩斯说，“很好，麦利娄太太。我想和华生医生先聊会儿，这会一直持续到午饭时间。大约三点钟你就可以在布莱克斯顿的家中见到我们。”

我们的客人不久就像只鸭子那样摇摆着走出去——没有别的动词可以描述她刚才前进的方式了——夏洛克·福尔摩斯就一头扎进屋角那一大堆陈旧书本里去了。好几分钟，只听到他翻书的哗哗声，后来又听见他在找到后满意地咕哝了一声。他兴奋得都没有站起来，就像一尊奇怪的佛像一样坐在地板上，两条腿交叉着，四周堆满了书，还有一本在膝盖上放着。

“这个案子当时让我头疼不已，华生。这有旁边做的注解可以证明。我承认，对这个案子我没有任何头绪，但是我可以确信验尸官是错误的。你回忆起发生在阿巴斯·巴尔哇的悲剧了吗？”

“一点也记不得了，福尔摩斯。”

“那时你和我一块儿去的。但是我自己的印象也不深了，因为没有什么确定的结论。此外任何一方当事人也没有请我帮忙。也许你想看看材料了？”

“你还是给我说一下要点吧。”

“这简单，听我一说大概就你能回忆起来。郎德尔是个家喻户晓的人。他是沃姆韦尔和桑格的竞争对手，而桑格是当时最大马戏团的老板。然而，有迹象表明，郎德尔那时已经嗜酒成性了，在那个悲剧发生时，他本人和他的马戏团都已经开始每况愈下了。当那个马戏班子在伯克郡的一个小村子阿巴斯·巴尔哇停下来过夜时，悲剧发生了。他们正在赶往温布尔顿的路上，走的是陆路，他们当时只是宿营而并没有演出，因为那个村子太小，没人请得起他们表演。

"在他们的班子里有一头非常强壮的北非狮子，名叫撒哈拉王。郎德尔和他妻子的习惯是在兽笼里面进行表演。给，你看，是一张他们表演的照片，你可以看出，朗德尔是一个像头野猪似的魁梧大个子，而他妻子却是一个高贵的女人。在讯问时有人宣誓做证说，有迹象表明狮子当时已经变得危险。但是，就像往常一样，亲密会招致悔恨，这个现象并没有引起注意。

"一般来说，要么是郎德尔要么是他妻子，在夜里去喂狮子。有时是一个人，有时是一起去，他们从来不让别人去喂，因为他们相信，只要他们是喂食者，狮子就会把他们当作恩人而不会伤害他们。在七年前那个特殊的晚上，他们一起去了，惨剧随之发生了，悲剧的详情从来没有弄清楚过。

"看起来整个营地的人都在午夜时分被狮子的咆哮声和女人的尖叫声惊醒了。马夫和工人纷纷带着灯笼从他们的帐篷里冲出来，灯光下，一副可怕的景象呈现在他们面前。郎德尔趴在地上，他的后脑勺已经被击裂了，头皮上留有深深的爪印，距离他十码远的笼门已打开。郎德尔太太紧挨着笼门仰卧在地上，狮子伏在她身上咆哮着。她的脸被狮子撕咬得一塌糊涂，没有人想到她还能生还。几个马戏团的人，领头的是大力士雷奥纳多和小丑格里格斯，他们用杆子把狮子赶走，当它一跳回笼子，笼子就立即被关上了。狮子是如何跑出来的却成了一个谜。有这样一种推测说，那对夫妇正打算进入笼子，但是当门一打开，狮子就跳出来扑在了他们身上。所有证据中唯一使人感兴趣的是，那女人被救后在被抬回他们过夜的篷车时，在昏迷中总是痛苦地喊：'胆小鬼！胆小鬼！'六个月以后，她才恢复到能够做证，但验尸已经举行了，显而易见的判决就是事故性死亡。"

"难道还有其他的可能吗？"我说。

"你完全可以这样说。但是有那么一两点情况使伯克郡警察局年轻的埃德蒙感到困惑。他真是个聪明的小伙子！后来他被调到阿拉哈巴德去了。我插手此事的原因就是他顺便来拜访过我，还抽了一两支烟和我谈这个案子。"

"一个瘦长的、黄头发的人吗？"

"就是他。我就知道你很快就会回忆起来的。"

"但是他困扰的是什么呢？"

"哦，我们都有些困惑。非常难以重现事件的经过。就从狮子的角度来看，它被释放出来了，它干了些什么？它向前跳跃了六七步，跳到了郎德尔面前。他转身想跑——爪印是在他的后脑勺——可见狮子把他扑到了。然后，它不仅不继续向前逃走，却转身去了女人那里，她就在笼子旁边，狮子把她扑倒在地并撕咬了她的脸。她的叫喊声看起来意味着她丈夫没有来救她。但是那个可怜的人还能救她吗？你看出有什么不对了吧？”

“是的。”

“还有一件事情。当我反复考虑的时候才想起来。有证据表明，就在狮子咆哮和女人尖叫的同时，中间还有一个男人恐怖的叫喊声。”

“毫无疑问，此人就是郎德尔。”

“如果他的头骨已经被击裂，就很难再听到他的叫喊声了。至少有两个证人提到说有个男人的叫喊声混杂在女人的尖叫声中。”

“我想到了，那时整个营地的人都在叫喊。至于其他几点，我想我倒可以提出一种解释。”

“你说，我听着呢。”

“当狮子被放出来的时候，两个人是在一起的，在距离笼子十码远的地方。那个男人转身后就被扑到了，而那个女人想进入笼子关上笼门，那是她唯一可以躲避的地方。她就这样做了，当她刚到笼门口时，狮子又从后面跳过去把她扑倒。她对丈夫转身逃走而激怒了狮子感到愤怒，如果他们一起面对狮子，它可能会被吓走，因此她才喊‘胆小鬼！’。”

“非常巧妙，华生。但有一点美中不足。”

“有什么缺陷吗，福尔摩斯？”

“如果两人都距离笼子十码，狮子又怎么会被放出来呢？”

“是否有可能是仇人把它给放出来的？”

“为什么狮子要狂暴地攻击他们？而在平时狮子和他们一起玩耍，并和他们在笼内表演。”

“很有可能是那个仇人做了什么从而激怒了狮子。”

福尔摩斯看起来又在沉思，沉默了好几分钟。

“好的，华生，你的假设中有一点是可以说得通的。郎德尔是一个有不少仇敌的人。埃德蒙对我说，他喝酒后会变得让人非常恐惧，变成一个恃强凌弱的大汉，不管见到谁，他都会破口大骂并将其毒打一顿。刚才客人告诉我们说，郎德尔太太叫喊魔鬼的声音，我想就是她夜里梦见了死去的亲人。不管怎样，在掌握事实以前我们的推测都是没有用的。橱柜里有一份冷盘山鸡，华生，还有一瓶勃艮地白葡萄酒，咱们在出发之前补充一下能量吧。”

当马车停靠在麦利娄太太房前时，我们看见那位胖太太正堵在她那座简陋而僻静的房子门口。显然她最害怕的就是失去一位宝贵的房客，因此在她带我们上去的时候，她恳求我们既不要说也不要做可能会引起不受欢迎的后果的事情。我们消除了她的疑虑，就随她登上了一个铺着破地毯的直式楼梯，然后被带进了这个神秘房客的房间。

这是一个密闭的、散发着霉味、通风不良的地方，这种情况是可以想象到的，因为居住在里面的人很少出去。这个女人就像遭到了命运的报复，从一个把动物关在笼子里的人变成一个把自己关在笼子里的动物。她坐在那间阴暗屋子角落里的一张破沙发上。多年的不活动使她的身材变粗了，但是在某段时期，她的身段肯定是优美的，现在看起来仍然丰满动人。一个深色的厚面纱蒙在她脸上，但是只盖住了嘴唇以上的部分，显露出一张完美无瑕的嘴和一个精致圆润的下巴。我可以肯定的是，她曾经是一位丰姿绰约的女人。她的声音也婉转动听。

“福尔摩斯先生，你不会对我的名字感到陌生，”她说，“我知道这个名字会使你过来的。”

“的确是这样，太太。但是我不知道你是如何意识到我会对你的情况感兴趣的。”

“我知道会这样，是因为在我康复以后，当地的侦探埃德蒙先生曾找我了解过情况，我对他撒了谎。也许告诉他实话才更明智一些。”

“通常说实话是更明智的。但为什么你要对他说谎呢？”

“因为有一个人的命运和这有关。我知道他的存在是毫无价值的，但是我还是不愿毁了他而感到不安。我们曾如此接近——如此接近！”

“但是现在这个顾虑已经消除了吗？”

“是的，先生，我的意思是这个人已经死了。”

“那为什么你不把所知道的一切都告诉警察呢？”

“因为还有另外的一个人要考虑。这个人就是我自己。我无法忍受警察公开审讯后的流言蜚语。我活的时间也够长了，但是我希望死得清净。我还是想找一个会公正评判的人来告诉他我的可怕经历，这样在我死后事情也会真相大白。”

“你太抬举我了，太太。同时，我也是一个讲究责任的人，我不会向你保证说，当你说完以后我一定不会将案件移交给警方。”

“我想是的，福尔摩斯先生。我知道你的性格和工作方式，多年来我一直在关注你的工作。阅读是命运留给我的唯一快乐，社会上发生的事情我几乎不会遗漏。但是不管怎样，我都要抓住这次机会，不管你会怎么使用我的悲剧。说出来我就安心了。”

“那我和我的朋友非常愿意听你讲讲。”

那妇人站起身来从抽屉里拿出一个男人的照片。很显然他是一个专业的杂技演员，有着健美的体型，照相时两只粗壮的手臂交叉放在鼓起的胸肌前，浓密的胡须下面露出一丝笑容——一个多次征服后自鸣得意的笑容。

“这是雷奥纳多。”她说。

“雷奥纳多，那个大力士，做证的那个人？”

“是他。看看这个——我的丈夫。”

这是一张丑陋的脸——一个人形猪猡，或者更确切地说是一头人形野猪，因为他的野性显现得非常可怕。人们可以想象，这张丑陋的嘴在盛怒时如何唾沫四溅，也可以想象这双邪恶的小眼睛在看人时投射出的恶毒目光。流氓、恶棍、野蛮——这些都写在这张大下巴的脸上。

“先生们，这两张照片可以帮助你们理解这个故事。我是一个贫穷的马戏演员，是在锯末上长大的，在我十岁以前就开始表演跳圈了。当我成为一个女人的时候，这个男人爱上了我，如果他的这种欲望可以称为爱的话。在一个不幸的时刻，我成为了他的妻子。从那一天开始，我就生活在地狱里了，他就是折磨我的恶魔。马戏团里没有一个人不知道他是如何虐待我的。他抛弃我去找别的女人，一旦我抱怨，他就把我捆起来用马鞭子抽打我。大家都可怜我，所有人都憎恶他，但他们又能够做什么呢？他们都对他感到畏惧，没人不畏惧。他在任何时候都是令人恐惧的，当他喝醉了就变得非常凶狠。一次又一次，他都因为打人和虐待动物被传讯。但是他有的是钱，罚款对他一点用都没有。好演员都离开了我们，马戏团开始走下坡路了。是雷奥纳多和我勉强维持着，还有那个小丑小格里格斯。他是个可怜鬼，他没有什么乐事，但他还是尽量把大家维持在一起。

“后来雷奥纳多越来越多地进入了我的生活。你们看到他是什么样了，我现在知道了在这个光鲜的躯干里隐藏着多么卑怯的精神，但是和我丈夫比起来，他看起来就像是一个天使。他同情我，帮助我，最后我们的亲近变成了爱情——很深很深而又热烈的爱情，这种爱情是我梦寐以求但是从来不敢奢望的。我丈夫有所察觉了，但是我觉得他就是一个恃强凌弱的胆小鬼，雷奥纳多是他唯一惧怕的人。他就用他自己的方式进行报复，就是比以前更狠地折磨我。一天夜里我的惨叫声使雷奥纳多出现在了我们篷车门口。那夜我们几乎酿成惨剧，过后我的情人和我都认为这样的事情不可避免。我丈夫不配在这个世界上继续生活，我们就计划让他死。

“雷奥纳多有一个聪明灵活的头脑，是他这样计划的。我不是把责任推到他头上，因为我愿意每一步都紧紧跟随着他。但是我绝对没有想出这个计划的智慧。我们做了一个棍棒——雷奥纳多做的——他在铅头上固定住了五根长的钢钉，尖头朝外，伸展开来就像狮子的爪子一样。这根棒子会给我丈夫致命一击，然后我们就把狮子放出来，造成狮子把他杀死的假象。

“那是一个漆黑的夜晚，我和我的丈夫就像习惯的那样去喂狮子，我们提着一锌桶的生肉。雷奥纳多躲在我们去狮笼必须经过的大篷车的拐角处。他太慢了，我们都已经走过去了，他还没有出手。但他踮起脚尖跟在了我们身后，我听见棒子击在我丈夫头盖骨上的声音了。听到这声音，我的心欢快地怦怦直跳，我冲向狮笼把关着狮子的门闩打开了。

“这时恐怖的事情发生了。你们可能听说过，这些野兽能够很快嗅出人类的鲜血，人血能够极大地刺激它们。通过那种奇怪的本能，狮子很快就知道有人被杀死了。我一打开门闩，它就立刻跳了出来扑到我身上。雷奥纳多本来能够救我的，如果他跑上来用手中的棒子猛击这头狮子的话，也许它会被吓走。但是他吓破了胆。我听见他恐怖地大叫，然后我就看见他转身飞一般地逃走了。这时狮子的牙齿咬在了我的脸上，它那又热又脏的呼吸几乎已经使我晕厥了，我对疼痛已经没有了感觉。我拼命地用手推开那个散发着热气、沾满鲜血的大嘴，同时大声叫喊着救命。我意识到整个营地的人都被惊动了，后来我只模糊地记得有几个人，雷奥纳多、格里格斯，还有别人，把我从狮子的爪牙下拽了出去。这是我最后的记忆，福尔摩斯先生，在几个月的不省人事之后，当我恢复过来在镜子里看见自己的时候，我诅咒那头狮子——哦，我是多么诅咒那头狮子啊！——不是因为它撕碎了我的美貌，而是因为它没有撕碎我的生命！我只有一个愿望，福尔摩斯先生，我也有足够的钱来实现它。我就用面纱把脸蒙住，不让任何人看到，我应该住在一个熟人也找不到我的地方。这就是我所能够做的，我也这样做了。一只受伤的可怜动物爬到它的洞里来等待生命的结束——这就是尤金尼亚·郎德尔的归宿。”

在这位不幸的妇女讲完她的故事后，我们一言不发地坐了一会儿。然后福尔摩斯伸出他长长的手臂同情地拍了拍她的手，我知道他几乎不会显出这样巨大的同情。

“可怜的姑娘！”他说，“可怜的人！命运真的很难去琢磨。如果来世没有补偿，那这个世界就是一个残酷的玩笑。但是雷奥纳多这个人后来怎么样了？”

“我再也没有见过他或者听说过他的什么消息。也许我不应该这样恨他，他不会爱上一个狮口余生的人，就像不会爱上我们带着在各地表演的畸形人一样。但是一个女人的爱不是十分轻易就可以遗忘的。他把我留在了狮子的爪下，在我最需要他的时候，他抛弃了我，但是我还是狠不下心把他送上绞刑架。至于我自己，我对自己会有什么后果一点也不在乎，还有什么比我现在的生活更可怕的吗？但是我还是阻止了他应有的命运。”

“他已经死了吗？”

“上个月他在马加特附近游泳时淹死了。我是在报纸上看到他的死讯的。”

“他把那个有五个爪子的棒子怎样处理了？这是你的故事中最独特、最精巧的东西。”

“我也说不清，福尔摩斯先生。在营地的附近有一个白垩矿坑，坑底有一个绿色的深水潭，也许就在那个潭里了。”

“好了，好了，这也不会有什么后果了，这个案子已经结束了。”

“是的，”那个女人说，“这个案子已经结束了。”

我们已经站起来要离开，但是这个女人声音里某些东西吸引了福尔摩斯的注意。他即刻转过身去。

“你的生命不只属于你自己，”他说，“请不要结束自己的生命。”

“难道它对别人还有什么用处吗？”

“你怎么能够这么说呢？在一个缺乏耐心的世界里，坚韧地忍受痛苦本身就是最宝贵的榜样。”

这个女人用一种可怕的方式进行了回答。她掀开面纱并走到有光亮的地方去。

“我想你也难以忍受吧？”她说。

这是异常可怕的景象。这是一张已经毁掉的脸，没有词语能够形容它。两只活泼而又美丽的褐色眼睛从这张被毁坏的恐怖的脸上悲哀地向外望着，这就显得更加可怕了。福尔摩斯抬起一只手来，表示极大的同情和不平，然后我们一起离开了这间屋子。

两天以后，当我去拜访我的朋友时，他有些自豪地指了指壁炉架上的一个蓝色小瓶。我把它拿了起来，瓶上有一张表示剧毒的红色标签，当我打开时，闻到了一股甜甜的杏仁味。

“是氢氰酸？”我说。

“没错，是邮寄过来的。条子上写着：‘我把诱惑我的东西寄给你。我接受你的劝导。’我想，华生，我们能够猜出寄出这个东西的勇敢的女人的名字了。”

肖斯科姆别墅

夏洛克·福尔摩斯已经在一个低倍显微镜前弯腰很长一段时间了，现在他直起身来，得意地回头看着我。

“这是胶，华生，”他说，“毫无疑问这是粘胶。看看这个范围内散落的一些东西！”

我弯下腰对住目镜并调好焦距。

“那些毛发来自一件花呢上衣，那些不规则的灰色团块是灰尘。左边还有皮鳞屑，中间这些褐色的小圆块毫无疑问就是粘胶。”

“好吧，”我笑着说，“我准备接受你的分析了。有什么问题要取决于它呢？”

“这是一个非常好的证据。”他回答说，“在圣潘克莱斯案中，你可能还会记得在警察尸体旁边发现的那顶帽子吧。被告否认那是他的。但他是一个画框制造商，经常要用到粘胶。”

“那是你处理的案子吗？”

“不是，我朋友的，警局的梅里维尔要我帮助处理的一个案子。自我通过在被告的袖口的衣缝中找到的锌和铜的锉屑从而推断他就是伪币制造者以来，他们就开始认识到显微镜的重要性了。”他不耐烦地看了看表。“我有个新的委托人要过来，但是他迟到了。顺便问下，华生，你对赛马有所了解吗？”

“我应该会懂一点。我都把自己负伤抚恤金的一半花在这上面了。”

“那我就让你当我的‘赛马指南’好了。你对罗伯特·诺伯顿有所了解吗？这个名字会让你回想起什么吗？”

“当然，他住在肖斯科姆别墅，我对那里非常熟悉，因为我有一个夏季就是在那儿度过的。有一次诺伯顿差点就进入你的领域。”

“那是怎么回事？”

“在纽马克特，他差点就用马鞭把萨姆·布鲁尔打死，而后者是科尔松街的一个有名的放债人。”

“哎呀，听起来他真是有意思！他经常像那样放纵自己的行为吗？”

“是的，他是个有名的危险人物。他几乎是英国最不怕死的一个骑手了——几年以前他是利物浦障碍赛马的第二名。他是那种超越了自己所生活的时代的人。如果是在摄政时期，他会成为一个公子哥——拳击手、运动员、敢于冒险的骑手、追逐女人的人，并且是一旦走上了歪路就再也回不来了。”

“太好了，华生！一个非常简明扼要的介绍，我好像已经看到了他本人。你能给我讲一些关于肖斯科姆别墅的情况吗？”

“我只知道它在肖斯科姆公园的中心位置，著名的肖斯科姆种马饲养场和训练场也在那里。”

“主要的驯马师是约翰·马森。”福尔摩斯说，“你不要对我说的感到惊讶，华生，因为我现在拆开的这封信就是他寄来的。但是让我们还是多说说肖斯科姆吧。我就像是遇上了丰富的矿脉。”

“那里有肖斯科姆长毛垂耳狗。”我说，“你在所有的狗市上都会听到它们的名字。这种狗是英国最优良的品种，它们是肖斯科姆女主人特殊的骄傲。”

“我猜测女主人就是罗伯特·诺伯顿爵士的妻子吧？”

“罗伯特爵士从未结婚。考虑到他的前途，我想这样也很好。他和他的寡妇姐姐比特丽斯·福尔德夫人住在一块儿。”

“你的意思是她住在他的家里？”

“不，不，这个地方属于她的前夫，詹姆斯爵士，诺伯顿对那儿没有任何权利。在她活着的时候，产业的利钱都归她，而当她死后，房产则归于她丈夫弟弟的名下。她只是每年收取租金。”

“我想你提到的这些租金都是她的兄弟罗伯特花费了吧？”

“大致是这样。他简直就是个魔鬼般的弟弟，一直让她的生活难以安宁。但是我听说她对他还是很好。那么，肖斯科姆还有什么地方不对劲呢？”

“啊，我想知道的正是这个。我想，能够告诉我们这件事的人来了。”

门已经打开，过道里出现一个身材高大、脸刮得非常干净的人，他带着一种坚毅、严厉的表情，这仅仅会在驯服马匹或孩子的那类人身上看到。马森先生这两行都在干，而且看起来都能胜任。他泰然自若地鞠了躬并坐在了福尔摩斯示意给他的椅子上。

“你已经收到我的信了吧，福尔摩斯先生？”

“是的，但是这上面什么也没有解释。”

“这件事太微妙了，把细节写在信上不太合适，而且也错综复杂。我只能和你当面说。”

“好吧，我们就在等你来说说呢。”

“首先，福尔摩斯先生，我觉得我的主人罗伯特爵士已经疯了。”

福尔摩斯扬起了眉毛。

“这是贝克街，不是哈利街，”他说，“你为什么这样说？”

“先生，当一个人干一两件奇怪的事还可以理解，但是当他干的每一件事都那么稀奇古怪的话，那就会令人感到不可思议了。我相信是肖斯科姆王子和赛马大会使他变得神经失常的。”

“你正在训练一匹小马吗？”

“那匹马在全英国都是最好的，福尔摩斯先生，对此没有人比我更清楚。我现在可以明白地告诉你，因为我知道你是一位受人尊敬的绅士，这件事也不会传出去。罗伯特爵士在这次赛马大会必须要赢。他忙得不可开交，这是他最后的机会了。所有能弄到或者借到的钱他都押在这匹马上了，而且赌注也下得相当大。你知道一比四十就差不多了，但是他押的却是将近一比一百。”

“这匹马有这么好？这是怎么回事呢？”

“但是公众并不知道它有多么好。对马探子来说，罗伯特爵士可真是聪明。他把这匹马的同父异母兄弟也拉出去兜风，谁也不能把它们分别开来。但是当它们飞奔上两百二十码的距离后，它们就会错开两个身位。除了马和赛马的事，其他的他一概不加考虑，他的全部生活都放在上面了。他暂时还可以把放高利贷的人稳住，但如果王子失败了，他也就跟着完蛋了。”

“真是一场铤而走险的赌博，但是你说他疯了的原因又是什么？”

“好吧，首先，你只要看他一眼就会明白了。我相信他夜里都没有睡过觉，他一天到晚都待在马棚里。他两眼发狂，他的神经已经被折腾得不行了。然后就是他对比特丽斯夫人的行为！”

“啊！这又是怎么回事？”

“他们一直是最好的朋友。他们有着同样的爱好，她爱马也像他那么多。她每天都会在同一时间驾车来看这些马——她尤其喜欢王子。一旦听到铺着碎石的路上的车轮声，它就会竖起耳朵，每天早晨它都会小跑着到马车那儿吃一块儿糖。但是现在一切都结束了。”

“为什么？”

“哦，看起来她已经完全丧失了对马的兴趣。一个星期以来，她每天驾车经过马棚时连声招呼也不打了！”

“你认为他们之间发生过争吵？”

“而且争吵得十分激烈、凶猛并且充满了仇恨。否则他为什么要把她那个当作孩子一样宠爱的长毛垂耳狗送人呢？他在几天前把狗送给了老巴恩斯，就是青龙旅馆的掌柜，那个店在距此三英里的克伦达尔。”

“看起来确实很奇怪。”

“当然，心脏衰弱又患水肿的她是不能跟着他一起跑的。但是他每天晚上都在她的房间里待上两小时。他本应该继续这样做，因为对他来说，她是一个难得的好朋友。但是现在这一切都结束了，他再也不接近她了，她几乎伤心欲绝。她开始变得忧伤、阴沉并酗起酒来，毫无节制。”

“在他们不和之前她也喝酒吗？”

“是的，她也喝上一两杯，但是现在她经常是一晚上就喝掉一瓶酒。这是管家斯蒂芬斯告诉我的。所有的都变了，福尔摩斯先生，而且糟糕透了。还有，主人夜里到老教堂的地穴里去做些什么？在那儿跟他碰面的那人又是谁？”

福尔摩斯搓了搓手。

“继续说，马森先生，你说的越来越让人感兴趣了。”

“是管家看见他出去的，那是半夜十二点，而且雨很大。因此第二天晚上我就到了这座房子，我非常确信，主人又出去了。我和斯蒂芬斯跟在他后面，这可真是件紧张的活儿，如果让他看见，我们就要倒霉了。如果谁惊动了他，那他的拳头可不会手下留情，他也不管那人是谁。所以我们也不敢跟得太紧，但我们整夜都盯着他。他要去的就是那个经常闹鬼的地穴，而且还有人在那里等他。”

“你告诉我那个闹鬼的地穴是个什么地方？”

“好的，先生，这是花园里一个古老的荒废的教堂，那实在是太古老了，没有人知道它的年代。在它的下面有一个地穴，是我们这儿有名的闹鬼地方。白天那里是个黑暗、潮湿而又荒凉的地方，晚上这个地方更没有几个人有勇气走近它。但主人一点也不怕。他的一生中从未怕过任何事情。可是他晚上到那儿去是要干什么呢？”

“稍等一下！”福尔摩斯说，“你说那里还有另外一个人。他一定是你们那儿的一个马夫，或者家里的什么人。你肯定认出了他并问他了吧？”

“我不认识那个人。”

“你怎么这么肯定？”

“因为我已经看见他了，福尔摩斯先生。那是第二个晚上。罗伯特爵士转身从我和斯蒂芬斯身边走了过去，我们就像两只兔子一样躲在灌木丛中发抖，那天晚上恰好有点月光。我们听到还有一个人在后面走，但我们对他并不害怕。因此当罗伯特先生走后，我们就站起身来假装是在月光下散步，像你想的那样装作不知道似的不经意地走到他面前。‘喂,伙计！你是谁？’我说。我想他肯定没听见我们走近的脚步声，所以当他回过头来看时，脸上的表情就像是看见了从地狱里出来的鬼怪。他大叫一声，撒腿就跑。他可真能跑——要我说的话，一眨眼的工夫就听不见他脚步声、也看不见他人影了。他是谁，又是干什么的我们就无从知晓了。”

“但是你们在月光下把他看清楚了吧？”

“是的，我敢肯定他有张黄颜色的脸——一个下等人。他和罗伯特爵士到底有什么关系呢？”

福尔摩斯坐在那儿沉思了好一会儿。

“是谁陪伴着比特丽斯·福尔德夫人呢？”最后他问道。

“她的侍女卡里·埃文斯。这五年来她一直跟着夫人。”

“不用说也是很忠心了？”

马森先生不安地来回慢走起来。

“她是忠心耿耿，”最后他终于说道，“但我不知道她对谁忠心耿耿。”

“啊！”福尔摩斯说。

“我不能在背后说人坏话。”

“我完全理解，马森先生。当然，情况已经很清楚了。我从华生医生对罗伯特爵士的描述中了解到，他对所有女人都是危险的。你不认为他们兄妹之间的争吵就是因为这个？”

“这个流言已经传了很长一段时间了。”

“但是她以前从未听到过。让我们假设她突然发现了真相。她想让这个女人离开，但是她弟弟又不答应。这个病弱的人，由于心脏虚弱，不能走动，也没有办法来实现自己的意愿。她讨厌的侍女仍然纠缠着她。因此她不肯再说话，变得闷闷不乐，开始借酒消愁。罗伯特爵士盛怒之下把她宠爱的小狗也夺走了。所有的事情不是都能串起来吗？”

“是的，可能目前还是的。”

“的确如此！到目前为止，这一切和夜里去古老的地穴又有什么关系？这点我们的假设还不能解释。”

“是的，先生，还有其他的一些事情我也不能解释。为什么罗伯特爵士要去挖一具死尸呢？”

福尔摩斯突然站了起来。

“我们昨天才发现的——在我给你写信以后。罗伯特爵士昨天去了伦敦，所以我和斯蒂芬斯下到了地穴。别的都很正常，先生，除了一个角落里的一小堆人的尸骨。”

“我想，你们把这报告给警察了吧？”

我们的来访者冷笑了几声。

“啊，先生，我认为他们对此不会感兴趣的。这不过是一具干尸的头骨和几根骨头，可能已经有上千年的历史了。我可以发誓，它以前不在那儿，斯蒂芬斯也可以发誓。它被埋在一个角落里并且用木板盖着，但是那个角落以前总是空着的。”

“你们如何处理它的？”

“我们就把它留在那儿了。”

“这是明智的。你说罗伯特爵士昨天走了，他已经回来了吗？”

“我们估计他今天会回来。”

“罗伯特爵士把他姐姐的狗送人是在什么时候？”

“上星期的今天。那个小家伙在老库房外狂吠，那天早晨罗伯特爵士正在大发脾气。他抓住了小狗，我原以为他会把它杀了。然而他把狗交给了骑手桑迪·贝恩，并告诉他把狗带给青龙旅馆的老巴恩斯，因为他再也不愿看到这条狗。”

福尔摩斯坐在那儿沉思好一会儿，并把他那个古老、充满烟油的烟斗点着了。

“我还不清楚你想让我对此做些什么，马森先生，”他最终说道，“你是否能更明确一点。”

“也许这个能让问题更明确一点，福尔摩斯先生。”我们的客人说着从口袋里掏出一个纸包，小心翼翼地打开，露出一块烧焦的骨头碎片。

福尔摩斯很感兴趣地检查了一番。

“你在哪儿得到的？”

“比特丽斯夫人房间底下的地窖的中心有一个加热的火炉，已经闲置有段时间了，罗伯特爵士抱怨说天冷又让它烧了起来。

是哈维在负责——他是我的一个伙计。今天早晨他拿着这个来找我，这是他在耙煤灰的时候发现的。他并不喜欢在煤灰里看到这个。”

“我也一样。”福尔摩斯说，“对此你有什么看法，华生？”

它已经被烧成了黑色的焦块，但是从它的解剖学特点上分辨出来是没有什么问题的。

“这是人大腿骨的上髁。”我说。

“一点不错！”福尔摩斯变得严肃起来。“这个伙计去烧炉子是在什么时候？”

“每天晚上他烧起来后就离开了。”

“晚上任何人都可以进去了？”

“是的，先生。”

“你从外面能进去吗？”

“外面只有一个门，里面还有一个门，楼梯可通到比特丽斯夫人房间的过道。”

“这个案子有些麻烦，马森先生，不仅麻烦而且显得居心不良。你说罗伯特爵士昨天晚上不在家？”

“是的，先生。”

“那么，就不是他烧骨头，而是别的什么人？”

“是这样的，先生。”

“你刚才提到的那个旅馆名字是什么？”

“青龙旅馆。”

“那个位于伯克郡的旅馆？附近是不是有个不错的钓鱼的地方啊？”

这位诚实的驯马师脸上显示出惊诧的神情，好像在他麻烦不断的一生中他确信又遇到了一个疯子。

“哦，先生，我听说在河沟里有鳟鱼，并且霍尔湖中有梭子鱼。”

“非常好。华生和我是出了名的爱钓鱼的人——是不是，华生？如果最近有什么消息的话，可以写信到青龙旅馆去，我们今晚就去那里。我并不是说我们不希望在那里见到你，马森先生，不过希望你给我们写个条子，如果有必要，我会去找你的。当我们对这件事有了更进一步的了解后，我会给你一个考虑成熟的意见。”

于是，在一个明亮的五月的夜晚，我和福尔摩斯坐在头等车厢里前往肖斯科姆一个名为“招手停车站”的小站。我们头顶上方的行李架上放了一堆钓鱼竿、鱼线和鱼篮之类的东西。到达目的地后，又经过一小段马车的路程，我们来到了一个旧式的小旅馆，在那里，喜爱运动的店主乔赛亚·巴恩斯热切地加入了我们消灭附近鱼类的计划的讨论。

“在霍尔湖钓到梭子鱼的希望怎样？”福尔摩斯说。

店主的脸阴沉了下来。

“这可不行，先生。在你还没钓到鱼之前，你就掉到湖里了。”

“这又是怎么回事？”

“湖是罗伯特爵士的，先生。他非常讨厌别人动他的鳟鱼。如果你们两个陌生人走近他的驯马场，一旦被发现，你们就不会有好下场，他绝不会让人有这样的机会的，罗伯特爵士一点也不含糊！”

“我听说他有一匹马要参加赛马大会。”

“是的，而且是一匹非常好的小马。我们都把钱押在这匹马上，罗伯特爵士所有的钱也都押在上面。顺便问一下，”他用怀疑的眼神看了我们一眼，“你们不会是马探子吧？”

“这样说可不对！我们不过是两个疲倦的伦敦人，渴望呼吸伯克郡的新鲜空气。”

“哦，那你们可找对地方了，这里到处都是新鲜空气。但是请记住我告诉你们的关于罗伯特爵士的话，他是那种干起事来先斩后奏的人。奉劝你们离那个公园远点儿。”

“当然了，巴恩斯先生，我们会注意的。顺便说一句，大厅里那只叫唤的狗可真是漂亮。”

“的确是的。那是纯正的肖斯科姆品种，全英国也没有比它更好的了。”

“我自己也是喜欢养狗的人，”福尔摩斯说，“请不要介意，我想问下你买这只狗花了多少钱？“

“我可买不起，先生。这是罗伯特爵士送我的，这就是我把它拴起来的原因。如果我松开它，它立马就会跑回别墅。”

“华生，现在我们手里有几张牌了。”当店主离开后，福尔摩斯对我说，“这副牌打起来并不轻松，但是再过一两天我们就能弄清楚了。哦，对了，我听说罗伯特爵士现在还在伦敦。我们或许可以去那个禁地一趟，也用不着担心挨打。有一两点我需要去证实一下。”

“你有什么想法了吗，福尔摩斯？”

“只有一点，华生，一个星期前发生了某件事情，这深深地影响了肖斯科姆家庭的生活。到底是什么事情呢？我们只能从它的影响来推断。影响看起来就像是某种因素的奇怪混合体，但是这也能够对我们起到帮助作用。只有那种平淡无奇的案子才显得毫无办法。

“让我们分析下我们已经掌握的情况：弟弟不再去看望他亲爱的病弱的姐姐了；他把她特别喜爱的小狗也送人了。她的狗，华生！这对你没一点启发吗？”

“除了弟弟的无情，我什么也没看出。”

“好吧，也许是这样。或者——好吧，还有另外一种可能。现在让我们再回顾下争吵发生后的情形。如果始于一场争吵的话，那位夫人待在房间里，她的生活习惯也改变了，除了和女仆乘车出门外，她就不再露面了，不肯在马棚停车去看她非常喜欢的马，而且明显喝起酒来。这就是案子的情况，是吗？”

“除了地穴里的事。”

“那是另一种思路，是两回事，我希望你不要把它们搅和在一起。第一条线索是关于比特丽斯夫人的，好像有些模糊的犯罪的味道，是吗？”

“我什么也看不出来。”

“好吧，现在让我们看看第二条线索，这是关于罗伯特爵士的。他发了疯似的一心只想赢得赛马大会的胜利。他落入了放高利贷人的手中，他随时面临着破产后家产被变卖的可能，那样，他的赛马就会落入债主手里。他是一个胆大包天并敢于铤而走险的人。他的收入全部来自他姐姐。他姐姐的女仆又是可以实现他的意愿的工具。到目前为止，我们对这几点还是有把握的吧？”

“但是那个地穴？”

“啊，是的，那个地穴！华生，让我们推想下——这仅仅是个诽谤性的推测，为了争论而设置的一个前提——罗伯特爵士杀害了他姐姐。”

“我亲爱的福尔摩斯啊，这是不可能的。”

“极有可能，华生。罗伯特爵士是有着体面的血统，但是鹰群里偶尔也有喜欢腐肉的乌鸦。让我们先来谈谈这个假设。他不会离开这个地方，除非他的运气变成了财富，而运气要变现全靠肖斯科姆王子这次出人意料的获胜。因此他仍然要坚守阵地，为此他必须处理掉受害者的尸体，而且他还要找到一个能假扮她替身的人。既然女仆是他的心腹，这就没什么不可能的了。那个女人的尸体可能被搬去了地穴，而这个地方很少有人去，也可能是夜里在火炉里被秘密地销毁了，留下了我们已经看到的证据。你对此有什么看法，华生？”

“如果你承认有那个可怕的前提，这一切都是可能的。”

“为了澄清此事，华生，我认为我们明天要做一个小试验。如果我们打算保持我们的身份，我提议我们用他自己的酒来招待他，和他大谈特谈鳗鱼和鲮鱼，这看起来是引起他兴趣的最好办法。在谈话的过程中我们可能有机会听到一些有用的本地新闻。”

第二天早晨，福尔摩斯发现我们过来时忘带了诱饵，这也让我们这天免得去钓鱼了。大约十一点钟我们出去散步，他还获准带着黑色的小狗和我们一起。

“就是这个地方。”当我们来到竖着狮身鹫首徽章的高高的公园大门前时，福尔摩斯说道，“大约在中午的时候，老夫人要乘车出来兜风，这是巴恩斯先生告诉我的。当开门的时候，马车的速度会放慢。华生，我想让你在车刚进大门还没驶起来的时候叫住车夫问个问题。不要管我，我会站在这个冬青树丛的后面观察情况。”

没有守候多久，我们就看到从长长的道路上驶来一辆黄色的敞篷四轮马车，车是由两匹漂亮、矫健的灰色马匹拉着。福尔摩斯带着小狗蹲到树丛后面，我则在路上若无其事地挥舞着一根手杖。一个守门人跑出来打开了大门。

马车进去时放慢了速度，因此我能清楚地看到马车上的人。一个面色红润的年轻女人坐在左边，亚麻色的头发，长着一双不知害羞的眼睛。在她的右边是一个上了年纪的人，圆胖的背，她的脸和肩膀上围着一大圈围巾，表明她是一个病弱的人。在马车驶入大道时，我庄重地举手示意，车夫一勒住马，我就上前询问罗伯特爵士是否在别墅里。此时福尔摩斯一步跨了出来并把小狗放开了。那只狗高兴地叫着冲向马车并跳到了踏板上。但是转瞬间它那热切的问候就变成了狂怒，它向坐在上面的黑衣裙连吠带咬。

“快走！快走！”一个粗嗓门的人大声叫道，车夫鞭打着马进去了，就剩下我们俩站在大路上。

“好了，华生，小试验完成了。”福尔摩斯一边说一边用绳子拴住那只兴奋的狗的脖子。

“狗认为那是它的女主人，却发现那是个陌生人。狗是不会弄错的。”

“但是那是个男人的声音！”我大喊道。

“完全正确！我们手里又多了一张牌，华生，但是我们依然需要小心谨慎地来打。”

我的同伴那天似乎没有更多的计划了，于是我们真的用我们的鱼具在河沟里钓起鱼来，结果是给我们的晚餐多了一道鳟鱼的菜。饭后的福尔摩斯又恢复了活力。就像早晨那样，我们再次来到通向公园大门的路上。一个身材高大、皮肤黝黑的人正在那儿等着我们。他就是我们的伦敦的老相识，驯马师约翰·马森先生。

“晚上好，先生们，”他说，“我收到了你的便条，福尔摩斯先生。罗伯特爵士现在还没有返回。但是我听说他有可能今晚回来。”

“地穴距离这所房子有多远？”福尔摩斯问。

“足有四分之一英里。”

“那么我想我们完全可以不用理会他了。”

“我还不能这样做，福尔摩斯先生，他一回来就要让我报告肖斯科姆王子最近的情况。”

“我明白了。既然如此，那我们只好自己去工作了。马森先生，你可以把我们带到地穴那里然后离开。”

这是一个没有月光的漆黑夜晚，马森带着我们穿过牧场，直到一个昏暗的影子隐约呈现在我们面前。原来那是一座古老的教堂。我们从曾经是门廊的断掉的缺口走了进去，我们的向导在一堆碎石中跌跌撞撞地寻找到教堂一角的道路，那里有一条陡斜的楼梯通下地穴。他擦着了一根火柴，照亮了这个让人感到压抑的地方——阴沉并散发着邪恶的味道。这里有古老的粗制石头砌成的残垣断壁，还有成堆的棺材，有些是铅制的，有些是石制的，靠着一边墙堆放着，一直堆到拱门，我们头顶上的穹隆屋顶也堆满了。福尔摩斯点着了灯笼，一道晃动的黄光照亮了这个阴森恐怖的地方。灯光被棺材上的牌子反射回来，大多数牌子装饰着狮身鹫首的怪兽徽章和这个古老家族的冠冕，甚至是在死神的门前都保持着尊严。

“你提到过一些骨头，马森先生。在你走之前能带我们去看看吗？”

“它们就在这个角落里。”

驯马师跨了一大步过去，当我们的灯光转过去时，他却惊呆得站在那里。“它们消失了。”他说。

“我早就料到了。”福尔摩斯说，咯咯地笑了起来，“我相信这些骨头的灰烬即使现在也可以在火炉中找到，还有一些未烧尽的骨头。”

“但是为什么竟然有人要烧一个已经死去了千年的人的骨头呢？”约翰·马森问道。

“这就是我们到这儿来要寻找的。”福尔摩斯说，“这可能需要一段时间搜寻，我们就不再耽误你了。我相信我们在天亮前就会找到答案的。”

当约翰·马森离开后，福尔摩斯就开始仔细地查看墓碑，从中央一个非常古老的墓碑开始，那个显示是属于撒克逊时代，然后是一长串诺尔曼时代雨果们和奥多们的墓碑，直到我们看到了十八世纪威廉爵士和丹尼斯·费尔多爵士的墓碑。一个小时或者更长时间后，福尔摩斯到了地下室入口处的一具铅制棺材前。我听到他轻微满意的叫声，从他急切但又准确的动作就知道他已经找到了目标。他热切地用放大镜查看那厚重的棺盖边缘，然后从口袋里掏出一个开箱子用的短撬棍，把它插进棺盖缝里，撬起了棺盖的前沿。棺盖似乎只用了两个夹钳固定着，撬开棺盖时发出刺耳的裂开的响声，但是在它还没有完全被撬开并只露出了里面的一部分东西时，一件出人意料的事把我们打断了。

有人正在上面的教堂里走动。这是一种坚定而又急促的脚步声，说明此人来意明确并且熟知他要走的地方。一束灯光从楼梯上照射下来，持灯人立刻就出现在了哥特式的拱门里。他有着让人惧怕的体型，身材高大，举止狂暴。他面前提着一个大号马灯，灯光照亮了他那长满了浓密胡须的脸和愤怒的眼睛，他的眼光扫视着地下室里的每一个角落，最后阴沉沉地盯着我和我的同伴。

“你们到底是什么人？”他怒吼道，“你们跑到我的领地上来干什么？”见福尔摩斯没有回答，他又向前走了两步，并举起那根他随身携带的沉重的手杖。“你们聋了吗？”他大叫道，“你们是谁？到这儿来是要干什么？”他的手杖在空中挥舞着。

福尔摩斯不仅没有退缩，反而迎了上去。

“我也有个问题想要问你，罗伯特爵士，”他用一种严厉的口气说道，“这是谁？这里又发生了什么？”

他转过身去把身后的棺盖揭开。借着马灯的光亮，我看见一具尸体，它被从头到脚用裹尸布包裹着。这是一具可怕如同女巫般的尸体，鼻子和下巴歪向一边，一双昏暗呆滞的眼睛从那毫无血色并歪曲的脸上向外瞪着。

那个准男爵大叫一声摇摇晃晃地退靠在一个石头棺材上。

“你是怎么知道的？”他叫道，此时他又有点儿恢复了他野蛮的样子，“这又关你什么事？”

“我是夏洛克·福尔摩斯，”我的同伴说，“可能你对这个名字有些熟悉。无论如何，我的职责和其他良好市民一样——维护法律。在我看来你有很多事情需要解答。”

罗伯特爵士怒视了一会儿，但是福尔摩斯平静的声音和冷静并且自信的样子起到了效果。

“在上帝的面前发誓，福尔摩斯先生，所有事情都是正常的。”他说，“我承认表面看起来对我很不利，但是我没有别的选择才这样做。”

“我也乐意这样想，但是我恐怕你必须给警察解释了。”

罗伯特爵士耸了下他宽阔的肩膀。

“好吧，如果必须这样，那就这样吧。跟我到房子里去，你自己就会知道这是怎么一回事了。”

十五分钟以后，我们来到了一间屋子，从玻璃罩后面摆放着的成排的擦亮的枪管，我推断这是这座老房子的枪支陈列室。屋里布置得很舒适，罗伯特爵士从这里离开了我们一会儿。当他回来时，带着两个人，一个是脸色红润的年轻女人，我们已经在马车里见过；另外一个是长着一张老鼠脸的矮小男人，他举止鬼祟令人讨厌。这两个人满脸的疑惑，说明准男爵还没来得及告诉他们事情已经有了转变。

“他们，”罗伯特爵士用手示意说，“是诺莱特夫妇。诺莱特太太未结婚前姓埃文斯，她是我姐姐多年的心腹女仆。我带他们过来是因为我觉得最好的办法还是让他们告诉你们真实的情况，他们是世上仅有的两个可以证实我所说非虚的人。”

“这有必要吗？罗伯特爵士，你想过你现在在做什么吗？”那个女人喊道。

“至于我，我拒绝承担任何责任。”她的丈夫说。

罗伯特爵士轻蔑地瞥了他一眼。“我会承担全部责任。”他说，“现在，福尔摩斯先生，听我简单说下事情的经过吧。

“显然你已经对我的事情介入太深了，否则我不会在我做事的地方碰到你。因此你可能已经完全知道，为了参加赛马大会我驯养了一匹黑马，而所有这一切都取决于我能否取胜。如果我赢了，那一切都轻松了；如果我输了——啊，我简直不敢想象。”

“我知道你的处境。”福尔摩斯说。

“我一切都要依靠我的姐姐，比特丽斯夫人，但是所有人都知道她的地产收入仅够她自己的生活开支。而我已经深陷放高利贷的人手里，我一直明白我姐姐一旦过世，我的债主就会像一群秃鹰般涌到我的地产上，所有的东西都将被拿走——我的马棚、我的马——所有的东西。福尔摩斯先生，我的姐姐确实在一周前去世了。”

“而且你没有告诉过任何人！”

“我又能做什么呢？我面临着彻底的毁灭。如果我能把这件事隐藏三个星期，那所有的事情都好办了。她女仆的丈夫——这个人——是个演员。我们就想——是我想——他可以在那个短时期内假扮我姐姐。只需要每天乘着马车露个面就行了，因为除了女仆没有人会进入她的房间。这样安排并不困难。说起我姐姐，她是死于长期折磨她的水肿。”

“那应该由验尸官来决定。”

“她的医生能够证明，她几个月来的征兆就预示着这样一个结局了。”

“哦，那你都做了些什么？”

“尸体不能留在这儿。她去世的第一天晚上我和诺莱特就把她搬到老库房去了，那里现在已经没人用了。但是，她的宠爱的小狗跟着我们，在门口狂吠不止，因此我感觉有必要找个更安全的地方。我把狗送人了，我们又把尸体搬到教堂的地穴里。丝毫没有侮辱和不敬，福尔摩斯先生，我并不认为我做了对不起死者的事。”

“我认为你的行为不可宽恕，罗伯特爵士。”

那位准男爵不耐烦地摇了摇头。“说起来容易，”他说，“如果你换作是我，也许你就会不这么认为了。一个人不可能眼睁睁地看着他的全部希望和他的全部计划在最后一刻粉碎而不去竭力挽救。我们把她暂时放在她丈夫的祖先安放的一个棺材里安息，我认为这样做并没有什么不妥，而且那仍是个神圣的地方。我们打开了一具这样的棺材，把里面的东西移走，就像你们看到的这样把她放置好。至于那些我们移出来的遗骸，我们不能把它们留在地穴的地面上。我和诺莱特把它们移走了，他又悄悄地在夜里把他们在中央的火炉里烧掉了。福尔摩斯先生，这就是我的故事，虽然不知道你是怎样逼迫我的，虽然我不情愿，但是我还是把它讲了出来。”

福尔摩斯坐在那里沉思了一会儿。

“你的叙述有一点漏洞，罗伯特爵士，”他最后说，“你是把赌注押在比赛上，那么即使你的债主把你的财产夺走了，你对未来的希望依然不会受到影响。”

“这赛马也是财产的一部分。他们难道会关心我的赌注吗？他们很可能根本不会让它去跑。不幸的是，我主要的债主就是我恨之入骨的敌人——萨姆·布鲁尔，一个无耻之徒。在纽马克特我曾不得已用马鞭抽打过他，你认为他会挽救我吗？”

“好吧，罗伯特爵士，”福尔摩斯站起身来说，“当然，这件事必须移交给警察。发现真相是我的职责，而且我必须到此为止了。至于你的行为的道德或尊严问题，这并不需要我来发表意见。现在快午夜了，华生，我想我们该回我们那个简陋的住处了。”

现在人们都知道，这个奇怪的事件的结局比罗伯特爵士的行为应得的要好很多。肖斯科姆王子确实在赛马大会上获胜了，这匹马的主人净赚了八万英镑，债主们直到比赛结束后才要求付债。当它们都被偿还了后，剩下的钱足够让罗伯特爵士来重过他优裕的生活。警察和验尸官也都采取了宽容的态度来办理此事，只是因为延误登记女士的死亡而受到了轻微的责罚。幸运的马主平安地度过了这起不可思议的事件，这件事的阴影已经消散，他有望体面地度过晚年。

退休的颜料商

那天上午福尔摩斯心情忧郁，陷入沉思，他那警惕而实用的本性总是受这种心情的影响。

“你看见他了？”他问道。

“你是说刚刚走的那个老兄？”

“对。”

“是的，我在门口碰见了他。”

“你对他有什么看法？”

“一个凄惨、碌碌无为、失败的家伙。”

“完全正确，华生。凄惨和碌碌无为，但是整个人生不就是凄惨和碌碌无为吗？他的故事不就是整个人类的缩影吗？我们奋斗，我们想抓住，到最后我们手里又剩下什么东西呢？一个影子，或者比它更糟糕的东西——痛苦。”

“他是你的一个顾客吗？”

“嗯，我想我可以这样称呼他。他是被警察打发来的，就像医生偶尔把他们无法治愈的病人打发给江湖医生一样。他们坚持认为自己无能为力，无论发生什么情况，病人的状况也不可能比现在更坏了。”

“怎么回事？”

福尔摩斯从桌子上拿起一张相当脏的名片。“乔赛亚·安伯利。他说他是布里克福尔和安伯利公司的次要合伙人，他们是涂料生产商，在涂料盒子上你可以看见他们的名字。他发了点小财，六十一岁的时候从生意场上退了休，在路厄斯罕买了一套房子，在忙碌了一辈子后终于可以停下来休息了。人们认为他的将来是有一定保障了。”

“是的，确实是这样。”

福尔摩斯看了看他在信封背面潦草记下的备忘。

“在一八九六年退休，在一八九七年较早的时候和一个比他小二十岁的女人结了婚，如果相片不太夸张的话，还是个漂亮的女人。生活富裕，有妻子，又悠闲——看起来一条笔直的大路铺在他面前。可是正如你已经看到的那样，两年之内他已经成了世界上最失败和可怜的家伙了。”

“究竟发生了什么事情？”

“老生常谈了，华生。一个背信弃义的朋友和一个水性杨花的女人。安伯利似乎有个业余爱好，就是下象棋。在路厄斯罕离他住所不远的地方住着一个年轻医生，也是一个喜欢下象棋的人。我已经记下了他的名字，叫雷·欧内斯特医生。他经常去安伯利家，自然和安伯利太太的关系亲密起来，因为你得承认我们这位可怜的顾客外表实在没有什么魅力，不管他有什么样的内在美德。上个星期，那一对一起私奔了——下落不明。而且，不忠的妻子把老头的保险箱作为她的随身行李带走了，里面装有他一生大部分的积蓄。我们能找到那位小姐吗？我们能够拯救他的财富吗？截至目前这还是一个平常的问题，可是对乔赛亚·安伯利来说却是极其重要的事情。”

“你准备怎么办？”

“好吧，亲爱的华生，当前的问题恰恰是，你准备怎么办？如果你已经理解了我的话。你知道我正在处理两位科普特[①]主教的案子，今天是非常关键的。我真的没有时间去路厄斯罕，可是立即取得证据是非常重要的。老头一再坚持我应该去，因为我解释了我的难处，他才同意接见一个代表。”

“当然可以，”我回答道，“我承认，我实在看不出我能够胜任，可是我愿尽全力。”

就这样，在一个夏天的午后，我出发去路厄斯罕，我完全没有想到我正在参与的案子不到一周就在全英格兰闹得沸沸扬扬。那天晚上很晚我才回到贝克街向福尔摩斯汇报情况。福尔

---

① 科普特：科普特是古埃及首都孟斐斯的别名，现在科普特一词指埃及基督教信徒。科普特教是基督教东派教会之一，原为古代埃及国内主要的基督教会，因认为基督神人两者已经结合为一性，所以也称为“基督一性论”派，礼仪时使用科普特语。——译者注

摩斯舒展着他骨瘦如柴的身体，躺在深陷的沙发里，烟斗里缓缓地一圈一圈向外冒出刺鼻的烟味。他的眼皮下垂，如此懒洋洋的，要不是我在讲述的过程中停顿或者是有疑问，他那半闭着的灰色双眼发出锐利的目光好像要把我看穿一样，我肯定以为他睡着了。

"乔赛亚·安伯利先生的住宅叫作黑文，"我解释道，"我想会让你感兴趣的，福尔摩斯，它就像那些落魄的贵族一样。你知道那种特殊的地方的，单调乏味的砖砌街道和让人厌烦的郊区公路。就在它们的中间，有一个具有古代文明的舒适的小岛，那里就是他的故居。四周环绕着稀稀拉拉地长着地衣的晒黑的高墙，顶部铺着苔藓，这种墙……"

"省省吧，别作诗了，华生，"福尔摩斯严厉地说道，"我只记住了那是一堵很高的砖墙。"

"完全正确。如果不是问了一个在街上抽烟的游手好闲的人，我可能还真的找不到黑文。我有必要提一下这个人。他是一个身材高大、皮肤黝黑、胡子浓密，有几分军人模样的人。他对我的打听点头做了回答，而且还用一种怀疑的目光瞅了我一眼，后来我又记起他的目光了。我几乎还没有走进大门就看见安伯利先生从私人车道上走下来。今天上午我只是匆匆瞥了他一眼，给我的印象就是他是个非常奇怪的人，现在在阳光之下见到他，他的外表就更加反常了。"

"这个我已经仔细观察过了，不过我还是对你的印象感兴趣。”福尔摩斯说。

“我觉得他是被生活的重担逐渐压弯腰的。他的背好像是背了非常沉重的负担而弯曲的。可是他并不是我起初想象的那么虚弱，因为虽然他的身材变小了，还是罗圈腿，但是他的肩膀和胸脯却非常宽大。”

“左边的鞋子已经起皱了，而右边的却是平坦的。”

“我没有注意到那个。”

“是的，你不会的。我一眼看出他用了假肢。但是请接着说下去。”

“他那旧草帽底下露出来的卷曲的灰白色头发，还有他那凶狠急切的表情和布满皱纹的脸，给我留下了极为深刻的印象。”

“非常好，华生。他都说了些什么？”

“他开始滔滔不绝地讲述他的不幸。我们一起走过私人车道，自然我仔细观察了四周。我从来没有见过如此糟糕的地方。花园里到处长满了植物，让我认为这些植物是随意生长而没有人看管的。我不知道一个体面的妇女如何能忍受这种情况。房屋也是同样的破旧，但是这个可怜的家伙自己也意识到了这一点，他正在试图修整，因为大厅中央放着许多绿色的油漆桶，他左手拿着一把稠密的刷子，正在油漆木制品呢。

“他把我带进他那昏暗的私室内，我们聊了很久。当然，他很失望你没有亲自过去。‘我几乎没有奢望，’他说，‘像我这样一个如此卑微的人，尤其是在遭受巨大的财产损失后，还能够

得到像福尔摩斯先生这样出名的人物的极大关注。’

“我向他保证这个和金钱没有关系。‘是的，当然，这对他来说是为了艺术而艺术，’他说，‘可是即使从犯罪艺术的角度来看，他在这儿也可能会找到一些值得研究的东西。华生医生，人类的本性——最黑暗的就是忘恩负义了。我什么时候拒绝过她的要求呢？有哪个女人像她这样奢侈？还有那个年轻人——我简直就把他当作自己的儿子一样。他可以随便出入我家。可是看看他们现在是怎样对待我的！哦，华生医生，这真是一个可怕的世界啊！’

“这是他唠叨了一个多小时的主题。看来他并没有怀疑过他们的阴谋。除了一个每次白天来、傍晚六点离开的女仆外，他们独自居住。就在出事的那天晚上，老安伯利为了取悦妻子，还在干草剧院二楼订了两个座位。临去的时候她抱怨头痛而推辞不去，他只好一个人去了。看来是不需要怀疑这个事情的，因为他还拿出了为妻子买的那张未曾使用过的票。”

“那是不寻常的——非常不寻常。”福尔摩斯说道。看来这件案子已经引起他的兴趣了。“华生，请继续说下去。我发现你的叙述很吸引人。你亲自检查那张票了吗？恐怕你没有记住座位号吧？”

“刚好我记住了，”我多少有些骄傲地回答道，“碰巧和我原来的学号一样，三十一号，所以我记得很牢。”

“非常棒，华生！那么他的座位不是三十就是三十二号了？”

“是这样，”我有些迷惑不解地回答道，“而且是在 B 排。”

“这太让人满意了。他还说了些什么？”

“他向我展示了他的保险库，他是这么叫的。它的确是个真正的保险库，就像银行一样装有铁质的门和百叶窗，他声称是为了防盗。不过看来这个女人有一把复制的钥匙，他俩一共窃走了价值七千英镑的现金和有价证券。”

“有价证券！他们怎么处理它们呢？”

“他说，他已经交给警察一张清单，他希望这些证券无法再出售。午夜他从剧院回到家里，发现保险库被抢劫了，门和窗户都开着，作案者早跑了。没有留下信件或者消息，此后他也没听到一点消息。他就立刻报了警。”

福尔摩斯沉思了几分钟。

“你说他正在刷油漆，他油漆什么呢？”

“哦，他正在给走廊上漆。我提到的那间房子的门和木制品已经油漆过了。”

“在这种情况下他这样做你不觉得有些奇怪吗？”

“‘一个人必须做些什么事情来减轻心中的痛苦。’他自己是这么解释的。毫无疑问，这有些古怪，显然他是一个有怪癖的人。他当着我的面撕碎了一张妻子的照片——是在极其愤怒的情况下撕碎的。‘我再也不愿意见到她那张该死的脸了。’他尖叫道。”

“还有什么吗，华生？”

“是的，有一件事给我的影响比其他的都要深。我驾车赶到布莱克希斯车站并上了火车，就在火车启动的时候，我看见一个人飞奔进了我隔壁的车厢。福尔摩斯，你知道我的眼睛很尖锐。就是那个高个、黑皮肤的，和我在街上说话的人。在伦敦桥我又看到他一回，后来他消失在人群中了。我非常肯定他在跟踪我。”

“没错！”福尔摩斯说，“一个高个子、黑皮肤、大胡子的男人。你说，他戴着一副灰色的太阳镜？”

“福尔摩斯，你太厉害了。我没有那样说过，可是他的确戴着一副灰色的太阳镜。”

“还有一枚共济会会员的领带别针？”

“福尔摩斯！”

“很简单，亲爱的华生，让我们认真对待实际情况吧。我不得不向你承认，这件在我看来简单得可笑、不值得浪费我精力的案子，已经很快显示出它非比寻常的一面了。虽然事实上你在执行任务的时候忽视了所有重要的事情，但是这些引起你注意的事情还是能够值得我们认真思考的。”

“我忽视了什么？”

“别伤心，我亲爱的朋友，你知道我是个不受个人情感影响的人，没有其他人能做得比你更好了，相当多的人可能还不如你。但你显然忽视了一些极为重要的事情。邻居们对安伯利和他妻子是如何看待的？它当然是十分重要的。欧内斯特医生是个什么样的人？他是不是人们想象的那种放荡的花花公子？华生，凭借你天生的优势，所有女人都会成为你的帮手和同谋的。邮局的姑娘或者菜贩的妻子怎么样呢？我能想象出你在布卢安克和那些年轻的女士们轻声耳语闲聊从而得到一些难得的信息的画面，可这一切你都没做。”

“现在仍然可以做。”

“已经做好了。感谢电话和警察局的帮助，我通常不需要离开这所房子就可以得到必需的信息。事实上我的情报证实了那个男人的故事。他在当地的名声是一个守财奴，还是一个严厉和苛刻的丈夫。也正是那个年轻的欧内斯特医生，一个单身的男人，会和安伯利下棋，可能会戏弄他的妻子。所有这些看起来都很普通，人们会想这些已经足够了……可是！……可是！”

“麻烦在哪儿呢？”

“或许是我的想象。好，先把它放到一边吧，华生。让我们到附近听听音乐来摆脱这枯燥无味的工作吧。今天晚上卡瑞娜在艾伯特音乐厅举行演唱会，我们依然还有时间换衣服、吃饭，然后去欣赏音乐。”

第二天早上我早早起了床，但一些烤面包屑和两个空蛋壳告诉我，我的同伴比我更早。我在桌子上发现一张便条。

亲爱的华生：

我有一两个关键事情需要向乔赛亚·安伯利先生

证实，然后我们就可以决定是否办理此案。我只要求你在大约三点钟的时候在场，届时我可能需要你的帮助。

S.H.

我一整天都没有见到福尔摩斯，但是在指定的时间他回来了，严肃、心事重重、冷淡，在这种情况下还是让他一个人待着比较明智。

“安伯利已经来了吗？”

“没有。”

“啊！我正在等他呢。”

他并没有失望，因为不久那个老头就来了，严肃的脸上带着异常担忧和困惑的表情。

“我收到一封电报，福尔摩斯先生，可理不出头绪来。”他递过信，福尔摩斯大声读起来：

请务必即刻前来。可为你提供关于你近来损失的情报。

埃尔曼，牧师住处

“两点从小帕林顿发出的，”福尔摩斯说，“小帕林顿在埃塞克斯，我相信离弗林顿不远。哦，你应该立刻出发。这明显是一个可靠的人发出的，是当地的教区牧师。我的英国圣公会圣职者名册在哪儿？是的，在这儿：‘J. C. 埃尔曼，文学硕士，负责莫斯莫尔和小帕林顿教区。’查找一下列车时刻表，华生。”

“五点二十分在利物浦街车站有一班火车。”

“非常好，华生，你最好和他一起去。他或许会需要帮助和建议。无疑我们已经达到这个案件的关键阶段了。”

但是我们的顾客看起来并没有立即出发的意思。

“福尔摩斯先生，这太荒谬了，”他说，“这个人怎么可能知道发生了什么事情？这是浪费时间和金钱。”

“如果他什么都不知道的话，他不会给你发电报的。立刻回电说你就去。”

“我想我不会去的。”

福尔摩斯假装变得严厉起来：“安伯利先生，如果你拒绝去调查一个如此明显的线索，那只会给警察局和我本人留下非常糟糕的印象。我们会感觉你并没有认真对待这个调查。”

我们的客人对这个暗示慌张起来。

“好吧，如果你那样看的话，我自然要去了。”他说，“从表面上看，说这个人知道任何事情那是荒谬的，可是如果你认为——”

“我的确是这样认为的。”福尔摩斯加重了语调说道。于是我们就出发了。在我们离开屋子之前，福尔摩斯把我叫到一边，给了我一些嘱咐，可见他认为此事事关重大。

“不管你如何做，一定要确保他确实去了。”他说，“如果他跑掉或者返回，就去最近的电话局给我个信儿，一个词‘逃跑’就可以了。我在这儿会安排好的，无论我在什么地方都会收到的。”

小帕林顿不是一个容易达到的地方，因为它处在支线上。这次旅行并没有给我留下愉快的印象。因为天气炎热，火车开得很慢，而我的同伴心情阴闷，沉默不语，除了偶尔对我们毫无用处的旅行嘲讽几句外，几乎一言不发。我们终于抵达了那个小车站，去牧师家又坐了两英里马车。一个高大、庄重、又有些自命不凡的牧师在他的书房接待了我们。我们发的电报就摆在他面前。

“你们好，先生，”他问道，“我能帮你们做什么吗？”

“我们来，”我解释道，“是为了你的电报。”

“我的电报？我没有发什么电报啊。”

“我是说你发给乔赛亚·安伯利先生关于他妻子和他的钱财的那封电报。”

“先生，如果这是个玩笑的话，那就非常可疑了，”牧师愤怒地说，“我从来没有听过你说的那位先生，而且我也没给任何人发过电报。”

我和我们的客人惊讶得面面相觑。

“可能弄错了，”我说，“或许这儿有两个教区牧师住处？电报在这儿，上面标明了埃尔曼发自教区牧师住处。”

“这儿只有一个牧师住处，先生，也只有一名牧师，这封电报是令人愤慨的伪造品，它的出处必须请警察调查清楚。同时，我看没必要再延长这次会面了。”

于是我和安伯利先生来到路边，在我看来这里好像就是英国最原始的村落。我们走到电报局，可是它已经关门了。然而在铁路警站有部电话，通过它我和福尔摩斯联系上了。他对我们旅行的结果同样感到惊讶。

“非常奇怪！”远方的声音说道，“真是莫名其妙！亲爱的华生，我担心更多的是今天晚上没有返回的列车了。我没想到会害得你在可怕的乡下旅馆过夜了。不过，大自然就在身边，华生——大自然和乔赛亚·安伯利——你可以和他们亲密谈心了。”挂电话的时候，我听到他不动声色地轻声笑了笑。

很快我就发现我的同伴真是名副其实的守财奴。他抱怨旅行的花费，还坚持要坐三等车厢，而现在又因为对旅馆的账单不满而大喊大叫。第二天上午我们终于回到伦敦时，已经很难说我们中间哪一个心情更糟糕了。

“经过贝克街时你最好来一下，”我说，“福尔摩斯先生可能会有新的意见。”

“如果没有比上一个更有价值的建议的话，我是不会采纳的。”安伯利面带怒容恶狠狠地说道。可是他依然同我一起去了。我已经用电报提前通知了福尔摩斯我们到达的时间，可是我只发现了一张便条，他已经去路厄斯罕了，希望我们也去。

这真让人感到意外，但是更叫人惊讶的是，我们发现他不是一个人待在我们客人的客厅里。一个看起来很严肃、面无表情的男人坐在他身边，这是一个戴着灰色的眼镜，领结上显眼处别着一枚很大的共济会会员别针的黑皮肤男人。

“这位是我的朋友巴克尔先生，”福尔摩斯说，“他本人对你的事情也很感兴趣，乔赛亚·安伯利先生，虽然我们都在独立进行调查，可是我们两个都有同样的问题要问你。”

安伯利先生重重地坐了下来。他意识到危险即将发生，我是从他紧张的眼睛和抽搐的表情看出来的。

“是什么问题，福尔摩斯先生？”

“只有一个：你把尸体怎么处理了？”

这个男人跳了起来，发出嘶哑的尖叫声，他那骨瘦如柴的双手在空中乱抓着。他张着嘴，顷刻间他看起来就像那些可怕的猛禽一样。立刻我们看见了真实的乔赛亚·安伯利，他那魔鬼般畸形的灵魂就像他那扭曲的肢体一样。他向后靠着椅子，用手拍打着嘴唇，好像是想停止咳嗽。这时福尔摩斯像老虎一样扑上去掐住他的喉咙，将他的脸按向地面。一粒白色的药丸从他那喘着气的双唇间吐了出来。

“没那么容易，乔赛亚·安伯利，必须按照规矩办事。巴克尔，你看怎么样？”

“我在门口有辆马车。”我们沉默寡言的同伴说。

“这儿离车站只有几百码远，我们一起过去。华生，你可以在这儿等着，半个小时内我就回来。”

这个老颜料商有着狮子般强壮的身体和力气，可是落在两个老练的擒拿高手手里，也是毫无办法。他被连拉带扯地拖进等候的马车里，我则一个人留下来看守凶宅。然而，福尔摩斯在约定的时间之前就回来了，同他一起来的还有一个精明的年轻警官。

“我已经让巴克尔去办理那些手续了。”福尔摩斯说，“华生，你还没有见过巴克尔这个人，他是我在萨里海岸最讨厌的对手了。当你说到那个高个、黑皮肤的男人时，我很容易就可以把画面补全。他办了几起漂亮案子，是吗，警官？”

“他当然干预过几次。”警官有所保留地回答道。

“毫无疑问，他的方法和我一样不同寻常。你知道，有时候不守规则也是起作用的。就拿你举个例子吧，你必须警告说不管他讲什么都会对自己不利，可这从来不可能恐吓这个无赖招认。”

“可能不会。不过我们都达到了目的，福尔摩斯先生。不要认为我们对于这个案子没有自己的看法，如果是那样的话我们的人就不会插手了。当你们使用一种我们不能用的方法插进来，抢走我们荣誉的时候，你会原谅我们的恼火的。”

“不会有什么抢劫的，麦金农。我向你保证，从现在开始我会消失的。至于巴克尔，除了我吩咐他的，他什么都不会做的。”

这位警官看起来放松了很多。

“福尔摩斯先生，你真是太慷慨了。赞赏或者指责对您来说没什么，可是报纸一旦开始提出疑问，对我们就大不相同了。”

“确实如此。但是无论如何他们肯定会提出问题的，所以还是准备好答案。打个比方，当一个聪明、有胆量的记者问起究竟是哪一点引起了你的怀疑，最后让你确定了事实，你该怎么回答呢？”

警官看起来有些迷惑不解了。

“福尔摩斯先生，我们好像仍然不清楚情况。你说那个俘虏当着三个目击者的面试图自杀，因为他已经谋杀了他的妻子和她的情人。你还能提供其他事实吗？”

“你计划搜查吗？”

“三名警察正在赶过来。”

“那么你很快就会搞清全部事实的。尸体不会离得太远的，到地下室和花园里找找看。在像这样的地方应该用不了多长时间就会发现的。这所房子比那些水管还老，这里某个地方肯定有一个废弃的水井，试试你们的运气吧。”

“可是你是怎么知道的，另外犯罪过程又是怎样的呢？”

“我先告诉你经过，接着再向你解释，对我那位长期受苦、在整个过程中都至关重要的朋友就更应该好好解释一番。但是，首先我想让你们知道这个人的心理。他非常与众不同——不同到我认为他的命运更像是去布罗德莫精神病院[1]，而不是去断头台。从更高的角度讲，他是属于那种中世纪意大利的性格，而不是现代英国的。他是一个无可救药的吝啬鬼，因为他的小气，他的妻子十分不愉快，以致她愿意和任何献殷勤者私奔。这样的情景就在这个会下象棋的医生身上发生了。安伯利善于下棋——华生，这表示他是诡计多端的。和其他所有守财奴一样，他是个好妒忌的人，他的妒忌让他发了狂。不管对也好，错也好，他一直怀疑他妻子有阴谋，他决定要报复，就像魔鬼一般狡猾地做好了计划。到这儿！”

福尔摩斯十分自信地领着我们穿过走廊，就好像他曾经在这所房子里住过似的。他在保险库敞开的门前停下了。

“哎呀！多么难闻的油漆味！”警官叫道。

“这是我们的第一条线索，”福尔摩斯说，“你得感谢华生医生的观察，虽然他没有继续推理下去，但却使我有了线索。为什么这个人要在这样的时刻让房间里充满这种强烈的气味呢？显然，是为了遮住另外一种他想隐藏的气味——一种让人怀疑他有罪的气味。接着就是这个房间，正如你们所看到的，有铁质的门窗——一个密封未知的房间。把这两个事实放在一起，能让人联想到什么呢？我只能下决心亲自来检查这所房子。我已经确定这件案子非同小可了，因为我检查了干草剧院的票房

① 布罗德莫精神病院：英国收治囚犯的精神病医院。——译者注

记录表，这是华生医生的又一功劳——弄清了事发当天晚上二楼B排的三十号和三十二号都空着。因此，安伯利并没有去剧院，他不在场的证据就站不住了。他犯了一个严重的错误，就是他让我机敏的朋友注意到了他为妻子买的票的座位号。现在的问题是，我如何才能够检查这所房子。我派了一个帮手去了我所能想到的最没有关系的村庄，调虎离山。为了避免任何差错，让华生医生跟着他。自然，那个乐于助人的牧师的名字是从我的圣公会圣职者名册中找出来的。你们都清楚我的意思了吗？”

“太巧妙了。”警察充满敬畏地说道。

“这样就不害怕被人打扰了，我就像小偷一样来到这所房子里。入室行窃一直以来是我职业的第二选择，我几乎不怀疑我肯定会出名的。注意我发现了什么，你们看这沿着壁脚板的煤气管。很好，它沿着墙角向上走，在角落那儿有个龙头。管子伸进保险库里就看不见了，终端在天花板中央的石膏圆花窗里，已经被装饰品给遮住了，但端口是开着的。随时拧开屋子外面的开关就可以往里面充满煤气。在门窗紧闭、开关完全打开的情况下，我想不用两分钟任何一个被关在这样小屋里的人都会神志不清的。到现在我还不知道他是用什么卑鄙的手段把他们骗进去的，可是一旦进了这门他们就任由他摆布了。”

警官饶有兴趣地检查了管子。“我们的一位警官曾经提到过煤气的味道，”他说，“当然那时门和窗户都是打开的，油漆——或者是一部分油漆——已经涂上去了。根据他的叙述，在事发前一天他就已经开始涂漆了。福尔摩斯先生，可是接下来呢？”

“噢，后来发生了一件我非常意想不到的事情。当我凌晨从食品储藏室的窗户爬出来的时候，我突然感觉有一只手抓住了我的领子，一个声音说道：‘你这个无赖，你在这儿干什么？’当我扭过头，看见了我的朋友和对头，戴着墨镜的巴克尔先生。这个奇妙的相遇让我们两个人都笑了。他好像是从雷·欧内斯特医生家开始进行调查的，一样得出了是谋杀的结论。他已经监视这座房子好几天了，他显然还把被叫到这儿的华生医生当作嫌疑分子了。他不能逮捕华生，可是当他确实看见一个人从食品储藏室窗户往外爬的时候，他就再也控制不住自己了。当然，我就把当时的形势告诉了他，我们就一起办这个案子。”

“为什么是他？为什么不同我们呢？”

“因为当时我心里想，这些小人物由我们来处理就足够了，我担心你们不会那样做的。”

警官笑了。

“是的，可能不会。福尔摩斯先生，按照我的理解，你现在是想直接退出这个案子了，你把你所有获得的结果都移交给了我们。”

“当然，这是我通常的习惯。”

“好吧，我以警察的名义感谢你。按照你所说的情况，看起来这是件很清楚的案子了，另外找到尸体也不会有什么困难。”

“我再向你展示一点铁证，”福尔摩斯说，“我确信连安伯利本人也从来没有注意到。警官，如果你设身处地站在其他人的位置上想想，你会得到结果的，你会怎么做呢？这需要一定的想象力，但是很有用。现在，我们假设你被关在这间小房子里，已经没有两分钟时间了，但是你想向那个可能正在门外取笑你的那个魔鬼报复时，你会怎么做？”

“写一条信息。”

“完全正确。你想告诉人们你是怎么死的。写在纸上是没有用的，那样会被看到的。如果你写在墙上可能会引起别人的注意。现在，看这儿！就在壁脚板的上方有紫色消不去的铅笔写的潦草的字：‘我们是——’没有了。”

“你怎么理解那个呢？”

“哦，这再清楚不过了，是那个可怜的家伙躺在地上快死的时候写的。他还没有写完就失去了知觉。”

“他是在写‘我们是被谋杀的’。”

“我也是那么理解的。如果你在尸体上发现铅笔的话……”

“我们会找到的，尽管放心吧。但是那些有价证券呢？很明显根本没发生过什么盗窃。可是他的确拥有这些证券，我们已经核实过了。”

“他肯定已经把它们藏在一个安全的地方了。当整个私奔事件被人们逐渐遗忘后，他会突然发现这些证券的，并宣称那内疚的一对良心发现把赃物送回来了，或者是把它们丢在路上了。”

“看来你的确解释了所有的难题，”警官说，“他一定要报警是理所当然的，但我不理解他为什么要去找你呢？”

“完全是卖弄！”福尔摩斯回答道，“他觉得自己是如此聪明，自信地认为没有人能把他怎么样。他能对任何怀疑他的邻居说：‘看看我都采取了什么措施，我不仅找了警察，甚至还请教了夏洛克·福尔摩斯呢。’”

警官大声笑起来。

“我们必须原谅你用了‘甚至’一词，福尔摩斯先生，”他说，“这是我能记得的最精巧的案子了。”

两天后，我朋友扔给我一本《北萨里观察家》双周刊杂志。在一连串以“天堂的恐怖”开头、以“卓越的警察侦查”结尾的显眼的标题下，有一栏印得满满的报道，第一次报道了此案的经过。报道的结尾是非常典型的。它这样写道：

> 麦金农警官凭其不同寻常的敏锐的洞察力，从油漆的气味中推测出可能是为了隐藏另外一种气味，比如煤气；并大胆地推定保险库可能就是死了人的房间；随后的调查在一口被聪明地以狗窝遮掩起来的废弃的水井里发现了尸体；这应该作为我们职业侦探非凡智

力的典范永久载入犯罪学历史。

“好，好，麦金农真是个好家伙。”福尔摩斯带着宽厚的笑容说道，“华生，你可以把它记进我们自己的档案中，来日人们会知道真相的。”

图书在版编目（CIP）数据

新探案 /（英）柯南 · 道尔（Conan Doyle）著；隗静秋译. —南京：译林出版社，2016.12
（福尔摩斯探案集）
ISBN 978-7-5447-6572-5

Ⅰ.①新… Ⅱ.①柯… ②隗… Ⅲ.①侦探小说－小说集－英国－现代 Ⅳ.①I561.45

中国版本图书馆CIP数据核字（2016）第211570号

书　　名 新探案
作　　者 〔英国〕亚瑟 · 柯南 · 道尔
译　　者 隗静秋
责任编辑 陆元昶
特约编辑 苏雪莹
出版发行 凤凰出版传媒股份有限公司
译林出版社
出版社地址 南京市湖南路1号A楼，邮编：210009
电子信箱 yilin@yilin.com
出版社网址 http://www.yilin.com
印　　刷 北京天恒嘉业印刷有限公司
开　　本 960×640毫米　1/16
印　　张 20
字　　数 220千字
版　　次 2016年12月第1版　2023年10月第4次印刷
书　　号 ISBN 978-7-5447-6572-5
定　　价 41.00元